Fobia

Jose Rodriguez-Trillo

Sigue al autor en las redes sociales

Twitter *@sharedum*
Facebook: *Jose Rodriguez Trillo*
Instagram: *Jose_Rodriguez_Trillo_escritor*
www.joserodrigueztrillo.es

Fobia
Una obra de Jose Rodríguez-Trillo
Madrid.

INDICE

*Dos cosas me llenan
de horror: el verdugo
que hay en mí y el
hacha que se
encuentra sobre mi
cabeza.*

Stig Dagerman

*Mi hija no para de
llorar y gritar por las
noches.*

*He visitado su tumba
pidiéndole que pare.*

No lo he conseguido.

Anónimo.

El Despertar

Sabía a tristeza. Había probado muchas veces tan amargo sabor como para no distinguirlo en el fondo de una copa de vida como la que acaba de consumir de un solo trago en el pútrido bar de su existencia. Tristeza, de primera clase, de la buena, la que deja un regusto largo y denso en el fondo de la garganta empapando de nada el camino de regreso a ninguna parte, el regreso al amanecer.

La ciudad dormía mientras en algún número de su cuenta corriente acaba de ganar otros tres millones. La nada. Típico del mundo ignorar el fin de los días, el apocalipsis de mierda que cada luna se esparcía por los rincones de su soñar bañando todo en asco y deshechos. A esa hora, en ese momento, iban a parar a la alcantarilla de su vivir los restos masticados de todas las falsas sonrisas, palabras huecas e instantes vacíos que habían tenido lugar durante el día. El olor a hartazgo inundaba todo y la suciedad de una vida manchada por la sangre de sueños mutilados se mostraba totalmente inmune al detergente de la autocompasión.

Ella dormía, que era lo mismo que decir que lo seguía despreciando de manera inconsciente, con el mismo nulo esfuerzo con el que lo hacía durante el día. Había llegado a un cinturón tan negro en el Kárate de su relación que podía arruinar cada segundo de su latir sin tener que mantener un grado mínimo de consciencia, sin asestar un solo golpe y sin proferir ningún grito en idioma asiático alguno.

Ni el éxito, ni la notoriedad pública, ni los coches, casas, yates e infinito uso compulsivo de las tarjetas de crédito habían servido para comprar una prórroga en el amor que los unió. Ella lo aborrecía a esas alturas con la misma intensidad con la que gastaba el dinero que él la proporcionaba. Sumaba entre ambos varios infinitos.

Habían pasado exactamente diez minutos desde la última palabra de la discusión de treinta y cuatro largos y grises minutos de duración. En su último turno de palabra ella había empleado al menos trece veces la palabra "marioneta" de una forma nada elegante, arrastrando la "a" final con maestría burlona. Él por su parte había optado por la clásica defensa sumisa del "No lo soy", de mínimas consecuencias para el desarrollo del linchamiento emocional del que siempre era objeto. Nunca había sido un experto en el noble arte del debate, pero sí había alcanzado cotas elevadas de patetismo en el crudo mundo de la humillación lo cual habría hecho sentirse orgulloso a padre, uno de los padres fundadores del "club del perfecto-dejarse-pisar".

Ella dormía sí pero su trabajo diario de opresión ya había sido realizado con éxito. Esta vez no había recurrido a la definición cruel de su nula vida sexual ni tampoco sus misiles verbales habían golpeado en el centro de la diana de la ausencia de carisma público, verdadera razón del odio que ella sentía por su marido.

Para él, si bien la fama no era algo que resultara especialmente desagradable, prefería la limpieza profesional de una operación bien cerrada al coro de alabanzas materiales y vacías que solían producirse después. Su mujer no, ella quería fama, gloria, notoriedad y luces, cuantas más de todo mucho mejor.

La madrugada y el cuerpo frío y puntiagudo de su mujer se burlaban de él, otra vez. Sus dedos caían pesados y plomizos sobre el teclado dando lugar a estúpidas combinaciones de letras que en nada se parecían a un texto inteligente. Las sílabas formaban palabras, estas construían frases y por supuesto terminaban dibujando párrafos con comas, puntos, tildes y todo lo demás, pero el resultado final era el mismo que un trozo de carne entre los dientes pretendiendo servir de cena. Una molestia, un indigno ejemplo de imaginación enferma y talento ausente, una abominación incapaz de soportar una primera media lectura.

Era su libro. El libro que había de narrar su innegable éxito profesional y que en esos instantes era un gigantesco páramo vacío sin vida alguna, un blanco recordatorio de su negra existencia emocional.

Las musas que habían de inspirarle ejercían el oficio más húmedo del mundo cantando canciones para otros barcos, sirenas ajenas que acababan las noches con su inspiración entre las piernas de cualquier marinero cuyo cañón fuera aún capaz de disparar. Desprovisto de alegría e ilusión alguna, sus palabras escritas se teñían de aburrimiento y planicie, convirtiendo el acto de leerlo en algo parecido a un tacto rectal y dando lugar a párrafos repletos de vacíos, vacíos llenos de nadas y nadas rebosantes de ausencias.

Acostumbraba a hablar en las pocas entrevistas que concedía de constancia, fe, fuerza, dedicación e incluso se permitía el lujo de mencionar cosas cómo el amor, la magia y los sueños hechos realidad, temas que para su mujer solían significar lo mismo que una moneda empapada en el fondo de una fuente: una pérdida desagradable de tiempo y dinero. Ella creía en el amor, por supuesto, y en la magia y en los sueños hechos realidad, pero siempre tenían el aspecto de una cartera llena de billetes, un barco repleto de magia servida en copas lujosas y sueños a bordo de camas infectadas de sexo y placer. Para él ese retrato del éxito que la fama y el dinero proporcionaban a su neumática esposa, era tan irreal como los términos "sexo y placer" cuando de tocarse con su ella se trataba.

Atesoraba tanto dinero en su cuenta como corriente era su existencia. No disfrutaba con los lujos que alguien de su posición tenía a su disposición en parte porque los consideraba vacíos y frugales y en gran medida porque hacían felices a su esposa, produciendo una especie de rechazo y contagio en viceversa que convertía cada sonrisa de su mujer en un potro de tortura emocional para su alma.

No deseaba su mal, no era eso. Al menos diez momentos al día deseaba que todo cambiara, que ella volviera a ser la chica dulce y relajada del principio de sus tiempos...pero el resto, el resto del tiempo su respirar se llenaba de muchas otras cosas, cansado de inhalar imposibles y exhalar hartazgo.

Amanecería en unas pocas horas, en otro claro ejemplo de que el mundo y las cosas que en él ocurren carecen de importancia real en el curso del Universo. El sol brillaría con la misma fuerza con la que lo había hecho el insomnio, dibujando el retrato de un hombre cansado en un aún más agotado espejo, harto de contestar con un "Tú no" a la pregunta de quién era el hombre más feliz de la tierra.

Tendría un largo día por delante, uno lleno de reuniones, acuerdos, tratos y ceros ingresados en su cuenta. Otro día de hacer feliz con semejante miseria vital a la única persona sobre la faz de lo existente a la que había jurado hacer feliz.

La misma que hacía su vida profundamente desgraciada.

Solía pensar que no podía existir ironía más grande que aquella.

Se equivocaba.

2

Degustó con cuidado la taza de café con sabor a estar despierto y peinó con relativo mimo las elegantes canas jóvenes de un pelo tan lustroso como bien cuidado. Su apariencia no se parecía en nada a la del fondo de su espejo y solía disimular con relativa buena fortuna la tormenta de vacío que se libraba en su interior con las primeras nubes del alba. Más de uno y más de dos le consideraban un modelo de éxito. Más de tres y más de cuatro el perfecto cornudo en hipótesis y más de cinco y más de seis un pobre hombre rico repleto de lujos y vanidades. Contaba con cientos de miles de seguidores en todas las redes sociales pese a que acostumbraba a sorprenderse junto a ellos de las fotografías y textos que el encargado de darle vida digital subía a la red. Podía decirse que el vacío de su vida analógica era imitado a la perfección por una superficial vida binaria.

Colocó su pie izquierdo en la calle mientras ella despertaba escaleras arriba. Todos y cada uno de los pelos de su piel se erizaron y tuvo la sensación de haber molestado con su silencio al dragón en plena ingesta de elfos. Aguardó unos segundos y los gritos se escucharon en forma de retorcidos alaridos de queja. Maldijo ese instante extra que le había entretenido en el baño. Le habría librado de oírla.

Había vuelto a olvidar sacar al perro, tarea para la que sus dos doctorados en economía y dirección de empresas le facultaban con suficiencia. Gozaba de los conocimientos necesarios para recoger aquellos montones de mierda y suponía un desafío perfectamente asumible dirigir tan magna empresa a buen puerto. Durante algún tiempo ignoraba por qué de entre todo el servicio capaz de realizar tarea semejante ella se había empecinado en que fuera él y no otro el responsable de las deposiciones y micciones del can. En ese instante, mientras sonreía pálidamente en el interior de su coche comprendía a la perfección el disfrute de la redundancia que rodeaba a aquel deseo de su esposa.

Llegó a su despacho y cerró las ventanas de su vida, ahogándose exactamente a las tres horas y quince minutos, en la cuarta llamada del día y en la tercera buena noticia económica del mismo. La máquina de fabricar billetes en que se había convertido gozaba de la misma precisión con la que su vida se marchaba por el hueco de la tragaperras de su alma.

El aire se había viciado tanto a éxito vacío que en un alarde de inhalación echó a faltar oxígeno, obligándose entonces a buscarlo en el exterior del edificio, a unos 20 minutos exactos, en la vieja librería tan eternamente en liquidación como interminable era la historia de su libro de fantasía favorito.

No era en la actualidad un buen lector, pero podía presumir de haberlo sido. Su infancia y adolescencia habían transcurrido a medias entre las pantallas de cine y las páginas de cientos de libros y aún podía recitar de memoria alguno de sus pasajes favoritos. Su trabajo y el hecho de que el mundo se hubiera reducido a un montón de números encerrados en emails y WhatsApp habían convertido en imposible el hábito de disfrutar de un buen libro, pero cada visita a aquel lugar le proporcionaba tan buenos como necesarios recuerdos.

Aquella era la librería a la que acudía de niño con su padre, la que le ayudó durante su preparación universitaria y quién le proporcionaba el aire de siempre a unos pulmones que a menudo olvidaban quién eran. Aquel lugar le proporcionaba las pistas necesarias para recordar.

El librero, cuyo nombre extranjero era absolutamente incapaz de pronunciar, era tan buena persona como diminuta. En más de una ocasión había caminado por el interior de la tienda sin percatarse de su presencia lo cual siempre le hacía sonreír sin maldad. Otras veces, como aquella, se encontraba apoyado sobre el mostrador con la mirada absorta quién sabe si recordando, como él, tiempos en los libros significaban algo.

Saludó con la mano con la que solía hacerlo y caminó con parsimonia por los pasillos. No acostumbraba a mantener ningún rumbo prefijado, aunque casi siempre terminaba ojeando alguna contraportada de literatura fantástica. No era su género favorito, pero solía gozar de las ilustraciones que en ellos podían encontrarse y que le ayudaban a evadirse de una realidad demasiado llena de gris oscuro.

Los días hacían más evidente la necesidad de un nuevo desafío, un nuevo rumbo en su vida, un "algo" que provocara otro "algo". Entre aquellas imágenes de dragones, poderosos guerreros y atractivas amazonas navegaba por aguas peligrosas, estimulantes y por encima de todo, vivas.

Cerró los ojos por un instante disfrutando del instante de paz y trató por un segundo de recordar el último libro que había leído. Había pasado mucho tiempo, tanto que recordar requería alto grado de concentración y una suite en el motel de la memoria.

Esperar "nadas" se había convertido en algo así como un superpoder y por supuesto fue "nada" lo que recordó, añadiendo así otro "imposible" a la lista de cosas que no estaba siendo capaz de conseguir en su vida.

La no linealidad del paso del tiempo se hizo patente en el escaso recorrido de las agujas del reloj y el prolongado disfrute del que había gozado en la librería. Su móvil, ese portal a terribles y lucrativos mundos llenos de cifras y datos, había vibrado inquieto al menos en diez ocasiones en los últimos dos minutos y de todas ellas tan sólo una podía considerarse de carácter personal, si es que merecía dicho rango una nueva oferta de contrato telefónico. Todas las demás, las nueve restantes, eran de su secretario y alguno de sus clientes. La bolsa de Tokio estaba a punto de cerrar y era momento de conocer sus indicaciones.

Abandonó la librería despidiéndose del librero con la mano con la que solía hacerlo y caminó con lentitud hasta su coche. Tuvo tiempo de cerrar la capota del vehículo y dar carpetazo al menos a tres operaciones antes de ponerse de nuevo en marcha. La gomina de su pelo se había tornado seca y plomiza al igual que el aire a nada que volvía a bañar sus pulmones. La radio vomitaba el último éxito de las listas y el eco del dinero ganado en los últimos minutos parecía balbucear palabras huecas que hacían imposible escuchar con claridad el propio latido de su corazón.

Quejarse en términos absolutos de una vida regida por la fama, el dinero y el poder sería obsceno y emocionalmente pornográfico. Incluso en un mal día, incluso en el más abstraído y ajeno de los soles había ganado una suma de dinero casi pornográfica, acumulado más poder que casi todas las personas que conocía y añadido varios cientos de enlaces de éxito a su fama en Google.

No era queja ni tan siquiera un simple lamento sino más bien una profunda y desgarradora tristeza. Un "esto es todo amigos" que había dejado a medio comer las palomitas de la película de su vida, convirtiendo la comedia romántica del inicio de su matrimonio en una perfecta idealización del surrealismo dónde todos y cada uno de los pasos por las baldosas amarillas de su mundo de Oz le conducía inexorablemente al interior del estómago devorador de almas de su esposa.

Ella había hecho del hombre que le devolvía el diminuto reflejo del espejo retrovisor un desgraciado, una marioneta del amor sostenida por los putrefactos hilos de un pretendido cariño, un pelele, un muñeco de trapo, un guiñol, una broma de la existencia que había perdido la gracia al cuarto año de show ininterrumpido.

Solía pensar que de no haber ocurrido aquel aborto en su segundo año de casados todo sería diferente, pero a decir verdad no tenía prueba alguna de que la despiadada carrera por su alma inmortal que había emprendido aquella demoniaca hembra se hubiera matizado de alguna manera por la maternidad.

Tal vez ahora serían dos las almas que aquella devoradora de ilusiones estaría degustando con cada nuevo sol.

¿Por qué seguía con ella entonces conduciendo su vida por semejante autopista hacia el infierno?

La respuesta era casi más aterradora que las pregunta por lo que a menudo optaba por silenciarla con estúpidos pensamientos románticos sobre la mujer que había sido en algún momento del pasado, sobre no rendirse y paparruchas parecidas que le conducían al abismo inexorable del fracaso.

Detuvo el coche. El motor susurró un carísimo silencio y todo en el interior del vehículo se tornó calmo. La radio detuvo su ritual bulímico de ingesta y pota y todo en el exterior del coche dejó de existir como si el mundo hubiera girado sobre sí mismo una vuelta de más y las cosas hubieran perdido todo su sentido. Quizá era aquella la manera en la que el destino le avisaba de que algo había sucedido en su casa o simplemente la extraña conexión establecida entre la bruja y Hansel había sufrido un inesperado corte de comunicación en Matrix.

El Universo se detuvo con contundente y hosca brusquedad al tiempo en que, entre las paredes, tumbada en el suelo de su casa, la consciencia de su esposa se envolvía en bruma y niebla.

El teléfono no tardó en sonar.

Habían entrado en su casa. Habían atacado a su mujer.

Se debatía entre la vida y la muerte.

Recordó entonces su caprichosa memoria el título de un libro. No era el último, pero sí de los más importantes de su juventud por lo que había supuesto tras la muerte de su abuela. Fue incapaz de contestar el por qué en ese instante y lugar vino a su mente el título, pero lo hizo con total claridad.

"Recetas de cocina para la felicidad".

Sonrió asqueado mientras quemaba las ruedas de su coche en dirección al hospital.

3

Los días transcurrieron entre absurdos pasos del tiempo e idas y venidas de personajes salidos de la más cutre y retorcida obra de teatro. Algunos vestidos con pomposa bata blanca, otros sosteniendo una cámara de fotos e incluso los había con túnicas y hábitos ofreciendo consuelo espiritual. Los medios, ávidos de cualquier desgracia que pudiera ocurrir a un joven y rico blanco, habían consumido cientos y cientos de horas de información sobre el suceso. Lo ocurrido tenía todos los ingredientes para satisfacer el hambre de sensacionalismo del cerebro medio. Dinero, poder, sangre, tragedia y hasta un dramático coma sobre el que teorizar con expertos en la materia acompañados de coloridos y sofisticados gráficos.

Al contrario de lo que su mujer habría aconsejado no dedicó ni un solo esfuerzo a tratar de contener ni alimentar a la basura mediática. Ella acostumbraba a repartir las sobras de su matrimonio con revistas y publicaciones de medio pelo, disfrazando lo que era una relación enfermiza y psicológicamente macabra, de felicidad y amor eternos. Eran felices y no se cansaba de repetirlo previo paso por caja.

Él jamás había entendido esa obsesión de su esposa por la falsedad y la atención pública. Con cierta elegancia atendió a la prensa cuando fue necesario hacerlo y mantuvo un más que correcto comportamiento cuando las noticias empezaron a escasear y la presión se hizo más patente. Quiso pensar que lo hacía por educación y por una cierta e irreal capacidad de control de la situación, pero era en verdad la alargada sombra de su mujer determinaba cada decisión al respecto que tomaba. Era irónico. Ella habría disfrutado toneladas con aquella atención, con las interminables horas y horas de exposición de su vida al público y todos los artículos escritos sobre ella y sin embargo era la única que no podía hacerlo.

Al mes del suceso todo cambió.

Los médicos le habían dado la noticia y los medios se hicieron eco de inmediato.

Su mujer no despertaría jamás.

Un conjunto de máquinas la mantenía con vida y no había una sola esperanza de que sus profundos ojos azules volvieran a abrirse. Las palabras "estado vegetativo" se mezclaban con vacíos justificantes morales acerca de la necesidad de poner fin al "sufrimiento", tratando de argumentar de alguna extraña manera con aquel "vegetativo" que una margarita o una coliflor pueden llegar a padecer extraordinarios dolores.

Estaba, a todos los efectos muerta.

Era un hecho tan innegable como que por el día había luz y por la noche oscuridad. Muerta.

Sin vuelta atrás.

Sin solución.

Un botón era la única diferencia entre la vida y el más allá.

La situación fue acogida por los medios con fuegos artificiales. El drama había dado un último salto mortal. Un afligido marido, un matrimonio roto por la tragedia, una bella historia de amor que se torna en dolor y muerte y un botón. Uno que debía ser pulsado. Uno que no debía pulsarse jamás.

Trasladó a su mujer a casa. No tenía sentido mantenerla en un hospital que había dictado sentencia y se mostraba totalmente incapaz de controlar la marea de fotógrafos y medios ávidos de una instantánea del horror.

Disponía de los mejores medios que el dinero podía comprar y aunque no era fácil debido al número obsceno de ventanas y puertas que su carísima mansión presentaba al mundo logró proteger a su mujer de la mirada ajena ayudado por la buena labor de su equipo de seguridad privada y un par de amenazas millonarias ante los tribunales.

Ella regresó así a casa solo que esta vez en lugar de gritos e insultos trajo consigo un pitido periódico constante y un botón.

Un simple botón.

4

El motel de su memoria no aceptaba reservas. Se encontraba a esas alturas en temporada alta alojando los recuerdos de su noviazgo, de su boda, de los años felices imaginando una vida plena y exitosa. Todas y cada una de las habitaciones estaban repletas de "entonces" y de "ahoras". De sonrisas e insultos. De sueños y pesadillas. De cielos radiantes y de tormentas que habían empapado de veneno la sangre de su mujer hasta convertirla en la más terrible y despiadada de las brujas.

Nunca jamás habría imaginado el día en que la conoció que aquella dulce mujer iba a amargar su vida hasta el punto de anular con precisión cualquier indicio de ilusión y felicidad que pudiera encontrarse en su pecho. Había días que habría jurado ante la mismísima Biblia que alguna noche, mientras dormía, ella había arrancado su corazón y lo ocultaba ensartado por decenas de agujas en alguna caja de madera, jugando con él a voluntad.

Había tomado en los últimos años toda una serie de decisiones carentes por completo del más mínimo atisbo de racionalidad. Seguir junto a su esposa ocupaba hasta ese momento el lugar más alto del podio, pero había cientos de momentos en los que su razón se había nublado hasta tal punto que podía sentir los hilos de marioneta tirando de sus brazos y piernas mientras una fría y cruel mano atravesaba su espalda obligándole a decir, manejándole sin remordimientos.

Mantener con vida a su esposa se alzó de inmediato al número dos de la lista de los cuarenta patéticos éxitos para su mujer. El número uno lo ocupó sin lugar a dudas la decisión de pelear hasta su último aliento por devolverla vida. Por no pulsar el botón. Por despertarla.

¿Por qué? Era como si Pinocho hubiera peleado con todas sus fuerzas por mantener los hilos que condicionaban su vida en lugar de disfrutar de la libertad de ser un niño de verdad. Como si los tres cerditos hubieran invitado a cenar al lobo con la esperanza de arreglar la situación mientras este afila sus dientes. Era David enfrentándose a Goliat con sus propios puños.

Todo aquello tenía la misma lógica que un cubo de Rubik de un solo color.

Pero era bueno y los buenos siempre hacen lo correcto.

Si pulsaba ese botón pasaría el resto de su vida pensando que ella había ganado, que después de todo se había adueñado de su alma y le había arrebatado para siempre cualquier resto de bondad en su corazón.

Podía y debía hacer todo lo posible. Había pasado semanas escuchando opiniones contundentes de los mejores especialistas del mundo respecto a la imposibilidad de lograr así, pero si algo le había enseñado el dinero y el poder era que "imposible" solo era la manera en la que los pobres nombraban a su felicidad.

Debía y podía hacerlo.

Y lo haría.

Acarició con mimo el pelo de su esposa. Estaba razonablemente limpio y brillante sobre la almohada. Agradeció a la enfermera sus servicios y la deseó buenas noches. El potente acento teutón de la mujer acompañó sus pasos hacia la puerta mientras el festival constante de pitidos que acontecía durante 24 horas en la habitación parecía acompasarse con sus poderosos pasos. No había voluntariedad en el hecho de haber optado por una mujer de atractivo cuestionable como cuidadora a tiempo parcial de su esposa, pero lo cierto es que agradecía la ausencia casi total de estímulos sexuales en el cuerpo de aquella generosa hembra.

Echó un vistazo complaciente a la habitación. Estaba satisfecho de cómo había conseguido adecuarla para los cuidados médicos de su mujer. Los mejores y más modernos dispositivos de confort para personas en estado comatoso ocupaban gran parte de la estancia y a igual nivel excepcional se encontraba el personal que la trataba. Aquella enfermera interna era quizá el ejemplo más llamativo, pero todo el equipo que solía visitar a su mujer presentaba el mismo perfil profesional de intachable valía.

Había tratado de dejar su trabajo o al menos de reducir su infernal ritmo, pero a decir verdad era virtualmente imposible dejar de hacer lo que hacía. Había demasiado dinero de demasiada gente en juego y en realidad a lo máximo que podía aspirar era ejercer su labor desde cualquier rincón del mundo, en cualquier circunstancia y con plena libertad. Tan solo debía asegurarse de que el cuenco de comida del Dragón estuviera lleno de vísceras.

Las primeras semanas en casa fueron duras. La mayor parte de los mensajes que recibía se solidarizaban con él e incluso los medios comenzaron a disminuir su presión, conscientes de que las novedades en aquel caso serían ya nulas una vez decidido no pulsar el botón, hecho que hizo público de inmediato.

A esas alturas los devorados de carroña habían narrado al detalle la barra de hierro y los veinte impactos sobre el cerebro que había recibido. Habían descrito con minuciosidad la agresión sexual y los juegos con la sangre de su esposa por suelo y paredes del dormitorio y hasta habían llenado horas de televisión e internet con diferentes tratamientos alternativos para el estado desahuciado de su mujer. No quedaba más leche que extraer de la vaca de su sufrimiento.

Miraba con frecuencia aquel botón. ¿Quién iba a culparle por pulsarlo? Nadie. Hasta en los absurdos y artificiales debates en las redes sociales se había abogado por poner fin al sufrimiento de su esposa y nadie, ni tan siquiera los defensores a ultranza de la vida parecían entender que se mantuviera en este mundo alguien cuyo físico había alcanzado la otra vida.

Pasó las primeras lunas obsesionado con aquel pulsador como si los años de maltrato, humillaciones y terrorismo psicológico tuvieran su culmen justo ahí, pudiendo ponen punto y final al último párrafo de la peor novela romántica jamás vivida.

Cerraba los ojos y se imaginaba pulsándolo. Nadie lo culparía. Estaba legalmente facultado para hacerlo y la ausencia total de familia por parte de su esposa lo exculpaba de cualquier explicación previa y postrera.

¿Quedaba rastro del amor que una vez había sentido por toneladas hacía la mujer que yacía en la cama? Quizá no, pero contemplándola en silencio, indefensa, sin nadie más que él en el mundo, aquel era el retrato más aproximado de la niña dulce y tímida de la que se enamoró.

Debía despertarla. Él no era un monstruo. Aún no. Sentía compasión y un profundo y sincero compromiso con el estado de su mujer. Tal vez porque era mejor que ella, tal vez porque si permitía que ella muriera sin hacer todo lo posible su mujer habría ganado, incluso en la muerte se habría alzado vencedora en la batalla por su alma.

Iba a hacerlo. La salvaría y decidió hacerse valer por primera vez de los medios.

Llenó los periódicos, revistas, redes sociales y programa de televisión de generosas recompensas para aquellos que proporcionaran algún tratamiento viable para su mujer. Su Instagram se llenó de fotografías de su mujer, dulces y románticas con hashtag bañados en magia y felicidad. De todos, #DespiertaAmor era su preferido. El equipo que dirigía sus redes solía ganarse hasta el último cero de su elevado salario.

Era consciente de que recibiría cientos de propuestas tan imposibles como alocadas, pero le bastaba con una, una que lo arreglara todo.

Una que la despertara.

Fue unos días después, en el vigésimo sol cuando ÉL apareció ante su puerta.

6

El servicio cumplía con precisión su labor y toda la casa rezumaba confort y elegancia, aunque sin dar signos de que aquel despliegue de lujo tuviera como resultado algo parecido a un hogar.

Acostumbraba a pasar las noches en la planta de arriba, sentado frente a su ordenador y caminando con frecuencia a comprobar el estado de su esposa en la habitación contigua. Junto a ella se encontraba cuando el timbre de volumen medio sonó al otro lado de la puerta y el servicio anunció su visita.

Bajó las escaleras con relativo hartazgo. No estaba cansado. Al menos no físicamente. A fin de cuentas, su trabajo se realizaba sentado y jamás había tenido el más mínimo interés en vestir su labor con ningún traje que provocara admiración. Tenía un don, uno que ni siquiera había requerido interminables horas de preparación. Hacía ganar dinero y lo hacía con poco esfuerzo. Eso era todo.

Para el mundo, sin embargo, eso era TODO.

La inquietante figura de un hombre largo y delgado frente a la puerta reclamó toda su atención, algo escasa esos días en los que todo su mundo se había tambaleado sumido en una serie de terremotos emocionales sorprendentemente poco bañados en alcohol y distracciones lisérgicas. No bebía. No consumía drogas. No era nada en exceso salvo eso, "nada".

El hombre estirado de aspecto gris y retorcido comenzó a hablar y los cimientos de su voz se tambalearon de forma grave y profunda. Parecía que cada palabra nacía de la suela de sus zapatos y su garganta no facilitaba una resonancia agradable y cómoda. Sus primeros estertores fueron tan aterradores como intrigantes.

"Quince días. Si lo desea. Ella despertará."

Había conocido en los últimos días a cientos de charlatanes de bata blanca que afirmaban ser capaces de sacar del coma a su esposa y de garantizar una recuperación total. La gran mayoría habían contactado con él por las redes sociales y solo algunos se habían atrevido a presentarse en su casa. El equipo de seguridad acostumbraba a revisar con detalle cualquier posible amenaza por lo que cuando la puerta se abría podía estar seguro de que no había nada en ningún visitante que supusiera un riesgo para su salud y la de su esposa.

Se presentaban ante él acompañados de prestigiosos títulos de todo tipo bajo el brazo y carpetas llenas de informes y datos que corroboraban lo bien empleado que había estado el dinero invertido en su educación universitaria. Estuvo más que tentado a probar alguno de sus tratamientos, pero en el mejor de los casos le ofrecían un estado semiconsciente de su mujer y una casi nula recuperación neuronal.

Aquel hombre no portaba ni un solo documento, título o informe, tan solo una diminuta tarjeta de visita. En ella, grabada con una fuente estándar podía leerse la dirección de una página web, un email y una hora: 3:33.

"Quince días. Ella despertara por completo".

La puerta se cerró a la espalda del misterioso visitante dejando tras de sí un reguero de incomodidad e intriga que sin embargo desapareció casi de inmediato debido a una oportuna llamada telefónica. Nada importante, a menos que se mereciera tal consideración una cantidad obscena de millones de dólares en juego, pero debía verter sobre ella la atención suficiente como para olvidar por unos momentos la extraña visita recibida.

A juzgar por los orgásmicos alaridos del interlocutor al inicio de la conversación, sus habilidades como alquimista de moneda y papel habían vuelto a dar sus frutos y las cuentas corrientes en juego se habían inflado en la misma proporción en la que lo hace un estómago agradecido en un infinito buffet libre.

Unos cuantos millones más tarde repartidos en tres operaciones diferentes, la noche acudió puntual a su cita con la soledad y el mundo pareció ralentizar su paso miles de kilómetros por hora, volviendo lento su sentir y aún más pesado el latir de su corazón. Si los días eran duros las noches mostraban en toda su crudeza la naturaleza aterradora de aquella situación.

Rodeado por el silencio y en oscuridad plena, la cama solía acoger entre sus sábanas todo tipo de pensamientos, recuerdos y dudas. Durante mucho tiempo había pensado que sin su esposa su existencia recuperaría el brillo y la calma que una vez tuvo. Sin embargo, mientras el pitido de la vida artificial de su esposa resonaba con fuerza por toda la casa cientos de pequeños pinchazos clavaban las dudas por cada esquina de su piel. ¿Había sido un buen marido? ¿Había conducido con su desempeño emocional a su mujer al estado "semi robótico sentimental" en el que había transitado su matrimonio en los últimos años?

Aquella noche no hubo tiempo para más texto en su papel de Hamlet venido a menos. La figura de ese hombre y la tarjeta que había guardado en el bolsillo de su camisa apareció con total claridad en su insomnio provocando un poderoso escalofrío que amenazó hacer insuficiente las sábanas de seda que cubrían su cuidado cuerpo.

Se incorporó. Era perfectamente consciente de que miraría el reloj, de que este le devolvería el favor mostrándole la hora y que esta lo invitaría a levantarse y recuperar la dirección web de su móvil. Era cuestión de segundos que estuviera delante de ella y de que el escalofrío regresara.

Así sucedió.

Fue el inicio de todo.

7

Llovía. Su mujer solía odiar los días así y no dudaba en expresarlo de ciento diez maneras diferentes antes del primer café. Sonrió con tristeza mientras escuchaba a la enfermera relatar a su paciente cómo las gotas de agua recorrían dulcemente los cristales en la primera hora del día.

Si existía cierto grado de consciencia en el coma su esposa llevaría horas despidiendo a aquella dulce mujer con palabras tan gruesas como crueles. Era el tipo de personas (es decir, las buenas) que a su esposa le gustaba destruir antes de empezar el día. Había sido testigo tantas veces de ello que no podía dejar de sorprenderle el hecho de que la enfermera pudiera hacer su trabajo sin gritos ni insultos.

En ese momento sin embargo no podía pensar en ello.

Había seguido las instrucciones de la web.

Eso y no otro era el pensamiento que ocupó su mente con la llegada del alba. Hablar de "despertar" a un nuevo día habría sido una exageración de proporciones épicas, una hipérbole mastodóntica dado los escasos veinte minutos que habían supuesto todo su dormir la noche anterior.

Su insomnio tuvo que ver en su totalidad con aquel hombre, con la web, con el correo que envió y con las instrucciones que instantes después había recibido. Por alguna extraña razón y pese a no encontrar por ningún lado nada especialmente sospechoso sentía como si hubiera realizado un pacto con el diablo, como si hubiera contravenido todas las leyes de la naturaleza y estuviera caminando por aguas pantanosas.

¿Qué sentido tenía? Repasó de nuevo el contenido del email. Todo rezumaba lógica si se prescindía del hecho de que partía de un planteamiento totalmente irracional como era la curación completa y absoluta de un paciente desahuciado por al menos cuatro equipos médicos de primer nivel en el último mes. Salvando ese "diminuto" detalle el hecho era que los nuevos responsables de la salud de su esposa pedían (exigían) confidencialidad, plena libertad de movimientos médicos sobre la paciente, una desorbitada cantidad de dinero y revisiones periódicas de todo tipo una vez consumada la curación. Insistieron sobremanera en este punto, en apariencia tan importante como el que hacía referencia a la confidencialidad. Si hablaba de aquello a alguien, si lo hacía público de alguna manera podía despedirse de la curación.

Aquel nuevo repaso a dichas condiciones tampoco parecía mostrarse revelador del por qué sentía que acababa de delegar la salud de su mujer al discípulo menos aventajado del gabinete del doctor Caligari. Se encontraba nervioso, confundido y por qué no decirlo, aterrado, sentimientos que en ningún caso veía reflejados en el contenido exacto de las "conversaciones" con aquellos hombres.

Tal vez todo se redujera a la confidencialidad, más concretamente a la prohibición innegociable del trato cara a cara. Nada de citas, nada de consultas, nada que pudiera identificar a nadie involucrado en el tratamiento. Ni él ni nadie podría ver, oír ni ser testigo de absolutamente nada de lo que sucediera, algo en principio inasumible dado que implicaba dejar a su mujer en manos de completos desconocidos, le obligaba a dar vacaciones al servicio y por supuesto despedir a la enfermera encargada del cuidado de su esposa.

Sin embargo, si lo pensaba con frialdad, ¿Qué podía perder? ¿Iba a empeorar el estado de su mujer? Era literalmente imposible teniendo en cuenta las conclusiones de los equipos médicos hasta ese momento. Si lo tomaba por la posibilidad de que se tratase de una estafa tampoco sería una gran pérdida desde el punto de vista económico.

Entonces, si nada parecía justificarlo ¿Por qué sentía terror en lo más profundo de su corazón?

8

La casa quedó vacía de cualquier empleado a las 14 horas del día siguiente y su mujer recibió la primera de las inyecciones diez minutos después, recibiendo él permiso para verla 600 largos segundos más tarde. Durante el tiempo que duró la misteriosa visita del no menos intrigante personal sanitario los nervios devoraron su calma en la habitación contigua.

Consumido por la inquietud y la angustia y sin saber en realidad qué estaba haciendo volvió a maldecir a sus temores, intensos y agobiantes al mismo tiempo que poco justificados.

El último de los 600 segundos cayó en la lujosa esfera de su reloj al tiempo que escuchaba al sanitario abandonando la habitación. Sí, a juzgar por los pasos se trataba de una única persona. ¿Sería ese hombre alto e inquietante? Por las pisadas parecía tratarse de un hombre, pero sin más datos todo lo que su mente hacía era caminar por el fino alambre de la elucubración.

Fue en ese instante, con las puertas de su imaginación abiertas y la inquietud gobernando con fría mano de hierro el reino de su razón, cuando su memoria halló con absoluta nitidez y precisión dónde se encontraba el absurdo y peregrino origen de sus temores, la razón última por la que estaba penando en aquel valle de lágrimas absurdas derivadas de la decisión tomada.

Aquella historia. Se trataba de aquella maldita historia.

Cientos de diferentes formas de sentirse estúpido inundaron su cuerpo mientras arropaba con mimo el brazo izquierdo de su esposa, el elegido por la persona que había ocupado aquel espacio antes que él para administrar la primera dosis del tratamiento.

En ese instante trataba de agarrarse a cualquier mínimo indicio de normalidad para conseguir un diminuto y ficticio remanso de paz entre las dudas y los nervios que atormentaban su latir. El hecho de no descubrir nada extraño en la estancia lo tranquilizó, aunque, por otro lado, ¿qué podía esperar?

Se despidió de su mujer con un dulce beso en la frente y caminó hacia la terraza con el fin de encontrar algo de aire que pudiera dulcificar el ahogo que anudaba sus pulmones. De haber fumado se habría encendido un cigarrillo y de haber bebido sostendría un buen vaso de alcohol, poco importaría el tipo. En su lugar se sirvió un doble de oxígeno y dejó que los efectos comenzaran a notarse en él.

Aquella historia, aquella maldita historia.

La recordaba a la perfección, por supuesto. Se trataba de uno de esos recuerdos que se graban sin motivo aparente a fuego y jamás se apagan. A veces son recuerdos pequeños, bonitos y dulces, y otras, instantes terroríficos y llenos de sombras que nunca dejan de brillar en la oscuridad.

Podía ver en su memoria con total claridad la noche en que sucedió, la madrugada en que una fría y extraordinariamente oscura luna gobernaba sobre el firmamento. Recordaba con precisión las palabras de su padre sobre aquella historia, las pesadillas de los días posteriores y el estúpido compromiso que extrajo a su novia de entonces sobre "no resucitarle jamás" en el caso de que muriera joven. Una ligera ola de nostalgia cruzó con delicadeza su memoria desapareciendo apenas dos segundos después ante la nítida narración mental de lo sucedido en aquel cortometraje de terror llamado "La Zarpa".

"La Zarpa".

La trama se había tatuado para siempre en su recuerdo. En ella, dos afligidos padres lloraban la temprana muerte de su hijo y en plena desesperación recibían la visita de una especie de "curandero". Este, con unas formas y un misterio muy similar al que había vivido él horas antes, ofrecía con total naturalidad la posibilidad de traer a su hijo "de vuelta" y para ello les entregaba una simple zarpa de animal a cambio de una cantidad de dinero elevada. El proceso, simple y sencillo, consistía en situar la zarpa en la repisa de la chimenea junto a una foto del difunto y así aquella simple pata de mono momificada conseguiría burlar a la misma muerte…trayendo a su hijo de vuelta.

Recordaba con detalle la intranquilidad, el blanco y negro, el misterio y finalmente el terror desatado cuando tres simples golpes en la puerta ilusionaban a los padres sobre el regreso de su hijo. ¿Lo habían conseguido? ¿Habría la muerte sufrido una derrota a manos de la magia, la brujería, la santería o lo que fuera aquello? Bastaba la horrible mirada de su padre por la ventana para descubrir los efectos retorcidos que el regreso de la tumba había provocado en el hijo.

Ni una sola imagen, ni un indicio cierto del aspecto del resucitado, pero cientos de maneras sutiles de narrar al espectador que un "no muerto" había llamado a la puerta de los cercados padres. Un zombi, un monstruo, una aberración surgida de los deseos nobles de dos padres por traer de vuelta a su amado hijo. ¿Había algo más aterrador que aquello?

Pensar en aquel hombre, en "la Zarpa" y en su mujer solo consiguió que se sintiera estúpido y abochornado, aunque durante varios minutos estos sentimientos quedaron sepultados bajo el manto agujereado del terror más exquisito, aquel que obliga a un adulto a sentirse niño y al niño, víctima cierta del monstruo implacable del horror.

El silencio de la casa tampoco ayudaba demasiado a que su mente encontrara distracción alguna y potenciaba que su atención se centrara exclusivamente en todo lo que ocurriera en torno a aquella habitación.

En torno a su mujer.

A su despertar....

9

Se había movido. Su mujer se había movido.

Era un hecho tan innegable como que la noche se había abierto paso y la oscuridad dominaba por completo la casa.

En las últimas horas había conseguido centrarse en algunas cosas banales con un resultado más que decente pero las sombras de la noche y aquel terrorífico movimiento de su mujer hizo regresar a su mente oleadas inmensas de pánico y horror.

Llevaba apenas diez minutos junto a su esposa cuando sucedió.

Se había movido. Su mujer había movido un brazo. El izquierdo, el del pinchazo y no se había tratado de un simple temblor o un ligero cambio de posición. No. Su esposa había levantado el brazo, lo había mantenido durante al menos un minuto y lo había dejado caer con intensidad sobre la cama.

Aquel era el primer indicio de vida que su esposa había mostrado en semanas y sin embargo lejos de mostrar alegría o esperanza se descubrió aterrado alejado de ella, abandonando la habitación abruptamente. ¿Qué le estaba pasando? ¿De verdad iba a permitir que un estúpido recuerdo casi adolescente controlara su estado de ánimo en un momento así? Su mujer lo necesitaba, necesitaba que mantuviera la calma y que se pusiera a los mandos de la situación. Apenas acababa de empezar el tratamiento y no podía permitirse ni un segundo más aquella intranquilidad infundada. Temía que los absurdos pensamientos que dominaban su mente terminaran por perjudicar la recuperación final de su mujer.

Tomó una decisión lógica. La primera en todo el día y escribió a su doctor personal. Pensó que no sería mala idea buscar ayuda narcótica a su estado de ansiedad y tras una rutinaria y condescendiente conversación el galeno hizo llegar a su buzón de email dos recomendaciones en forma de receta. La primera se trataba de un conocido ansiolítico, perfecto para conciliar el sueño y alejar de su mente estúpidos complots aterradores durante la noche.

La segunda era tan simple como imprescindible: descanso y una buena alimentación.

Con palabras sencillas el médico le explicaba cómo una mala gestión de las horas de sueño y la pésima planificación de comidas que él mismo había confesado, generaba trastornos importantes en el sistema nervioso y podía acentuar una ya de por sí situación de estrés como era la que estaba viviendo. Al cambio repentino de rutina laboral se unía la soledad repentina en casa, los nervios, la incertidumbre y los demás estados de ánimo derivados de la situación lo que hacía el mantenerse bien alimentado no solo algo muy recomendable sino absolutamente imprescindible.

Del mismo modo, conocedor de la ocupada y compleja vida que su paciente llevaba, el doctor le hizo ver cómo podía alcanzar una relativa calma con un hobby y mataría dos pájaros de un tiro con la práctica relajada y calma de la actividad en la cocina.

Así, si se preparaba su propia comida y empleaba tiempo y mente en llevarla a cabo conseguiría no solo el objetivo de reponer y mejorar sus fuerzas, sino que ayudaría a alejar su mente de pensamientos negativos y estresantes como los que le estaban preocupando en ese instante.

Agradeció sobremanera aquellas palabras del buen doctor pues justificaban de un modo muy razonable los estúpidos malos pensamientos que había tenido las últimas horas lo cual aliviaba en cantidades industriales su estado de ánimo.

Sí, se había movido ¿por qué no podía alegrarse? Si ella era de alguna manera consciente estaría odiándole por no reaccionar con ilusión a tan inesperado pero prometedor paso. ¿No podía dejarse llevar por la esperanza? Su mujer, su esposa, ¡podía despertar! Era inmoral y obsceno no creer, no seguir luchando.

No había sido nunca un hombre de grandes hobbies y consideró muy oportuna la recomendación de su médico. Debía cocinar y debía disfrutar del proceso para lo cual tiró de su caprichosa memoria la cual muy oportuna recordó el título de aquel libro de juventud cuyo nombre había regresado a su mente la mañana de la agresión de su esposa, en aquella casi prehistórica visita a la biblioteca.

"Recetas de cocina para la felicidad"

Tres minutos y su móvil después aseguraron recibir el libro de recetas al alba. Satisfecho con aquel primer paso regresó con cuidado a la habitación y besó en la frente a su mujer con todo el cariño que fue capaz de encontrar en su corazón. Todo iría bien. Todo iba a cambiar.

Caminó con energía hasta la cocina y con decisión y una más que decente ilusión eligió el mejor y más afilado cuchillo. Por fortuna el servicio solía hacer un enorme trabajo con la cocina y además de utensilios de todo tipo, mantenía siempre perfecta una gran despensa y todo tipo de especias y condimentos a su disposición. Serían perfectos para la carne que pensaba preparar.

Lo cierto es que disfrutaba cocinando. Lo había hecho muy poco durante los últimos años, pero no siempre había sido así. No podía decirse que hubiera sido nunca un gran gourmet y jamás había tenido ninguna pretensión pomposa pero siempre había disfrutado en la cocina y solo su matrimonio y el trabajo lo habían alejado de hacerlo con mayor frecuencia.

Su mujer habría puesto el grito en el cielo de estar despierta. Ella odiaba casi todo de lo que él hacía en la cocina. Por supuesto repugnaba la comida resultante de sus recetas, pero todo el proceso tenía al menos diez pecados mortales para ella, siendo uno de los más extravagantes la forma en que él cortaba la carne y siguiéndolo de cerca en el podio de sus odios la forma en que cogía un cuchillo y el modo en que masticaba después la comida.

En aquello, como en otras tantas cosas, su mujer había ejercido una retorcida influencia, eliminando por completo su afición por cocinar y sumiéndola en lo más profundo del olvido. Después de todo aquello le hacía feliz y su mujer tenía unas normas muy estrictas con respecto a todo aquello que hiciera feliz a su marido. Acostumbraba a identificar, destruir y hacer desaparecer con rapidez todo lo que sonara a felicidad para él. Después de todo si él se distraía con sus propios sentimientos y gustos ¿qué tiempo le quedaría para centrarse y complacer los suyos?

Mientras desgarraba con mimo la carne y disfrutaba del olor crudo de aquella materia prima cerró los ojos durante unos segundos volviendo a sentir algo que durante mucho tiempo creyó perdido para siempre: libertad.

Saboreó cada momento como hacía tiempo que no disfrutaba con algo y su garganta pareció sufrir de síndrome multiorgásmico severo durante al menos una hora después de acabar la degustación de tan suculento manjar. Se sintió bien, se sintió feliz.

Y ella no había podido impedirlo.

Al menos no hasta ese instante...

Nunca había creído en divinidad alguna y a diferencia de sus padres y de su propia esposa no solía culpar a ningún ser supremo de los buenos o malos acontecimientos que tenían lugar en su vida......pero se obligó a realizar un esfuerzo sobrehumano para no ver la terrorífica mano de ningún Dios vengativo en el alarido inesperado que surgió del fondo de la garganta de su mujer, llenando cada rincón de su casa de un profundo y desgarrador terror.

Su cuerpo quedó atrapado por el más retorcido y oscuro de los pánicos. Podía sentir a toda la casa latir aterrada, a las paredes desangrarse y a los suelos tornarse en espesos lagos de putrefacto pus infectado bajo sus pies. Su respiración se aceleró tanto que se hizo insoportable y cada uno de los rincones de su alma se estremecieron como solo el sonido del mismo infierno quebrándose podía llegar a provocar.

Ella se había enterado. Era la única explicación. De alguna retorcida e imposible manera ella se había enterado de lo que acababa de hacer. Los gritos aumentaban en intensidad, su corazón apenas era capaz de procesar latido alguno y cada uno de sus músculos se congeló volviéndose tan inútil como su razón.

No podía ser. Por un instante trató de recomponerse. Ella no podía haberse enterado, era totalmente imposible que hubiera sido consciente de su instante de libertad, de felicidad plena, de goce absoluto. ¿Sería la medicación recién comenzada? ¿Sería una dramática casualidad?

Inmóvil. Sintiendo como clavos punzantes descender los restos de la cena por su aparato digestivo fue incapaz de realizar acto alguno. El terror gobernaba la noche, los demonios paseaban por cada rincón de su mansión dibujando extrañas sombras llenas de culpabilidad. Se había enterado. Ella SE HABÍA ENTERADO. Estaba perdido. Jamás se lo perdonaría. Jamás osaría disculpar ese instante de disfrute, de felicidad, de paz de su marido.

Dios mío, ¿qué había hecho?

Buscó algún resquicio de cordura, algo nada sencillo dado la espiral de pánico en que se ahogaba. ¿Estaba sintiendo algo su mujer? ¿Era eso normal? Si debía despertar y encontrarse en plenitud en quince días cabía de esperar comportamientos así

¿Cabía esperarlos? En realidad, no tenía ni la más remota idea de si todo aquello era normal y esperable.

Los gritos de su mujer aumentaron de intensidad, impidiéndole escuchar con cruel nitidez el alocado ritmo de su corazón desbocándose entre sollozos. El recuerdo de aquel cortometraje, la culpabilidad, el terror insoportable que había partido en mil pedazos su noche, aquellos gritos…todo golpeó su corazón amenazándole con detenerlo para siempre al tiempo que la ansiedad hiperventilaba su consciencia haciéndole caer lentamente al suelo perdiendo la consciencia.

El silencio lo despertó un tiempo indeterminado después.

Aturdido y desorientado fue capaz de recuperar la verticalidad y por un instante algo de la cordura perdida, la mínima imprescindible para buscar la salida más lógica. Tecleó con premura en su móvil y describió con precisión lo ocurrido a la dirección de email que el equipo médico había puesto a su disposición para cualquier hecho inesperado. La respuesta, tal y como prometieron en la contratación, no tardó en llegar y lo hizo llena de buenas tranquilizadoras noticias.

Cualquier tipo de reacción como la que él describía era razonable y por tanto esperable. Formaba parte del tratamiento y no debía tener miedo, al contrario, debía alegrarse porque todo estaba saliendo según lo previsto.

El mundo en su mente se había hecho pequeño, inútil y cerrado. Tardó en procesar aquella información y para cuando lo consiguió el sueño y el cansancio lo atrapó con furia, secuestrando su razón y existencia hasta la mañana siguiente.

Estaba agotado de ser él mismo en aquella montaña rusa de sentimientos.

10

El libro llegó puntual a primera hora del día, despertándole.

Recordaba con exactitud la portada, textura y hasta el nombre del autor de aquel libro. Sentimientos de una época distinta invadieron la fábrica de nostalgia en que se había convertido su memoria sumando a la perfecta mezcla de sensaciones que recorría con descaro la batidora en que se había convertido su cerebro.

Se repitió de nuevo las palabras del equipo médico. Todo estaba en orden y así lo parecía revelar la tranquilizadora imagen de su mujer, relajada y en la misma idéntica posición en la que se encontraba la última vez. Dedicó los primeros minutos del día a su aseo y cuidado tratando de purgar la culpa por su ilógico comportamiento de la luna anterior.

Presentaba un gesto sereno y calmado. ¿Estaría sufriendo? Había centrado tanto su atención en sus propios temores que no se había parado a pensar en aquella posibilidad. ¿Y si el tratamiento le estaba provocando un intenso dolor? ¿Y si a ello se debían los gritos?

Estaba seguro de que, si así fuera, su mujer le acusaría durante el resto de su vida de haberla provocado un dolor extremo. Para cualquier ser humano aquello habría sido un mal menor habida cuenta de la recuperación, pero para ella no. Ella era capaz de convertir el vino el agua y dividir por cero los panes y los peces de la existencia.

De hecho, de no ser porque era tan retorcido como imposible, habría jurado que en lo más profundo de su ser ella estaba tratando de evitar la victoria contra el coma de su marido. ¿Qué dirían los periódicos? ¿Los medios? Sería el marido del año, la persona que no se rindió para ayudar a su esposa. ¿Y ella? Un mero chimpancé en un laboratorio esperando que alguien le tirara los restos de la fama y gloria de su marido. ¿Permitiría algo así su mujer?

¿Podría haber sido ese ruido una queja nacida desde lo más profundo de su ser?

Respiró en al menos cuatro ocasiones y siguió adelante con su día. Había tomado una decisión y mientras sostenía aquel libro entre las manos se conjuró para continuar con paso firme. Solo quería ver a su mujer despertar, nada más por lo que regresó a la sugerencia del doctor.

Durante los primeros días en casa había tratado de centrarse en el cine y la televisión como morfina contra el dolor que la situación le estaba provocando. Fracasó con estrépito y aquella sugerencia del médico además de gozar de unos más que positivos efectos secundarios sí le había provocado un auténtico instante de calma, serenidad y placer para su paladar.

Era imposible no recordar la orgía de sabores que había experimentado durante la cena. Necesitaba más que nunca centrarse en aquello. Podía parecer estúpido y probablemente lo fuera, pero por un momento se descubrió soñando con cocinar para su mujer y tal vez con iniciar una nueva vida junto a ella, devolviendo al matrimonio el brillo que una vez y durante apenas unos meses tuvo. Se descubrió descontando las horas que faltaban para la comida, pero no tardó en averiguar que el verdadero estímulo lo encontraba en la tercera comida del día.

La cena.

Durante la noche.

Había algo de hipnótico en la manera en que la cocina parecía llamarle con la caída de la oscuridad. Era como si los demonios de la soledad y la incertidumbre que acechaban con la luna fueran incapaces de perturbar su estado de ánimo. Libre, calmado, seguro. Ansiaba volver a sentirse así, ponerse de nuevo el delantal, tomar el libro y cocinar. Simplemente cocinar.

¿Estaría exagerando? Al fin y al cabo, era solo eso, cocinar, así que posiblemente estuviera dándole más importancia de la debida, pero ¿tenía algo de malo aquello? Su vida no había estado marcada en exceso por el disfrute y ni siquiera "teniéndolo todo" había conseguido sentirse bien fuera del trabajo y mucho menos en casa. Quizá aquella extraordinaria sensación de bienestar fuera la reacción lógica a años de frustraciones y esclavitud marital.

Tal vez lo ilógico después de todo era tratar de despertar a una persona que podía enviar aquel nuevo orden emocional al rincón más oscuro y profundo de la basura.

11

Todo transcurrió en calma durante el día siguiente y lo único digno de reseñar fue el delicioso olor y mejor sabor de su comida y su cena, degustada junto a su esposa en una pequeña pero elegante mesa auxiliar y acompañada por una animada conversación que ocultó con bastante éxito el monólogo que era en realidad.

Las dudas y temores sobre reacciones inesperadas parecían haber pasado a la historia y las comidas y cenas se sucedían haciéndole sentir, en combinación con las pastillas, en un más que decente buen estado mental y nutricional, algo casi inédito desde la agresión a su esposa.

El reservado equipo médico mantenía una estricta opacidad con cada detalle del tratamiento. Eran a todas luces inexistentes para él y así lo habrían sido durante todo el proceso de no surgir un inesperado y poco entendible suceso en el tercer día, algo que alteró por momentos la paz en la que parecía haber entrado aquella espiral de emociones.

En un tan breve como incomprensible comunicado, los responsables de llevar a cabo la recuperación de su esposa expresaban su pesar por verse obligados a romper el protocolo establecido. El email fue tan escueto como inquietante y aludía a "motivos personales" en la decisión del enfermero de no seguir administrando personalmente el tratamiento a su mujer. Debido a la especial naturaleza de todo el proceso no era sencillo sustituir en 24 horas a aquel hombre por lo que mientras se hallaba una solución para dicha labor se decidió adjuntar las instrucciones de uso de la moderna jeringuilla para que fuera él y no otro quién la introdujera bajo la piel de su esposa. Cualquier interrupción en el tratamiento habría enviado al traste todas las opciones de recuperación por lo que se había considerado que era la mejor y más eficaz de las soluciones al "problema surgido".

Durante un par de segundos dudó y consideró todas las opciones llegando a la conclusión de que el hecho de encargarse él mismo de aquella labor podía redimirle algo del placer culpable que estaba sintiendo con su renacida afición por la cocina. Después de todo si su esposa podía sentir algo o si llegaba a recordar algo de aquellos días al despertar esa sería una imagen que quizá provocara en ella algo de ternura. Así sabría sin ningún género de dudas que había pasado los días cuidando literalmente de que recibiera el tratamiento que la había devuelto a la vida plena.

Por supuesto también podía producirse el efecto contrario.

Estaba convencido de que su mujer encontraría la manera de convertir aquel moderadamente arriesgado pero efectivo acto de amor en algo sucio, peligroso o simplemente inútil, pero aceptó y comprobó que en efecto las instrucciones eran claras y sencillas. Una ligera presión sobre el muslo de su esposa sería suficiente para introducir la dosis necesaria en su torrente sanguíneo.

Sin más.

Sin menos.

Optó por adecuar la casa a su nuevo estado calmo de ánimo. Pese a que la presencia de periodistas se había reducido a visitas esporádicas nada peligrosas, optó por echar todas las cortinas y situó el termostato en su zona de confort al tiempo en que desde el control domótico de su vivienda situaba todas las luces a un 10% de su potencia.

Había dudado de hacer algo así los días anteriores por la impresión que la oscuridad casi completa pudiera causar a los no menos grises visitantes del equipo médico, pero teniendo en cuenta que tras lo sucedido no pensaba recibir más visitas se permitió el lujo de sumir su vida en una agradable noche continua. Había algo de siniestro en aquello, debía reconocerlo, pero era durante la luna y no en otro momento cuando parecía encontrar la paz y la calma perfectas. Era con la llegada de las sombras el instante en todo su cuerpo parecía sentirse aliviado y cómodo.

A esas horas los terrores del primer día se habían matizado lo suficiente como para no estar demasiado presentes en sus acciones dentro de la casa. Acudía con frecuencia a comprobar que su mujer respiraba con normalidad y continuaba hidratándose a través del suero que ellos habían dispuesto. El resto del tiempo disfrutaba revisando su libro y acompañándolo de viejos programas de cocina por internet.

Comentó a su doctor los progresos que sus consejos habían provocado en su estado mental y nutricional y compartió con él la gratitud y alegría que sentía, bromeando incluso con el hecho de que una futura cena demostraría sus progresos en el noble arte culinario.

Se encontraba bien. El sueño lo vencía en alguna ocasión durante unos minutos y acababa atrapando entre las mullidas fauces del sofá, pero por lo demás la nueva rutina que había instalado en su vivir era muy satisfactoria.

No podía evitar los puntuales pero intensos arrebatos de culpabilidad que surgían de entre las brumas de la paz para perturbar su conciencia cuando menos lo esperaba. ¿De verdad era capaz de sentir satisfacción en una situación como aquella? ¿Qué clase de hombre era?

Tomó aire. No era momento de dudas.

Relajó sus músculos y se dispuso a bordar su papel de enfermero.

Sintió a su mujer temblar bajo la inyección y tuvo que contener un grito.

Era el tercer movimiento del que era testigo en las últimas horas y el primero de los muchos que habrían de coincidir con la administración del tratamiento. Los otros dos habían sido ligeros, casi imperceptibles, pero este, este había tenido todos los síntomas de alguien que "siente" lo que está ocurriendo.

Mantuvo la calma aliviado por las justificaciones que el equipo médico había dado respecto a cualquier posible reacción de su esposa. Aplicó y retiró la inyección tal y como había sido informado y aguardó con atención los siguiente diez minutos a la espera de que no se produjera reacción adversa alguna en cuyo caso debía administrar una segunda dosis siempre preparada con antelación. Debía reconocer que esa parte era enormemente tensa y que había agradecido no vivirla durante los dos días anteriores en los que el sanitario había llevado a cabo dicha labor.

Por fortuna nada extraño sucedió en ese intervalo y con los latidos de su corazón aun tratando de reponerse decidió centrarse en el placer para el que había estado preparándose durante todo el día: la cena.

Tan decidido estaba a volver a gozar de ese calmo y delicioso placer que no cayó en la cuenta de que ni en un solo momento había llegado a plantearse la que debía haber sido la gran pregunta del día.

¿Y si el enfermero había visto "algo" en la habitación de su mujer?

12

En el exterior la noche había caído con furia como si cada uno de sus actos fueran contemplados por algún extraño vigía del destino. Quizá su actitud ambigua entre la compasión y el disfrute estaba enfadando a algún dios o diablo. Tal vez su cargo de conciencia estuviera alimentando las nubes del vapor deforme de su alma quemada por la incertidumbre de lo que habría de suceder en el despertar de su esposa.

Una poderosa tormenta rompió la luna en dos y por un instante deseó que los pasos del servicio por la casa volvieran a escucharse suave y calladamente. Apoyado en las dulces olas de una copa de vino con uno de los ansiolíticos nadando en su interior consiguió controlarse y regresar así a la mejor parte del día, esa en la que todo era tan simple y sencillo como medir, remover, probar, controlar y saborear. Alcanzaba una gran dosis de tranquilidad en esos momentos y podía sentir la paz que ansiaba con toda su alma jamás abandonara de nuevo esa casa.

Cerró los ojos y escuchó el silencio. Demasiado y en exceso perturbador, pero después de todo oportuno para su tranquilidad en la cocina.

No se tenía por una persona imaginativa (para su labor en la bolsa la imaginación se consideraba más bien un tabú) y era consciente de que en la cocina dicha cualidad suele jugar un papel importante, pero estaba realmente orgulloso de la manera en que la carne se presentaba juguetona en su plato. Ligeramente cruda, ligeramente salada, ligeramente especiada y sobradamente deliciosa. Regada con un brebaje apropiado, imperial, potente y con la capacidad de hacerle sentir bien, simple y llanamente, bien.

Como el día anterior degustó semejante manjar junto a ella y también como el día anterior trató de conectar su disfrute con su mujer, hablando sin parar, contando todas las cosas que durante años no había podido decir sin ser objeto de burla o de mofa. Habló de su noviazgo, de sus sueños, de las ilusiones que podían haber hecho realidad con la situación económica de la que gozaban...

No le sorprendió descubrir que aún en coma continuaba recalcando cada uno de sus defectos desde el silencio, desde la indiferencia. Confiaba tanto en que tras su despertar todo hubiera cambiado...

Bajó a la cocina para guardar con orden y esmero los platos y cubiertos. Podría haber guardado con idéntico mimo las sobras de su festín, pero debía ser sincero con su gula y reconocer que no había ni un solo centímetro de carne que no descendiera a toda velocidad por su cuerpo.

La lluvia aumentó su intensidad cosa que, en ese momento, mientras guardaba los platos, no le preocupó en exceso. Había cenado tanto que no tardaría en encontrar el sueño. Consideraba incluso relajante el rítmico sonido de las gotas de agua golpeando contra la ventana y hasta los truenos, en lugar de sonoros reproches del karma, parecían oportunos para purgar conciencias a golpe de furia partiendo en mil pedazos el cielo, trayendo consigo calma.

Tal vez por eso ocurrió en ese instante, en el más brusco y desgarrador baile de agua de fuego. Como un depredador agazapado esperando justo ese y no otro momento.

Y ocurrió con ansia.

Ocurrió. Dios sabe que ocurrió.

Una voz cavernosa y profunda recorrió con ira todas las estancias de la casa repitiendo una y otra vez su nombre con desgarradora insistencia.

Podía haberse tratado de cualquier ser de infame procedencia demoniaca. El mismo Lucifer hirviendo en azufre o una horda de hambrientos monstruos surgidos de la peor de sus pesadillas no habrían sonado más aterradores que aquella iracunda vocalización.

Dios Santo.

Era su mujer.

Sólo que...no sonaba a nada que alguna vez se hubiera asemejado a su mujer.

De hecho, no sonaba a nada humano.

Sus dedos temblaban de tal manera que se mostraban incapaces de acertar sobre la pantalla del teléfono. Sus torpes yemas consiguieron dar forma a algo parecido a un email, la única forma posible en que "ellos" se comunicaban con él. Fue claro, escueto, y contundente y pulsó "Enviar" devorado por el terror que la voz de su mujer escaleras arriba repitiendo su nombre sin parar le provocaba.

Grave, rota, oscura, más profunda y fuerte cada vez, desgarrada en mil jirones y por imposible que pareciera...más cercana.

Un ruido. Dos. Un impacto contra el suelo.

Se estaba moviendo, arrastrando, caminando en su dirección, escaleras abajo...

Acudió raudo y aterrado a cerrar la puerta de la cocina y cogió con su mano derecha el cuchillo más grande y afilado.

¿Qué demonios estaba haciendo? ¿Protegerse? ¿De quién? ¿De su mujer en coma, DESPIERTA?

No tenía sentido...o quizá sí. A fin de cuentas, solo buscaba salvar su vida del terrible monstruo en que ella se había convertido por ese maldito tratamiento.

El email de respuesta no tardó en llegar y su contenido fue aún más breve y directo.

Era normal que su mujer tuviera espasmos de garganta y que emitiera sonidos más o menos frecuentes.

No había en cambio ninguna posibilidad de que se hubiera levantado de la cama y estuviera caminando hacia él.

No podía entonces haberla escuchado arrastrándose. Debía haber sido otra cosa, otro ruido...

Buscó calma. Había una explicación, siempre la había y sin duda la opípara cena y lo excesivo del consumo de bebida estaba magnificando sus reacciones. ¿No era esa acaso de nuevo una buena noticia? El tratamiento seguía los pasos previstos y si eso seguía siendo así terminaría con su mujer en perfecto estado. ¿Se podía pedir más?

Como si su mente y la realidad jugaran una partida de ajedrez finalizada en tablas los gritos de su esposa terminaron al tiempo en que decidió controlar sus latidos. Después silencio, oscuridad y calma.

Toneladas de insultante calma.

La puerta de la cocina se abrió con fuerza entre dos latidos.

Ella la había abierto.

Su nombre sonó aún más cercano y desgarrado que nunca al tiempo que su figura arrastrándose apareció con nitidez entre las sombras y la semioscuridad de la estancia.

Gritó y durante unos segundos el pánico invadió su sistema nervioso, obligándole a permanecer inmóvil contra su voluntad.

Lo había alcanzar. Ella lo iba a alcanzar. Podía ver la sombra acercándose más y más a su posición por la única puerta del lugar. No tenía salida, no tenía escapatoria alguna.

Agarró con fuerza el cuchillo y se imaginó clavándoselo en el cuello. Una imparable arcada recorrió su garganta y cientos de pensamientos se mezclaban en uno solo en su cabeza, tan retorcido e imposible que era totalmente innombrable.

¿Y si ella quería comérselo?

Dio un paso en su dirección, temblando a tal punto que consideró un milagro conseguir dar un segundo. La sombra era cada vez más evidente y podía jurar haber visto sangre y vísceras brotar de su boca hambrienta más cercana al tiempo. El pánico lo recorría todo en una terrible escena intolerable para la razón humana.

El mismo Zeus en las alturas bramó ante la abominación surgida de las fauces del infierno y un poderoso trueno rasgó la noche dos, asustándole y haciendo que su tercer paso se tornara inestable, golpeándose en la caída contra el pico de la mesa.

Un intenso olor a comida fue lo último que invadió sus sentidos antes de perderlos.

Un delicioso e intenso olor a carne…

13

Recuperó la consciencia bien avanzada la mañana. Su primer pensamiento fue caótico y desordenado, pero no tardó en incorporarse y mirar su cuerpo, temiendo encontrar marcas de dientes y carne arrancada. Palpó temblando y se deshizo de su ropa, buscando restos del ataque de aquel monstruo.

Nada. Solo un reguero de sangre seca discurría por su frente como recordatorio de la noche anterior fruto del impacto contra la mesa. El resto de las cosas parecían estar exactamente en su sitio. La puerta permanecía cerrada, los platos de la cena se encontraban en el mismo lugar en que los había dejado horas antes y tan solo la ausencia del olor a comida parecía suponer un cambio respecto a la luna recién escondida.

¿Qué había ocurrido?

Trató de calmarse y centrar su atención en las cosas que sí sabía. Se encontraba bien, todo parecía en su sitio y hasta la herida de su cabeza no parecía demasiado importante.

Sus primeros pasos recorrieron el camino inverso a los últimos que había dado durante la noche. El eco de aquella terrible voz se había apagado y las palabras del correo electrónico parecían pesar mucho más en su caminar hacia la habitación de su mujer que la más que probable exageración que lo inesperado de la situación había provocado.

Con cuidado, no exento de temor, empujó la puerta de la habitación. Tuvo tiempo para imaginar todo tipo de escena tras aquel telón, pero por fortuna todo estaba en orden. Simplemente en orden.

No había un solo indicio de que su esposa hubiera podido abandonar la posición que mantenía desde hacía semanas. Cada cosa se mostraba en el mismo idéntico sitio en el que se había mostrado desde entonces y sólo el ligero olor a la cena que había ingerido junto a su mujer delataba que todavía no se había ventilado la habitación.

¿Podía haber sido todo fruto del impacto? ¿Y si el golpe en su cabeza le había hecho soñar con aquella terrible escena? Debía haber tropezado y el impacto le había sumido en una pesadilla inconsciente. Parecía evidente que esa y no otra era la explicación a todos los horrores que había creído vivir durante la noche. No había otra posibilidad.

De haber descansado, de haber alcanzado la pretendida calma que creía haber logrado, sus sentidos no se habrían apiadado de él como lo estaban haciendo en ese preciso momento. De haber conciliado un confortable sueño habría percibido con total claridad que la vía que alimentaba a su mujer a través de la mano derecha presentaba claros signos de haber sido retirada y colocada de nuevo con cierta torpeza.

De encontrarse en plenitud de condiciones no se le habría escapado el hecho de que el suelo de la habitación presentaba ligeros y diminutos surcos bañados en sangre correspondientes a las uñas de la mano izquierda de su mujer clavándose en el piso.

De haber sido más él de lo que era en ese instante habría comprendido que su mujer en efecto...

SE HABIA BAJADO DE LA CAMA.

Se miró al espejo ignorante de todo aquello.

Retiró la sangre del impacto y descubrió que pese a todo tenía buen aspecto. Su mujer también presentaba mejor color y hasta el día, tras la tormenta de la madrugada, lucía un sol espectacular que anunciaba horas felices y calmas.

Optó por no pensar demasiado en lo sucedido. Después de todo no tenía demasiado sentido martirizarse con aquello cuando tenía por delante días importantes para el tratamiento de su mujer.

Además, se sentía bien. Liberado de los temores de aquella terrible pesadilla decidió leer un libro a su mujer y pasar con ella gran parte del día. Puso por primera vez en mucho tiempo música e incluso se preparó mentalmente para el momento en que ella despertara de nuevo. Estaba seguro de que toda una nueva vida esperaba y se encontraba preparado para afrontarla. Tenía dudas, por supuesto, y unas más que razonables sospechas de que no sería fácil para su mujer aceptar algunos cambios de la nueva situación, pero confiaba en que finalmente el amor por la vida redimiera a su esposa y endulzara su carácter.

¿Era un ingenuo por pensarlo? Era posible pero no menos cierto era el hecho de que la culpabilidad había desaparecido por completo. Se sentía cómodo con sus pensamientos y aún más a gusto con sus actos. Era posible que el aislamiento que mantenía durante los últimos días y la necesidad de no ejercer el papel de marido afligido 24 horas al día le hubiera dado una tregua a su conciencia y pudiera por fin disfrutar de las cosas que incluso dentro de aquella tragedia merecían ser disfrutadas.

Todo transcurrió en calma aquella mañana, en una dulce y deliciosa calma regada por el mejor elixir que podía comprar el dinero y la preparación mental de una cena exquisita e inolvidable.

A salvo de nuevo de temores infundados y de cargas en el corazón que quizá nunca debió portar, se comprometió a seguir sintiéndose así tras el despertar, se encontrara su mujer en el estado que se encontrarse.

Y debía encontrarse bien. No dudaba del equipo médico. Al final y pese a los sobresaltos en forma de voces y movimientos inesperados debía reconocer que el tratamiento estaba siguiendo los pasos de los que había sido informado. Nada hacía por tanto presagiar otro resultado que no fuera el positivo.

Fueron días felices.

Fueron días de esperanza y de ensueño.

Con su mujer en coma.

Su matrimonio jamás había estado más despierto.

14

El día del despertar había llegado.

Las instrucciones eran claras si bien mostraban serias discrepancias en un punto fundamental.

El equipo médico insistía en estar presente durante la administración de la última dosis, la que habría de despertar por completo a su esposa. Él negó tal posibilidad y hubo de añadir un par de ceros a la cifra final del tratamiento para conseguir la intimidad que de dicho momento deseaba. ¿Había posibilidades de que la terapia fracasara? Sin duda, pero tal y como había deducido de las palabras escritas del equipo médico en tal caso no había nada que nadie pudiera hacer salvo certificar dicho fracaso. No había un "botón" de emergencia o algo que hacer en el caso de que una vez pasadas tres horas exactas desde la última dosis su mujer no mostrara cambio alguno por lo que no consideró necesario que un desconocido compartiera con él el instante en el que su mujer abriera de nuevo los ojos.

Era optimista. Debía reconocer que al principio le había costado creerlo, pero los acontecimientos se habían desarrollado en su totalidad como había expresado el equipo médico por lo que albergó esperanzas de que su esposa tuviera el dulce y cómodo despertar del que le habían hablado, no muy diferente al de una larga y profunda noche de sueño.

No cabían esperarse lagunas de memoria, no habría problemas de coordinación ni de expresión y comunicación y tan solo los días en cama provocarían lógicas molestias musculares que aconsejaban la presencia de un fisioterapeuta los primeros días desde la recuperación.

Él insistió en un punto. La comida.

Celebró con notable y sincera alegría cuando se le informó de que no habría necesidad de dieta especial alguna. Su mujer podría comer "de todo" y podría hacerlo casi de inmediato.

Aceptaba y comprendía, como era lógico, que después de un coma su esposa no iba a ser la mejor y más dispuesta comensal, pero mantenía la esperanza de que después de tanto tiempo alimentándose mediante un tubo su mujer quisiera al menos probar los resultados de su nueva y estimulante afición por la comida. Despertaría para la cena y sería perfecto que sus labios degustaran durante unos segundos la exquisita bienvenida culinaria que le iba a preparar. Nada profundo, nada serio, solo un símbolo de la nueva era feliz que debía iniciarse con ese abrir de ojos.

Una perfecta y profunda mezcla de alegría y temor crecía en su interior según se iba acercando el momento. Eligió con mimo la música. Suave, dulce, e incluso optó por una iluminación tenue y adecuada para que el abrir de ojos de su mujer no sufriera los efectos del exceso de lúmenes de luz LED que reinaban sobre el techo de la estancia. Quería mimarla, quería cuidarla hasta el punto de que ese despertar fuera en realidad un despertar a la nueva vida.

El reloj ralentizó sus horas en proporción inversa a cómo se iban acelerando sus nervios. Llevaba días sin salir de casa, pero su aspecto físico era bueno, agradable. Había dejado crecer en su rostro una barba ligeramente frondosa e incluso los kilos que había añadido a su peso parecían favorecerle. Las horas de relativo descanso y la reciente tranquilidad que asolaba el interior de su vivienda habían ayudado a que sus habituales ojeras desaparecieran casi por completo.

Eligió con cuidado la ropa. La preferida de su mujer, o al menos la que menos gritos solía suscitar cuando se la ponía y hasta redactó un pequeño guion de las cosas que quería decir. Nada complicado, nada lleno de palabras demasiado exageradas pero sinceras y nacidas de lo más profundo de su corazón.

Era una segunda oportunidad y nadie en el mundo podría negársela. Respiró hondo y llenó sus pulmones de positivismo. No había una sola opción de que fallara el tratamiento. Ninguna.

Todo sería perfecto.

No dejó de repetírselo mientras preparaba con mimo y cuidado la última dosis del tratamiento, la necesaria para traer de vuelta a su esposa.

Para despertarla.

Sonrió mientras recordaba las primeras y aterradoras sensaciones que aquella expresión le había provocado. ¿Podía sentirse más ridículo? Había tenido pánico a su mujer convertida en una especie de zombi, había interpretado los espasmos y reacciones al tratamiento como si de una cutre y lamentable película de terror se tratara ¿se podía ser más patético?

Claro que entonces él era otro hombre. Habían pasado pocos días sí, pero en términos de ánimo y confianza habían transcurrido dos eternidades. Los temores habían desaparecido al tiempo que los platos, los olores y los condimentos se habían revelado como signos de un nuevo tiempo, de una nueva confianza plena en él mismo forjada durante aquellos días de soledad junto a su mujer.

"Miedo de un zombi", se repitió. Ridículo. Sonaba ASI de absurdo y no debía olvidarlo. No volvería a cometer los errores del pasado. Debía aprender de ellos. Nunca más.

Firme y seguro terminó de anudar la elegante corbata de seda que adornaba el cuello de su camisa y con seguridad acarició su rostro con el perfume favorito de su esposa. Lentamente, sin prisa, pero ganas, tomó la jeringuilla y se dispuso a administrarla bajo la piel de su querida mujer. Todo fue suave y dulce y un beso en la frente culminó el proceso.

Miró entonces el reloj y tras elegir el vestido más bonito y elegante que tenía su mujer la arregló, maquilló y preparó para el gran momento. Había comenzado mentalmente a descontar las tres horas que faltaban para que su mujer despertara cuando una duda amaneció frente a él con intensidad.

¿Y si a ella no le gustaba en lo que se había convertido?

¿Y si no disfrutaba con su cocina?

Su esposa podía ser brutalmente implacable, aterradora y destructiva.

Si eso ocurría estaba seguro de que él no tardaría en convertirse en el primer plato.

Decidió alejar de su mente tal pensamiento.

Todo iría bien.

Todo irían perfectamente bien.

15

Cinco minutos. 300 segundos. Mantenía la mirada fija en su esposa con una mezcla de cariño y nerviosismo. Su respiración, la de los dos, había comenzado a agitarse.

El rostro de su mujer mostraba un color radicalmente diferente al de los últimos días. Sus mejillas se habían bañado en gris y parecía haberse agrietado parte de su frente, como si una brusca y repentina sequedad se hubiera adueñado de su piel, rajándola y afeándola de manera notable.

Aquello no parecía cuadrar demasiado con la promesa de instantaneidad final que no paraban de repetir los responsables médicos de su esposa pero no se preocupó en exceso. Si su mujer despertaba y lo hacía en condiciones óptimas todo lo demás no importaría y estaba seguro de que recuperaría su habitual tez rosada que tanto había amado en el pasado.

El olor de la cena se había propagado por toda la casa, inundando todo de la esperanza e ilusión que había convertido por primera vez en mucho tiempo aquel edificio sin alma en un hogar.

Se trataba del guiso más especial y cuidado que había llevado a cabo hasta entonces. El culmen de aquel viaje interior que se había iniciado con la agresión a su mujer y que lo había conducido al comienzo de toda una nueva vida. Sentía como si todas las vías de los trenes en los que había montado en su vida confluyeran en aquella estación en ese momento exacto. Era evidente que habría un antes y un después a sus vidas cuando el reloj llegara a cero y ella despertase, pero él no se conformaba con eso. Deseaba un cambio como el que más pero aún deseaba con mayor intensidad que dicho cambio fuera a mejor y sobre todo para siempre.

Cuatro minutos. 240 segundos.

¿Qué mujer se encontraría? Si confiaba en el tratamiento y todo resultaba como se le había prometido, su esposa abriría los ojos y tras una breve desorientación inicial estaría en perfectas condiciones. ¿Sería la mujer cariñosa y dulce que conoció años atrás o la déspota y desgarradora víbora que había convertido su vida en un suplicio constante? ¿Habría sido consciente de todo cuánto había ocurrido durante su coma? ¿Lo sabría TODO?

Respiró hondo no sin dificultad. Estaba preparado para todo o al menos eso se repetía mientras sus fosas nasales se bañaban en el privilegio de degustar un guiso cuidado hasta el exceso. La presencia de aquel olor orgásmico y celestial dotaba a la vivienda de un aire noble y distinguido que unas semanas antes habría juzgado imposible que hubiera brotado de un techo bajo el que convivieran él y su mujer.

Tres minutos. 180 segundos. Bebió agua y sintió el frescor discurriendo por su garganta con delicadeza. Estuvo tentando con el vino, pero no quería que el olor del guiso se mezclara en la consciencia de su mujer con los restos de aliento ensuciado por una copa mal digerida de vino. Todo tenía que ser perfecto, dulce, sosegado, calmo...

Los responsables del equipo médico habían insistido en que una vez se produjera el despertar se les informara del estado exacto de su mujer con suma rapidez. No debían pasar más de diez minutos desde el regreso hasta el primer informe enviado por email indicando tensión, temperatura y resultado a unas breves pruebas de rapidez mental. Pensaba satisfacerles, aunque volvió a negarse sumando algunos ceros a la sugerencia de una revisión posterior 24 horas después.

Nadie debía verla. Solo él. Nadie más que él. Eso era innegociable. No quería que nadie estropeara la burbuja.

Dos minutos. 120 segundos.

El cuerpo de su mujer empezó a moverse. Lento al principio, más rápido y constante después. Todo entraba en el guion de lo que habría que suceder según las instrucciones recibidas. Decidió situarse a los pies de la cama y se retocó por enésima vez el pelo. Sabía de la fijación de su esposa por los peinados y no quería que nada escapara su control.

Los movimientos se tornaron bruscos y con ellos el crujir de los huesos despertando se volvió evidente e intenso. La cama parecía incapaz de soportar las embestidas de la cadera de su mujer y hasta el instrumental médico que la rodeaba empezó a caer por la habitación de manera violenta y desordenada llenándolo todo de ruido y desconcierto.

Un minuto. 60 segundos.

Era el momento de desconectar los cables del suero. Tomó con fuerza la vía mientras los nervios comenzaron a dispararse en su corazón al tiempo que su esposa comenzó a mover los labios aún en silencio. Parecía querer hablar, decir algo, emitir algún tipo de sonido. El ruido de los muelles de la cama bajo su constante temblor y el escándalo propio de la situación le impidió escuchar. Su reloj no mentía. Estaba a escasos segundos de volver a ver a su esposa, a su mujer, a la reina de un castillo de naipes a punto de tornarse piedra eterna o volar en pedazos para siempre. Su sangre se aceleró bajo la piel y su respiración se agitó como hacía tiempo que no era capaz de sentir. Le costaba respirar, le costaba pensar y por un instante parecía que había abandonado su cuerpo y estaba viendo toda la escena desde algún rincón del techo, desde alguna esquina del suelo.

Todo estaba a punto de suceder, todo ocurriría en apenas unos segundos.

Un agudo pitido irrumpió en la escena desviando su atención con brusquedad. Un sonido constante y directo incapaz de ser ignorado.

¡Se trataba del detector de humos de la cocina! ¡Se había dejado el pan de ajo en el horno!

Volvió la vista a su mujer y la compartió con un rápido vistazo al reloj. Tenía tiempo. Tenía segundos. ¡Debía tenerlo! Sus piernas golpearon con fuerza y sus pasos abandonaron la estancia y se dirigieron con rapidez a la cocina. ¡No, no, no! ¡No podía salir mal! No había calculado cada pequeño detalle de la noche para que un estúpido pan de ajo la hiciera saltar por los aires. Esa no era manera de hacerlo, no era la forma en la que deseaba que su mujer regresara. Rodeada de bomberos alertados por su sofisticado sistema de seguridad. En absoluto.

15 segundos. Alcanzó la puerta del horno y tomó un paño entre sus manos tratando de disuadir al humo que de él emanaba. Por fortuna el pan de ajo aún se mostraba comestible y no tardó en identificar al responsable de la humareda y el escándalo. Un diminuto reguero de aceite que debía haber caído por error durante la preparación de la salsa y que al quemarse en el interior del horno había convertido la cocina en una versión pegajosa y contaminante de Londres.

Aliviado, abrió las ventanas permitiendo que el humo se alejara del lugar. Con rapidez, pero sumo cuidado tomó el rugoso paño de cocina, lo dobló, extrajo el pan y lo colocó en una bandeja de plata, la cual cayó al suelo de inmediato al tiempo en que la noche se llenó de sangre. La luna se vistió de rojo muerte.

El grito más aterrador que jamás había escuchado recorrió la casa y llenó la cocina de horror y pánico.

El pan de ajo rodaba por el suelo mientras él permanecía inmóvil y aterrado en mitad de la estancia, escuchando una y otra vez aquel sonido gutural lleno de mucosa y vísceras. No había dudas, no se trataba de una pesadilla ni de ninguna intoxicación alcohólica. No.

Su mujer había despertado.

Repetía su nombre, pero esta vez lo hacía con una claridad terrorífica. Lo repetía llorando, en fuertes alaridos, desgarrándose por dentro al tiempo que parecía clamar al mismo Satán de los infiernos bramando sin cesar por una respuesta...

"¿Qué me has hecho? ¿Qué me has hecho?"

Su mano izquierda tembló hasta el bolsillo para descubrir con horror que había dejado el móvil junto a la cama de su esposa. Estaba incomunicado, rodeado y golpeado por el oscuro sonar de aquellos gritos ahogados, bañados en baba y sangre, retorcidos y de una forma desgarradora nítidos. Brutalmente nítidos.

Era su mujer. Totalmente despierta.

Era la voz de su mujer convertida en otra cosa, algo aterrador que incluso a ella misma consciente parecía provocarle horrores inenarrables.

"¿Qué me has hecho? ¿Qué me has hecho?"

Dios Santo. ¿Qué había hecho? Aquel engendro que escuchaba no era su mujer. ¡no podía serlo! y a juzgar por la manera en que abandonó la cama y se deslizó por el suelo tampoco parecía nada...humano.

Las tétricas piezas del puzle del horror empezaron a colocarse en el retorcido lienzo del cuadro del fin de sus días. El color grisáceo que estaba adquiriendo su rostro, la balbuceante y tétrica voz nacida de la caverna de su alma, la manera en que podía escuchar sus garras clavándose por el suelo formaban en su mente los retazos perfectos de la imagen putrefacta de un monstruo.

Su mente se disparó, retorcida, superada, confundida y superada y mientras sus pies permanecían incapaces de sacarle de allí, una sucesión de preguntas a cuál más pútrida comenzó a invadir su cerebro. ¿Y si ellos lo sabían? ¿Y si sabían que al finalizar el tratamiento ocurriría algo así? Quizá la insistencia en estar presentes se debía a que conocían el resultado final y debían "encargarse" de ello. ¿Sabrían ellos que el despertar traería consigo a un monstruo? Tal vez en eso consistía el timo. Desplumaban a un millonario, le sacaban todo el dinero posible y después permitían que el monstruo lo devorase antes de darle muerte.

Las garras continuaban arañando el suelo, arrastrando aquel monstruoso cuerpo por el techo de la cocina bajo el que él se encontraba. Se movía despacio, sin prisa, como si fuera consciente de que tenía todo el tiempo del mundo con la certeza de que la parálisis que gobernaba la noche le diera la opción de devorar a su presa escaleras abajo.

El olor de la cena se mezcló entonces con la segregación del sudor más desagradable y denso que jamás había surgido de su cuerpo. Recordó entonces "la zarpa", recordó la garra del mono y el retorno del no muerto. Recordó con detalle cada historia de miedo, cada historia de terror que había consumido en su vida, cada pesadilla y cada instante de pánico que había sentido en su existencia.

Aquello lo superaba todo.

De nuevo su nombre, proferido a espasmos de tos y seguido siempre de la misma pregunta, la misma profunda y desgarrada pregunta…

"¿Qué me has hecho?, ¿Qué me has hecho?"

¿Qué había hecho? Era simple y al mismo tiempo absurdo. AHORA lo comprendía. Había tratado de traer su mujer de vuelta, de vuelta del coma, de vuelta de una muerte evidente, de vuelta de dónde no se puede regresar. ¿Cómo había podido pensar que era factible algo así?

Ellos le habían mentido. Era terroríficamente evidente. Tomó en su mano derecha el cuchillo más grande que pudo encontrar y se dispuso a abandonar la cocina. Esta vez no era una pesadilla. No sabía cómo ni sabía qué iba a hacer, pero debía terminar con aquello, debía encargarse de aquel monstruo…pero entonces algo y todo quedó en silencio.

No más gritos, no más sonido de garras arañando el suelo, no más preguntas. Nada.

La nada más llena de pánico y horror que podía vivirse.

Trató de calmarse. A juzgar por el sonido de esa especie de pasos la criatura no había alcanzado ni las escaleras por lo que se encontraba lejos de él. Debía pensar, debía pensar con claridad y poner en orden los datos. Quizá había muerto. Tal vez todo tenía una explicación médica. Quizá su mujer o el monstruo en el que se había convertido había dejado de respirar y yacía inmóvil en el suelo. Tal vez era eso lo que sucedía cuando todo salía mal.

Empezó a caminar hacia la puerta de la cocina. Comenzó a respirar con algo más de calma e incluso recogió entre temblores los panes de ajo y tras limpiarlos con mimo los colocó de nuevo en la bandeja. Sostuvo con firmeza el cuchillo con el que pretendía hacer frente a la terrible criatura que aguardara escaleras arriba y se dirigió al piso de arriba.

La visión de la que fue testigo al subir el último tramo de escaleras partió su corazón en dos, inundando la noche de desazón y terror.

Su mujer se arrastraba por el suelo, en silencio y bañada en lágrimas con dirección al baño. Un frondoso reguero de sangre discurría tras ella. Arañaba con furia el suelo, pero lo hacía con sus propias uñas. No había rastro de garras o de deformidades evidentes. Nada parecía hacer honor a la aterradora imagen que se había formado en su mente. No encontró un monstruo ni una extraña criatura...era aún peor.

Era su mujer.

Era simplemente su mujer.

Se colocó a su espalda mientras su esposa alcanzó el cuarto de bajo dónde el rojo de la sangre se hizo aún más evidente por el blanco inmaculado de las paredes y suelo. La siguió cuchillo en mano, lenta y cuidadosamente pues no quería asustarla más de lo que ya estaba.

Debía haberlo pensado. Era evidente. Buscaba un espejo.

Su mujer buscaba un espejo y al no ser capaz de incorporarse buscó el único de la casa que podría devolver su reflejo desde el suelo. Ella insistió mucho en su día en decorar el techo del baño con un engendro semejante. Él trató de negarse, pero como en el resto de cosas de su vida en común no había encontrado ni media agalla para hacerlo. Por eso un enorme espejo cuadrado ocupaba el techo del cuarto de baño proporcionando según palabras de la decoradora una visión completa de la estancia.

La imagen era descorazonadora, pero en el fondo muy gratificante. El hecho de que su mujer hubiera recorrido el pasillo que separaba a la habitación del cuarto baño significaba sin duda dos cosas. La primera que tenía la consciencia necesaria para preocuparse por su estado de salud y la segunda que mantenía intacto el recuerdo de aquel estúpido espejo de techo lo que sin duda mostraba que su memoria funcionaba a la perfección.

Lentamente, tratando de reponerse del esfuerzo, su mujer levantó la mirada y la dirigió al techo desde el cual el cielo de aquel espejo estaba a punto de mostrarle el auténtico rostro del infierno.

Él sonrió aliviado. Todo había salido a la perfección.

Ella gritó.

Lo hizo con furia y rabia tratando de despertar de aquella pesadilla. Gritó pidiendo socorro mientras en su garganta la sangre y las vísceras se mezclaban dando lugar a un desgarrado e inútil hilo de voz.

Su cara había recuperado el tono rosado y estaba perfecta. Preciosa. No había rastro alguno de las heridas que los asaltantes le habían provocado. Sus ojos seguían siendo dulcemente azules y hasta su pelo parecía haber recuperado el brillo natural que tuvo antes de los cientos de teñidos de bote. Sus labios, de rojo intenso, brillaban bajo su operada nariz y sus pómulos gozaban de la misma rigidez y firmeza de siempre.

Quizá fuera el amor y el intenso deseo renovado que sentía por su esposa, pero la verdad es que estaba sencillamente espectacular a sus ojos.

Volvió a gritar. Unos salvajes y desgarradores dolores condujeron la mirada de su esposa hacia otros extremos de su cuerpo. Su pecho izquierdo estaba completamente seccionado y el derecho se encontraba a medio devorar. Los cortes de los que el espejo era testigo presentaban la firmeza y finura de un exquisito chef y la forma en la que las heridas habían sido cuidadas y cicatrizadas hablaban de un cuidado extremo para que ninguna infección pudiera estropear el resto del cuerpo.

El abdomen apenas presentaba ya carne y las vísceras permanecían sujetas con grapas quirúrgicas a las paredes del mismo. Podía ver su estómago con total claridad y cuando vomitó descubrió que los diversos agujeros en su garganta despedían el infame y denso contenido de su arcada. De ella se habían extraído pequeñas piezas rectangulares de carne fina y tersa. Unas diez aproximadamente.

Uno de sus riñones no se encontraba ya en el interior de su cuerpo y el pulmón derecho parecía había sido lamido y desgastado directamente del interior de su cuerpo, a juzgar por los restos de mostaza y especias que presentaba y cuyo olor podía sentirse mezclado con el vomitado.

Su brazo derecho había sido seccionado en filetes (unos cinco más o menos) y el izquierdo sin embargo se encontraba rodeado de sal gorda, envuelto en papel de aluminio en un intento de prepararlo para un guiso posterior.

Carecía de extremidades inferiores pese a que alguno de los huesos sin restos de carne ocupaba aún su lugar. El dolor de los pinchazos en espalda y glúteos era sencillamente insoportable, signo de que el resto de su cuerpo habría seguido igual suerte que lo que podía ver.

Él respiró aliviado. El equipo médico había sido totalmente sincero. Había despertado y lo había hecho con la consciencia intacta y sus facultades en un más que razonable buen estado. Podía verlo en sus ojos, en la forma en la que lo miraban a través del espejo y estaba seguro que habría vuelto a hablar sin problemas si su cuchillo no hubiera seccionado en ese instante varias de sus cuerdas vocales, extrayéndolas después con delicadeza del interior y recogiendo la sangre en su mejor copa de vino como llevaban haciendo días y días.

Ella trató de arrastrarse lejos del caníbal, pero a esas alturas era totalmente imposible escapar. Sus brazos la rodearon y sus labios se unieron a ella como si fuera la primera vez que la besaba en años. La amaba, la amaba y se alegraba tanto de tenerla de vuelta que no podía dejar de poner su boca por cada rincón de su cuerpo…

Los balbuceos sin voz de su mujer no detuvieron a sus dientes. Sabía que ella lo entendería. Debía entenderlo. Había estado mucho tiempo en coma, todas aquellas molestias eran lógicas y normales. Ya desaparecerían.

Con cuidado, tras haber degustado directamente del cuerpo de su mujer un par de piezas de carne cruda a modo de aperitivo, la condujo al salón y la sentó en su silla, la misma que había ocupado día tras día los últimos años y desde la cual habían compartido la vida.

Por un segundo casi pudo asegurar que echaba de menos los gritos de su mujer, pero la verdad es que agradeció enormemente la calma que la ausencia de cuerdas vocales le proporcionaba. Adoraba la forma en que ella guardaba silencio mientras él, con el cariño y el mimo que solo puede tener un auténtico enamorado, pinchaba del plato y lo introducía en su boca, dándole así a probar la maravillosa cena que había cocinado.

De ella. Para ella.

El sabor a perejil y ajo se mezcló en el interior de su boca con el áspero sabor rugoso de parte de su hígado cocinado en su propia sangre y aderezado con unas gotitas de cilantro.

Él era incapaz de callar. Narró a su mujer todo lo que había aprendido en los últimos días y el infinito placer que había sentido regresando a su vieja afición. ¡Estaba tan contento de que hubiera despertado! Tenía todo un menú preparado, un plato diferente para cada día hasta fin de existencias. No sería egoísta, por supuesto que no. Pensaba llevar aquel delicioso manjar a sus suegros, a su cuñado y hasta el equipo médico que la había tratado en el hospital la primera vez como agradecimiento por sus esfuerzos.

 Ella trató de gritar, pero con cada esfuerzo solo era capaz de tragar más. Tragar y tragar.

Tragarse a sí misma mientras contemplaba a su marido en éxtasis devorándola, cocinándola, haciéndola desaparecer para siempre en los paladares y gargantas de todos sus seres queridos.

Perdida. Sin ayuda. Sin salida.

Sin voces. Sin gritos.

En silencio.

La Urna

Un fétido olor a plástico viciado fue lo último que atravesó su nariz de Este a Oeste antes de perder el conocimiento y lo primero que recordó al despertar. Sintió una oleada de pánico insoportable al comprobar que la oscuridad en que la extinción de su consciencia le había sumido era exactamente la misma que al recobrar el sentido.

No podía ver. Sentía sus párpados moverse en un claro indicio de que sus ojos estaban abiertos, pero no viajaba por ellos un solo resquicio de luz que iluminara su cordura.

—¿Do…dónde estoy? —preguntó sin que su garganta fuera capaz de dotar a sus palabras de un volumen digno. —¿Hay alguien ahí? —repitió con algo más de voz en su garganta.

Estaba atado, unido en posición vertical a algún tipo de soporte. Unas férreas cuerdas rodeaban sin miramientos sus muñecas y tobillos. Algo o alguien se había asegurado de que no fuera capaz de mover ni un músculo y lo había hecho a conciencia.

—¿Quién está ahí? —gritó, esta vez sí, con fuerza.

Tan solo él parecía empeñado en romper el silencio pues silencio fue lo que recibió como respuesta. Sus ojos comenzaban a acostumbrase a la oscuridad y parecían poder distinguir una especie de cristal situado a muy poca distancia de su rostro. La relativa nitidez con la que podía contemplar su reflejo en aquella superficie así lo delataba. ¿Estarían vigilando al otro lado esperando a que volviera en sí? De ser cierto algo debía ocurrir pues ya se encontraba despierto.

—¿A qué esperáis? ¡Vamos! —reclamó con impaciencia y una impostada seguridad.

Trató de recomponer los pedazos de la memoria que aquel inesperado impacto en su cabeza había fragmentado y dispersado por el interior de su cráneo. Podía recordar imágenes sueltas, retazos de una realidad que en esos momentos podía encontrarse distorsionada por la angustia y el terror. Creía distinguir en su memoria voces, sonidos e incluso un fuerte olor a cola o pegamento, pero no existía certeza alguna en su raciocinio y todo lo que conseguía tratando de recordar era alimentar su incertidumbre ante la incapacidad de explicar nada.

Buscó calmarse. Seguía vivo y aunque tal vez aquel punto no significara nada, suponía un pequeño "algo" a lo que agarrarse...

—Por favor...estoy despierto, ¿qué quiere de mí? ¿qué hago aquí?

Era inconcebible que alguien se hubiera tomado todas aquellas molestias para retenerlo y no diera la cara o una muestra de sus intenciones. ¿Sería algún tipo de truco mental para reducir su capacidad de lucha? ¿Quizá no se habían percatado de que había recobrado el conocimiento? Debía mantenerse calmado, debía observar y gastar sus energías en buscar cualquier cosa que pudiera ayudarlo.

Impedido como estaba de pies y manos solo podía utilizar sus ojos y un ligero inclinar de su cabeza en un ángulo no muy grande pero suficiente para apreciar algunos nuevos detalles. Aún era incapaz de identificar el origen de ese intenso olor a plástico que parecía invadirlo todo, pero pudo distinguir para su desazón que el cristal frente al que se encontraba ocupaba la vertical de aquella estancia casi hasta el techo dónde parecía plegarse hasta unirse con la pared.

A su izquierda y a su derecha se repetía el mismo patrón y a juzgar por el cercano impacto que su voz tenía sobre las cuatro paredes que lo rodeaban podía llegarse a la conclusión de que se encontraba en una especie de urna, situado justo en el centro de la misma. Sus brazos se encontraban pegados a su cuerpo hecho este que no consideraba fortuito. Había cierta comodidad en la postura con la que había sido maniatado algo que podía delatar cierta preocupación sobre su estado de salud, algo absurdo había cuenta del fortísimo impacto que lo había llevado a aquella situación.

Cerró los ojos por un instante y trató de recuperar el control de su respiración, acelerada e irregular desde su despertar. El miedo y la inquietud corrían por sus venas con desesperanza y la sensación de estar inmerso en una pesadilla crecía por momentos en su interior. Había pocas cosas más aterradoras que estar a merced de un desconocido, ser su marioneta, su muñeca de trapo bailando al son de la música de su oscura voluntad. Debía vencer en la parte que podía hacerlo y no dar la satisfacción a sus captores de hacer evidente el pánico que lo invadía por completo. Debían querer algo. De no ser así ya estaría muerto. ¿Qué buscarían? ¿Dinero?

Había un motivo, eso estaba claro, había una razón para su cautiverio. Debía tratar de buscarla, debía analizar los pocos elementos que tenía a su disposición para descubrirlo.

Recapituló. Estaba encerrado en una habitación de tamaño reducido, tras un cristal no muy espeso, pero de suficiente grosor como para reflejar con cierta nitidez su rostro y con un intenso olor a plástico bañándolo cada rincón del lugar. El silencio profundo en el que había despertado dejaba, sin embargo, vislumbrar algunos pequeños sonidos que su respiración y la inquietud habían ahogado hasta ese momento.

Denotaban movimiento y habría jurado que se trataba de pasos. A gran distancia, algo erráticos, confundidos y de más de una persona. Había por tanto un "ellos", esto estaba claro, y a juzgar por lo irregular de las pisadas parecían ir de un lado a otro sin demasiado criterio o con excesiva prisa.

Sintió un fuerte escalofrío en su pecho. Solo había algo peor que imaginarse en una situación como la que él estaba viviendo y era que los responsables de la misma fueran personas nerviosas o sin un plan preconcebido. No quería estar en manos de locos, aunque, por otro lado, ¿qué persona cuerda secuestra y ata a un semejante?

Era incapaz de distinguir nada, pero sí, había voces. Sonaban aún más alejadas que los pasos, pero cuadraban a la perfección con la irregularidad de las pisadas. Había sin duda nerviosismo, había dudas y una constante sensación de peligro flotando en el viciado ambiente de aquella especie de urna.

Trató de mover los brazos en un vano intento por encontrar un resquicio de libertad. Imposible. No había ni una sola posibilidad de hallar una salida, pero en aquel ligero movimiento hubo algo que llamó su atención al dirigir la mirada hacia sus muñecas.

Su vestimenta.

"Ellos" se habían tomado muchas molestias en adecentar su aspecto. Llevaba su mejor traje, algo más que evidente por el pañuelo rojo que sobresalía con elegancia del bolsillo de su chaqueta.

—¿Qué demonios está pasando aquí? —susurró desbordado por las dudas.

Fueran quienes fueran los responsables de aquello se habían tomado las molestias de cambiar su ropa, habían elegido de su armario el mejor traje y se lo habían puesto con el máximo cuidado preocupándose del más mínimo detalle. ¿Debía aportar ese hecho algo de tranquilidad a su situación? ¿Por qué tomarse tantas molestias si pensaban acabar con su vida?

Los pasos interrumpieron sus pensamientos sonando algo más cercanos, posiblemente incluso en la estancia contigua y las voces aumentaron su volumen sin que este fuera el suficiente para convertir en palabras aquellos ruidos erráticos. Buscó apoyo en el silencio, conteniendo incluso su respiración con el fin de agudizar sus oídos, pero fue totalmente incapaz de dar forma cierta a nada de lo que estaba ocurriendo a su alrededor.

¿Cuánto tiempo habría pasado? ¿Cuánto llevaba ahí? ¿Qué era ese lugar? Se encontraba bien. La posición, la vestimenta e incluso la temperatura de aquel lugar era constante y en cierto modo agradable. ¿Qué podía esperar? Las ideas bullían en el interior de su cabeza tratando de analizar cada detalle que era capaz de recordar de los instantes previos a su secuestro, pero no encontraba en ellos ningún indicio de lo sucedido.

Todo sonido cesó dos segundos más tarde y el silencio envolvió de nuevo hasta el último rincón del lugar. Sus sentidos entraron en alerta máxima y el nudo áspero en su garganta pareció poner en marcha la motosierra que a esas alturas tenía por corazón. Lo que había intentado ser un frío análisis de su situación se transformó con el silencio en una rugosa y despiadada inquietud. ¿Por qué callaban ahora? ¿Qué ocurría?

Su cabeza recorrió con desesperación los cuatro escasos puntos cardinales acompañando el movimiento absurdo que sus pies y manos habían comenzado tratando en vano de liberarse. Fue entonces cuando un salvaje pinchazo en su espalda le reveló algo que hasta entonces había permanecido oculto fruto quizá de su inmovilidad. Algo que aumentó su terror hasta los confines de lo soportable...

Un "algo" que tenía clavado a su espalda.

Podía sentirlo dentro, muy dentro y había bastado un movimiento tan desesperado como leve para notarlo desgarrando el interior de su columna. Hasta ese momento había fracaso en todos los análisis de la situación que había emprendido y estaba convencido de que no sería capaz de adivinar que sucedía con su espalda, pero fuera lo que fuese dolía, dolía cien infinitos y despertaba en su interior horrores inimaginables.

—¡Hijos de puta! ¡Qué me habéis hecho! ¡Qué me habéis hecho! —gritó rompiendo su voz en mil pedazos —¡Dejadme salir de aquí! ¡Dejadme salir de aquí!

Cada movimiento resultaba más inútil que el anterior y solo provocaba en él dolor y un desatado aumento de sus latidos. La ausencia de cualquier tipo de sonido aumentaba el ya de por si extraño eco que en ese instante comenzó a percibir con mayor claridad. Era evidente que se encontraba en una estancia no demasiado grande y la presencia de aquel cristal rebotaba con facilidad los intentos de su voz por hallar respuestas sin embargo cuánto más hablaba más inexplicable parecía el tipo de sonido que resonaba por el lugar. ¿De qué material era aquel cristal?

¿Y qué demonios era ese cada vez más intenso olor a plástico?

El sufrimiento de su espalda era insoportable y sus estúpidos movimientos solo hacían incrementar el desgarro interno que debía sufrir. Estaba más que seguro de que no lograría romper las ataduras que lo mantenían firme y vertical y si perdía por completo la cabeza no tendría ninguna posibilidad en el caso de que esta se presentara...pero, ¿qué podía hacer?

DEBÍA calmarse. No era una opción, era LA OPCIÓN y deseando no renunciar a ella tomó toneladas de aire por su nariz con la intención de dejarlas salir lentamente por su boca. Usaría los movimientos rítmicos de su abdomen para relajar la velocidad de la sangre por su cuerpo y conseguir oxigenar por completo sus ideas....

…mas algo sucedió entonces que asesinó su cordura y lo introdujo en una espiral de locura y perdición.

Era totalmente incapaz de mover la boca.

Sus labios habían sido sellados de tal manera que podía sentir una estúpida mueca dibujada en ellos, no existiendo entre ambos más que un diminuto espacio por el que sentía entrar el aire en cantidades ínfimas.

Trató de gritar y el silencio golpeó con rabia contra aquel muro de lo absurdo aumentando la angustia y el horror. El instinto le obligó a mover las manos en dirección a su boca y la imposibilidad de hacerlo aumentó el agobio de no poder comprobar qué habían echado sobre sus labios para cerrarlos de semejante manera. Gritó, gritó en silencio como nadie jamás había llegado a gritar y todo su cuerpo se estremeció con él, aterrorizándolo y aniquilando paso a paso su razón.

¿Qué le estaban haciendo?

Fuera lo que fuese lo que habían hecho en su rostro empezaba a extenderse por todos los rincones de su ser, deteniendo a su paso cualquier indicio de movimiento que pudiera encontrarse en su interior.

Petrificado, con un intenso dolor naciendo de su espalda y colonizando el resto de su inerte existencia, pudo escuchar de nuevo las voces rodeando el lugar, esta vez con mayor intensidad y precisión. Seguía sin ser capaz de descifrar nada de lo que aquellas gargantas vomitaban al aire, pero parecía claro que las voces correspondían al menos a dos personas, un hombre y una mujer.

A esas alturas era totalmente incapaz de mover un solo centímetro de su cuerpo y mientras el sonido de sus captores se hacía más y más cercano la parálisis terminó de detener por completo los músculos de su rostro, congelando hasta su parpadear y momificándolo a merced del más puro y detestable de los terrores.

Todo terminaría pronto. Vestido con su mejor traje, en posición vertical, paralizado por completo y reducido a un montón de nada en manos de aquellos a los que no tardaría en conocer.

Toda su existencia, su vida, sus recuerdos, sus amores y pasiones...ida para siempre.

Quiso llorar.

No pudo.

La luz inundó el lugar de dolor para sus retinas y tres sombras gigantes se mostraron ante sus desquiciados ojos completamente abiertos. Era imposible distinguir nada, pero podía apreciar diferencias de tamaño en su enormidad.

La más grande, la que parecía ocupar cientos de metros de altura, señaló en su dirección provocando un despiadado horror en su corazón.

—Feliz Navidad cariño —escuchó de la voz de un hombre con total nitidez.

—Feliz Navidad cielo —secundó la mujer cuya sombra era de menor tamaño dentro del gigantismo que parecían reflejar aquellas negras formas.

La tercera y más pequeña de las figuras se acercó con cautela hasta el cristal y sin apenas esfuerzo lo quebró y se introdujo en él, mostrándole en un aterrador primer plano la horrible verdad que le esperaba...

No se trataba de un cristal.

No se trataba de una urna.

No se trataba de un gigante.

Supo por fin de dónde provenía el intenso olor a plástico.

Era él.

Siempre sería él.

Sintió la ira y la furia creciendo en su interior, escondidas bajo una congelada sonrisa eterna.

—¡¡Gracias Santa!! —gritó la niña

—¿Te gusta corazón?

—¡Me encanta este muñeco mami! —exclamó mientras tiraba con todas sus fuerzas de la anilla situada en su espalda provocando un inenarrable dolor.

—¿Quieres jugar conmigo? —brotó involuntariamente de su garganta al tiempo que sus órganos se desgarraban por dentro en una orgía aterradora de sufrimiento que solo acababa de empezar...

—¡Síiii! ¡Feliz Navidad! —celebró la niña saltando y riendo por la habitación.

Toda su existencia, su vida, sus recuerdos, sus amores y pasiones...ida para siempre.

Quiso llorar. Pedir auxilio. Escapar.

No pudo.

Jamás podría.

El Mensaje (Sagitario)

Terminaría tirándosela. Aquella era una certeza tan grande como todas las que lo habían acompañado durante su vida. No importaba cuándo, ni cómo pero no cabía la menor duda sobre el qué ocurriría. Terminaría siendo suya.

—Buenos días ojos azules —sonrió casi al punto de realizar una reverencia con sus labios.

—Hola —contestó ella con el mismo entusiasmo con el que uno se corta las uñas durante un día de invierno.

Los profundos ojos color mar de la becaría ignoraron un día más su existencia. Poco importaba que su mirada se clavara sobre sus pechos o que su lengua se imaginara recorriendo cientos de veces la entrepierna de aquella hembra. Ella no podría ni decir de qué color eran sus ojos ni en qué número se agrupaban en su cara. Para aquella mujer él era una brisa de aire que repetía con un lejano eco palabras ajenas.

Con la del día anterior, la rubia becaria "ojos azules" sumaba en torno a cien indirectas esquivadas y al menos la mitad de invitaciones directas enviadas a la papelera de reciclaje de su estado de ánimo. Cualquier otro habría sacado bandera blanca y apuntado sus cañones a otro objetivo.

Para él, responsable del Horóscopo del periódico menos leído de la ciudad, rendirse no era una opción. Si algo le había enseñado la vida a los 25 años era a perseverar sin dudar jamás de las posibilidades de éxito. Así consiguió su primer empleo como repartidor de la más importante cadena de venta de tacos a domicilio de la zona, así empezó a trabajar en el periódico, así había conseguido que su nombre aparecía día tras día escrito con letras bien claras en el papel y así había consumado por supuesto sus relaciones sexuales con mujeres que habían mantenido un poderoso "no" en el tiempo.

Perseverando. Observando y aprovechando el momento.

Aquel jueves decidió dar un descanso a los maravillosos pechos de su descarado objeto de deseo y optó por centrarse en el trabajo. El director del periódico, un tipo con la misma capacidad de arriesgar que un caracol anciano sobre una hoja, había optado por prescindir de la nada exitosa columna de opinión de un antiguo político local y ante la falta de opciones para "rellenar ese maldito hueco" se había decidido por aumentar el espacio de la predicción astrológica, es decir, su "sarta de chorradas videntes". ¿Qué significaba eso? Que tenía que teclear el doble de veces y pensar al menos un poco más de lo habitual.

No era por supuesto "el campeón", aquel viejo ídolo local sumido en la alopecia y en los años que mantenía con grandes delirios de grandeza la cutre sección de deportes con una casi nula capacidad para expresar ningún tipo de idea escrita. No, el "campeón" era Libre.

Él Sagitario y todo el mundo lo conocía por ese apodo.

Se sentía cómodo con él. Debía confesar que todo aquel montón de datos e ilustraciones celestiales había significado todo un desafío para su conocimiento y de no contar con la inestimable ayuda de Internet jamás habría capaz de conocer y comprender aquella compleja ciencia con el fin de basar sus predicciones en algo cierto.

Después de todo y al contrario de lo que cabía suponerse dado el "impresionante" éxito de su columna, se tomaba muy en serio su trabajo. Tanto como para dedicar unos intensos cuarenta minutos diarios al estudio, análisis, redacción, corrección y entrega de sus predicciones.

En los seis meses que llevaba al frente del horóscopo había recibido dos cartas. Una por error y la otra procedente de un anciano chiflado que aseguraba haber perdido su nave espacial por el consejo de "Sal a dar un paseo y olvida todo lo que te ata al futuro". El departamento jurídico del periódico o lo que es lo mismo, la papelera negra, optó por no dar demasiada importancia a las repercusiones legales que pudieran acontecer.

Un largo trago de café, un más que decente estudio del mensaje recibido y de las posiciones de sol, luna y estrellas y estaba preparado para redactar las predicciones del día siguiente. Chasqueó los dedos de una manera pomposa e innecesaria y comenzó a aporrear el teclado con intensidad, algo que nadie salvo el fabricante de aquel ordenador agradecía por aquello del más que probable destrozo que aguardaba al plástico objeto del deseo de sus dedos.

En los últimos meses, ese momento incluido, había mantenido una seriedad extrema a la hora de confeccionar el horóscopo diario pese a que era plenamente consciente de que tanto dentro como fuera de la redacción su trabajo era visto como un aborto de periodismo y un mal postre para una poco decente comida. Por supuesto no todo el mundo era tan abiertamente desagradable como el "campeón" pero había grandes cantidades de lastima y condescendencia en el trato del resto de trabajadores del periódico hacia su persona.

No podía culparlos. Estaba diciendo a los "Tauro" cosas como "Hoy Venus te invita a bailar" y pese a que detrás de aquella festivalera expresión hubiera un cierto trabajo de investigación la verdad es que todavía se encontraba muy lejos de lo que suponía hacer el buen periodismo que siempre había soñado con ejercer.

En cualquier caso, y como había hecho los últimos noventa días, apretó los dientes, mordisqueo hasta la extenuación el bolígrafo que mantenía con muy poco sentido en su boca, y se aferró a su tarea diaria. El resto del día consistiría en pizza a medio comer, televisión a medio mirar y sueño a medio disfrutar. Nadie lo esperaba en casa y no esperaba nada de nadie así que ese instante de "plenitud" profesional era tan bueno como cualquier otro para evadirse del resto de asuntos de similar escasa importancia.

Una hora después su sección había crecido al doble y su satisfacción reducida a la mitad. Si por lo general solía terminar su trabajo tan satisfecho como un gallo que da los buenos días en mitad de la noche, aquel día la sensación se multiplicó por dos, haciendo más necesaria que nunca la búsqueda de algún tipo de orgullo profesional. Repasó hasta dos veces la ortografía y al menos tres la expresión escrita y se dio por satisfecho.

El director no tenía problema alguno con el hecho de que el muchacho se tomara con profesionalidad su labor, pero era consciente de que aquel hombre consideraba que había al menos cuatro abismos entre ejercer de manera digna un cometido en el periódico y creerse que uno está en el New York Times.

El día había terminado a media tarde y el resto de las horas que faltaban para el ocaso tenían el mismo sentido profesional que un paracaídas en la espalda de Superman. Como cada día cogió su mochila, su escasa dignidad y sin grandes fuegos artificiales ni bandas de música abandonó el edificio.

El exterior lo recibió a gritos sordos de indiferencia. No estaba triste, no estaba amargado. Podía decirse que se sentía como un potente equipo de sonido en "Mute" o como un tenor afónico, desaprovechado y apenas valorado por el resto del planeta.

Aun así, tomó aire, ración doble sin hielo ni limón, y tomó su viejo y destartalado coche con la misma dignidad con la que la cinta de casete recibió la orden del "Play". El acertado y envejecido blues acompañó con sus analógicos estertores la puesta en marcha del motor, la tos de la carrocería y los achaques de un volante que a fuerza de girar había olvidado lo que era mantenerse firme.

El mundo entero dejó de prestarle atención cinco minutos después.

Como cada anochecer.

Era lo que él llamaba "su oscuro secreto"

Se convertía con la luna en una sombra ajena, un caminar anónimo, un sencillo "dejarlo pasar".

Nadie lo veía jamás observar.

Nadie lo veía tomar notas del comportamiento humano, analizar sus formas de andar, sus lugares de reunión, sus hábitos y sus temores.

Adoraba ser testigo oculto de todo aquello.

Era su oscuro secreto.

Era su momento favorito del día.

El mejor de sus noches.

Mirando, en silencio, imaginando el origen y el final de las vidas cuya representación teatral era capaz de ver desde su destartalado coche en mitad de la luna.

En mitad de la madrugada.

Cualquier psicólogo habría calificado su comportamiento de destructivo y habría incluso hablado de cómo aquellos patéticos paseos por la ciudad no eran sino una proyección de los sentimientos de insatisfacción vital que trataba de esconder durante el día en el trabajo. Para él sin embargo aquella era la forma de saber que seguía vivo y que su cuerpo seguía reaccionando a las cosas de la vida, aunque fueran ajenas.

Nadie había conocido jamás su afición por las sombras.

Era algo que no pretendía que cambiara.

Disfrutó de una noche muy intensa y cuando satisfizo sus deseos más ocultos, regresó a casa dónde la televisión, horas después, era una excusa para poner en orden sus viejos cuadernos.

 Se trataba de una especie de diario de observación que servía para poner en orden sus pensamientos y acciones. Era posible que sí, que al final del día su jornada hubiera tenido más de excusa y sombra que de realidad, pero se encontraba cómodo con ello.

Estaba satisfecho con su vida.

No necesitaba más.

No se conformaría con menos.

Pensó en ella.

Desbloqueó su móvil. Buscó su nombre y empezó a golpear la pantalla con mimo.

—Hola, ¿Qué haces, ojos azules? "ENVIAR"

Aquella broma de escribir la palabra "enviar" había funcionado el mismo número de veces que la máquina del tiempo construida en la lavadora de su madre lo había enviado a la prehistoria en su niñez, exactamente cero, pero se subió a ese maldito electrodoméstico durante años en su infancia.

No pensaba rendirse.

Jamás lo hacía.

Cinco minutos, un doble check azul y un "ultima conexión" después, bloqueó de nuevo su teléfono y regresó a las risas enlatadas de la última reposición de aquella comedia barata con la que jamás había reído mientras repasaba las anotaciones de sus cuadernos de observación.

La noche sirvió su última copa de ausencia mientras en sus dientes todavía quedaban agradables restos de otra apasionante cena.

—Buen trabajo, chico —dijo con su mejor imitación del director del periódico mientras apagaba la televisión.

2

—Buenos días ojos azules—sonrió con pretendido encanto.

—Hola —respondió ella buscando el efecto contrario.

Terminaría tirándosela. Aquella era una certeza tan grande como todas las que lo habían acompañado durante su vida. No importaba cuándo, ni cómo pero no cabía la menor duda sobre el qué ocurriría. Terminaría siendo suya.

Quedaba un día menos para ESE momento.

Fijo su atención en su mesa, en la pequeña bandeja vacía en la que debían depositarse los mensajes y cartas recibidas por los lectores.

Sus ojos prestaban la misma atención a ese rincón de su escritor que al aspecto de la vieja lombriz que solía recorrer el patético charco que se formaba en el último de los escalones de su portal, pero para su sorpresa un pequeño sobre amarillo se encontraba depositado en él.

Era evidente que la llegada de una carta dirigida a su sección suponía todo un acontecimiento para una rutina periodística llena de estruendosos "nadas".

Abrió con marcada parsimonia el buzón y extrajo la carta. Con el mismo cuidado con el que un artificiero desactiva una bomba nuclear abrió el sobre y desdobló el papel rezando para que ningún anciano hubiera vuelto a perder ningún artefacto extraterrestre.

Su cuerpo se heló al instante y sus manos comenzaron a temblar. No había en ninguna de aquellas letras ningún mensaje amenazante per quizá era su propia naturaleza enigmática la que provocó un inmediato desconcierto en su interior.

"Fue una alegría en medio de las tinieblas. Sé lo que haces" — podía leerse escrito en el interior con una letra profundamente recargada.

"Sé lo que haces".

Aquellas palabras retumbaron con violencia en su mente durante varios minutos.

"Sé lo que haces"

¿Y si se refería a...?

Cinco minutos después, tal vez seis, el director llegó con la noticia y todo saltó por los aires.

Se había producido un asesinato. Un brutal y macabro asesinato.

Una mujer destrozada había sido encontrada sin cabeza y toda la policía peinaba la ciudad en busca de pistas.

—Somos un periódico de mierda —dijo el director —¡pero vamos a hacer nuestro jodido trabajo!

TODOS los redactores de sucesos debían dejar lo que estuvieran haciendo y analizar todas las noticias, comentarios, redes sociales y demás que pudieran encontrar. Era la noticia del día, CASI la noticia de la década en aquella ciudad. ¿Un psicópata allí? ¿En la ciudad en la que nunca pasaba nada?

Por supuesto él debía continuar su labor. Quedaban años para formar parte de ese selecto y nada exitoso grupo de redactores.

Regresó a su vida. Dejó caer sus ojos sobre la carta y la sostuvo entre sus manos una vez más. Estaba escrita a mano, desde luego, la letra era de mujer, eso era evidente y aunque no tenía ningún conocimiento de grafología no hacía falta ser un experto para saber que se había escrito con calma y sin prisa. Las letras seguían una imaginaria línea que las mantenía firmes y rectas y los puntos y el trazo de cada palabra era pulcro y cuidado. En la era de los emails, del WhatsApp y de cientos de apps similares que alguien se hubiera tomado aquella molestia para un mensaje tan ¿simple? no tenía sentido alguno.

Leyó una vez más el mensaje:

—"Fue una alegría en medio de las tinieblas. Sé lo que haces".

Una poderosa inquietud se dibujaba en el contorno de cada letra, de cada giro caligráfico del mensaje. Ese "sé lo que haces" provocaba oleadas de incertidumbre en su interior. ¿Se refería a lo que hacía cada noche? ¿Alguien lo sabía?

Si no, ¿Por qué hacerle llegar a él ese mensaje precisamente a él? ¿Qué significaba el resto?

Trató de olvidarlo, de reducir el nivel de terror en sangre y comenzó a analizar los datos del cielo llegados unos minutos antes....

Era imposible. Debía saber más. Tenía que saber más.

La redacción había decidido ignorarlo con más fuerza que nunca. Podría haberse puesto a bailar desnudo sobre la mesa y nadie habría reparado en su presencia. Era típico de su vida, típico de su personalidad. Pasar desapercibido, ser una sombra más como las que observaba por la noche. Una especie de patético súper poder que sin embargo le había proporcionado más de una alegría en su timidez.

Podía hacer literalmente lo que quisiera así que volvió a tomar la carta entre sus manos y buscó en el matasellos la fecha de envío. Tal vez si analizaba cuándo fue enviada podría averiguar algo más.

—"No tiene. No la han enviado" —descubrió al comprobar que aquella carta no había pasado por buzón o servicio de correos alguno.

La habían traído en persona.

Abandonó su mesa y caminó con rapidez hasta el director.

—Señor me gustaría ver el contenido de las cámaras de seguridad de la redacción.

—¿De qué estás hablando hijo? ¿Crees que me importa una mierda lo que hagas? ¡Termina tu sección y haz lo que te salga de los cojones, tengo cosas IMPORTANTES que hacer!

El evidente tono de enfado de aquel hombre denotaba un último puesto en la carrera de todas las redacciones por encontrar datos de la "noticia de la década" y no tuvo ningún inconveniente en aprovecharse de ello para iniciar su pequeña y modesta investigación.

Tomó ese "haz lo que te salga de los cojones" como una autorización formal y bajó al puesto de vigilancia del edificio.

—La carta. La trajeron en persona. No tiene matasellos ni fecha de envío así que alguien debió traerla a mano hasta aquí —repitió al jefe de seguridad.

—¿Una carta?

—Sí señor, la he recibido esta mañana.

—¿Es una amenaza?

No lo tenía claro. ¿Lo era? "Sé lo que haces" ….

—Creo que no —mintió — al menos eso espero —añadió con más sinceridad.

El responsable de la seguridad del lugar leyó el contenido de la carta y la desdeñó con rapidez.

—Joder muchacho, ¿recibes esta mierda y ya te vuelves loco? Tenías que ver lo que reciben en la quinta planta, en la oficina de la revista de humor esa.

—No es eso, solo quiero saber algo más de la persona que…

—Está bien, está bien —interrumpió aquel hombre con formas rudas y cansadas —me importa una mierda tu mierda siempre que no me salpique. ¿Tienes permiso del director para revisar las cámaras?

—Lo tengo, puedes llamarle.

—No tengo otra cosa que hacer. —respondió con desgana —A ver, ¿cuándo has recibido la puta carta?

—Esta mañana me la han entregado con el correo así que imagino que en algún momento de anoche.

El contador de minutos del monitor empezó a bailar con ansia mientras las imágenes de la más absoluta nada se mostraban ante sus ojos esperando que ocurriera ALGO.

Ese ALGO ocurrió a las tres horas y catorce minutos de la madrugada.

—¿Eso es lo que buscas? —preguntó con impaciencia el responsable de seguridad.

—Esperaba algo más concreto, pero sí —respondió mientras observaba una indeterminada figura cubierta con una capucha sin identidad

—Es una tía —añadió sin demasiado entusiasmo el responsable de seguridad.

—¿Una tía?

—Joder, mira su forma de andar y el tamaño de esas manos. O es un marica enano o es una mujer.

El tosco análisis de aquel hombre culminado en una desganada carcajada no iba descaminado. Debía tratarse de una mujer, por supuesto, y se había tomado la molestia de ir la redacción, depositar la carta e irse y al mismo tiempo que había tratado por todos los medios de ocultar su rostro.

¿Quién hace algo así y por qué?

Desconcertado e intrigado regresó a su mesa con una copia de aquel video. Debía hacer su trabajo, pero no pudo evitar revisarlo unas cuantas veces antes de regresar con los astros. No había nada en las imágenes que facilitara ninguna pista sobre la identidad o las intenciones de la mujer, pero la escena de alguien tomándose la molestia de depositar esa carta en mano en la redacción le parecía profundamente inquietante.

Toda la redacción seguía buscando pistas de aquel demente aterrador.

3

Tardó algo más de lo normal en terminar su sección. Las letras y palabras se mezclaban en su teclado con la imagen de aquella mujer y su escueta carta. Nunca había sido un prodigio de la multitarea, pero desde luego en ese momento su cerebro parecía más monotemático que de costumbre.

"Fue una alegría en medio de las tinieblas. Sé lo que haces" — pensó repitiendo las palabras del mensaje.

Era consciente de que nadie en la redacción otorgaba la más mínima importancia a la carta. Todas sus atenciones estaban centradas en copiar algún texto sin fuente de internet y provocar el máximo revuelo posible pero excluido de semejantes hallazgos había poco que pudiera hacer por lo que se centró en los muchos interrogantes que podían extraerse de la carta y su autora sin un exhaustivo trabajo de investigación. La primera, como era lógico, se trataba de la identidad de aquella mujer o del contenido del mensaje, pero había muchas más que podían preguntarse como por ejemplo el hecho de por qué había enviado una carta y no un simple email. Dos clics habrían sido suficientes para evitar el sobre y el sello y otro más habría bastado para ahorrarse el paseo hasta la redacción.

No podía ser una casualidad, no podía ser algo sin importancia. Debía significar algo y debía averiguar el qué. Pensó incluso en alguna posible relación entre lo ocurrido en la madrugada con aquella pobre mujer asesinada y aquella que con rostro oculto le hacía entrega de la carta.

¿Era posible que tuviera que ver?

Por un instante pensó en acudir al director, pero los gritos ante la falta de pruebas que lo corroboraran se habrían escuchado en Bosnia por lo que guardó la carta con mimo en su sobre y la guardó en el bolsillo de su abrigo quedándose con la mirada fija en el ordenador durante unos segundos. Sus dedos, casi sin querer, empezaron a teclear. Era momento de saber más.

"Fue una alegría en medio de las tinieblas. Sé lo que haces"

Google devolvió al instante un millón y medio de resultados de los cuales uno se repetía a lo largo de su primera página.

Sintió un escalofrío de gran intensidad que heló por un instante su respiración.

Era una cita, una cita de un libro, uno de Henry James.

No era un experto en literatura inglesa, pero conocía aquel nombre por alguna adaptación al cine y sabía por qué era famoso...

Fue uno de los escritores que mejor contó historias de fantasmas...

Miró a su alrededor y por un instante tuvo la tentación de compartir su descubrimiento con los compañeros.

Desistió.

Habría sido como comentar el resultado del último premio Nobel con el cactus que se encontraba junto a su monitor.

No había sin embargo en ninguno de los resultados referencia alguna a la segunda parte del mensaje. Parecía claro que ese "Sé lo que haces" era un añadido personal de la propia cosecha de aquella mujer.

Todo se había complicado. Hasta ese momento podía haber permitido a su curiosidad saciarse con lo inexplicable de la carta aludiendo a lo extraño del comportamiento humano.

Que alguien, sin embargo, se hubiera tomado la molestia de citar una frase de un libro concreto podía significar algo más personal y el hecho de ese añadido no hacía sino confirmarlo.

Tan personal que ese alguien se había asegurado de que leyera el mensaje hasta el punto de entregar en mano la carta.

Volvió a sentir frío.

Volvió a sentirse solo.

Más de una noche se había definido a sí mismo como "fantasma" por su observación en secreto de la realidad en las madrugadas.

Aquello era diferente.

Cogió su abrigo y se marchó. Nadie lo echó en falta.

Nadie echa de menos a una sombra cuando se va el sol.

4

El olor a libro lo golpeó con fuerza nada más atravesar la puerta y con él cientos de recuerdos de cientos de momentos diferentes a lo largo de su adolescencia y juventud. Fue como si todo un arsenal de instantes aguardara en el interior de aquellos volúmenes esperando que algún día regresara al que una vez fue uno de sus escenarios favoritos: la biblioteca.

Nunca había sido un lector compulsivo y su relación con los libros se reducía básicamente a los imprescindibles desde el punto de vista académico y alguna que otra obra de ficción que había caído en sus manos en alguna plomiza tarde de estudio esquivo. Recordó casi de inmediato las historias de Poe y alguna que otra aventura naval de algún escritor famoso que su memoria era incapaz de repetir.

Llevaba años sin pisar aquel lugar y la verdad era que tampoco tenía muy claro por qué había ido a parar allí. A fin de cuentas, podría haber vuelto a casa y en unos cuantos golpes de ratón descargar el libro que había ido a buscar...sin embargo lo cierto era que la curiosidad y la intriga se habían mezclado en su interior con una notable y posiblemente infundada dosis de temor y no tenía demasiada intención de regresar a la soledad de su casa en ese estado.

Caminó despacio como si sus pasos fueran a perturbar el silencio del lugar. Un simple vistazo reflejaba un nutrido vacío en los bancos de la biblioteca y solo la presencia de unos cuantos estudiantes rompía el monótono color madera de la estancia.

Los tiempos habían cambiado. En su época el silencio era silencio. En ese instante mientras buscaba el apellido James en la estantería el silencio podía sentirse vibrar bajo el manto de los móviles que conectaban aquel anacrónico rincón de la ciudad con el siglo XXI.

No tardó demasiado en tener el ejemplar entre sus manos y aún menos en comenzar a ojearlo.

"La historia nos había mantenido alrededor del fuego lo suficientemente expectantes, pero fuera del innecesario

comentario de que era horripilante, como debía serlo por fuerza todo relato que se narrara en vísperas de navidad en una casa antigua, no recuerdo que produjera comentario alguno aparte del que hizo alguien para poner de relieve que era el único caso que conocía en que la visión la hubiese tenido un niño.

Se trataba, debo mencionarlo de una aparición que tuvo lugar en una casa tan antigua como aquella en que nos reuníamos: una aparición monstruosa a un niño que dormía en una habitación con su madre a quién despertó aquel presa del terror."

No era un gran lector, pero jamás había desdeñado una buena historia. Todavía podía recordar las furtivas visitas a aquel edificio en ruinas junto a sus amigos, colándose por los agujeros de las vallas con el único propósito de conocer de primera mano el "famoso" psiquiátrico abandonado. Ni que decir tiene que había poco de verdaderamente aterrador en su interior pues pese a lo que su joven imaginación habría deseado no quedaban restos entre sus paredes de instrumental o documentación sobre lo allí vivido. Sin embargo, el mero hecho de poder contar que una vez había desafiado al terror visitando semejante lugar había servido de motivación para no echarse atrás ante sus amigos.

No era valiente, no al menos según la concepción clásica de la valentía. Se sentía cómodo en las sombras y podía oír un ruido en mitad de la noche ignorándolo sin más cómo quién oye caer la lluvia. No disfrutaba de las películas de terror y por supuesto no acostumbraba a leer historias de fantasmas en la soledad de su casa, pero pese a todo, no desdeñaba una buena historia y mucho menos si él era el protagonista. Entonces sí, adoraba las buenas historias de terror.

Y en aquella, de alguna extraña e improbable manera, lo era.

¿Por qué él?

Sus ojos se perdieron en las letras de aquel viejo volumen y para cuando quiso darse cuenta, el final de la mañana se había vuelto tarde y la tarde noche.

—Lo siento señor, vamos a cerrar —lo interrumpió una eficaz voz de mujer.

Tardó un par de segundos en reaccionar. La lectura lo había sumergido en el tétrico y elegante mundo de Henry James y su mente sufrió el regreso a la realidad.

—Oh, sí, sí, perdone.

—Puede llevarlo de préstamo si lo desea.

—No, no, no se preocupe, volveré mañana para terminarlo.

Se descubrió temblando, pero no al viejo estilo de las películas de terror sino al modo en que se tiembla cuando uno está sencillamente aterrado. Con lentitud, sin exageración, con un traqueteo en las manos incontrolable y un respirar torpe y descompasado. Todos y cada uno de los adjetivos del escritor se habían clavado como alfileres en sus venas. Tenía miedo, pero un miedo real. Uno que no desaparecía al terminar la película ni al finalizar la lectura.

¿Qué sabría aquella mujer sobre él?

¿Lo sabría todo?

El terror lo acompañó fuera de la biblioteca convirtiendo la ciudad en un escenario de horrores, sombras y figuras retorcidas. Todo parecía impregnado de gris. Todo parecía gritar pidiendo auxilio y señalándole. Era como si hubiera atravesado el reverso de un espejo y se encontrara ante el reflejo perturbado de su misma ciudad. Los quioscos se mostraban como esbeltas y alargadas figuras góticas, las casas con sus luces a medio encender recalcaban la oscuridad de la noche e incluso las farolas, garantes de la luz en la madrugada parecían huir de su responsabilidad sumiendo a sus pasos hasta el coche en un sendero de terror y perversión.

No se había vuelto loco. Había sido aquel escritor, había sido aquella lectura, había sido ese siniestro mensaje.

¿Por qué él? ¿Por qué precisamente él?

Su miedo tenía el mismo sentido que el color rojo para un ciego, pero no por ello la sangre dejaba de ser roja para el invidente. Estaba aterrado y no dejó de estarlo cuando tomó asiento en su coche y cerró con rapidez todas las puertas.

Necesitaba una copa.

Necesitaba dos.

5

El local respiraba fracaso, tal vez porque nadie con algún tipo de éxito pasaría la noche de un martes bebiendo a esas horas de la noche. De haber esperado alguien en casa a esa panda de borrachos no estaría mirando el fondo de un vaso como quién trata de encontrar la respuesta en una galletita de la suerte. De haber esperado algún tipo de horizonte profesional al amanecer nadie estaría buscando fortuna en la mesa de un billar cuyo taco estaba tan astillado como sobado por la rendición.

¿Era ese su caso? —se preguntó mientras apuraba el primer trago de un whisky que nunca debió pedir.

Nadie aguardaba en casa, por fortuna seguía pasando desapercibido para el mundo...o al menos para todos salvo esa misteriosa mujer y su carta.

Tenía miedo. ¿Y si lo sabía todo? No estaba preparado para enfrentarse al mundo con su oscuro secreto.

Sus latidos seguían acelerados y por unos instantes incluso la clientela de aquel bar parecía sospechosa de observarlo, de tratarse de unos personajes adjetivados por el genio de aquel maldito escritor que no le quitaban ojo. Parecían demasiado evidentes para ser reales, demasiado sencillos de definir.

Estaba afectado. Las horas de lectura, la incertidumbre y el extraño efecto de aquel mensaje lo habían sumido en una espiral de confusión que no favoreció el frío trago on the rock de aquella dosis de alcohol barato. Las preguntas regresaron a su mente. Las respuestas bailaban lejos de la barra como la dignidad lo hacía con aquella puta de tarifa en oferta.

¿Qué sentido tenía todo aquello?

Toda la ciudad buscando al maldito psicópata y él obsesionado por un patético mensaje.

Introdujo dos tragos más de alcohol en su cuerpo y abandonó el local.

La ciudad tenía otro aspecto. Las bofetadas de alcohol habían conseguido disminuir el efecto de la lectura en su mente. Por un instante incluso olvidó su existencia.

Tenía que regresar a su "oscuro secreto" pero antes quiso volver a escribirla.

—Hola ojos azules, ¿qué haces? —golpeó en su móvil sin pensar.

—Ignorarte —dejó sin teclear la becaria minutos después de leer su mensaje con sus profundos ojos color cielo doble check.

Todo volvía a la normalidad y la noche no fue muy diferente que a las anteriores.

Observó, anotó y llevo a cabo sus paseos nocturnos.

Regresó a casa. Se lanzó a la cama y cerró los ojos, los cerró tan fuerte que no puedo verla.

Mirándole, inmóvil, en una esquina de la habitación.

Muerta. Fantasmagórica.

Sin quitarle el ojo de encima en toda la noche.

6

La redacción olía a ansiedad y sudor y el sabor del rancio café de la máquina podía sentirse a kilómetros de distancia. Había

—Ha vuelto a actuar —era la frase más repetida cuando ocupó su lugar de trabajo.

Otra mujer muerta. Perseguida, destrozada, violada y devorada. Encontrada sin cabeza.

Los ordenadores echaban humo.

—¡Necesito algo y lo necesito ya! —gritaba el director ignorándolo por completo.

Unos cuantos tragos no eran ni habían sido jamás motivo suficiente para una resaca, pero el alcohol había dejado un poso de madrugada en su paladar difícil de eliminar por completo. Se encontraba algo espeso y difuso, como si no hubiera terminado aún de amanecer. Para ninguno de los presentes importaba lo más mínimo por lo que siguió sus pasos habituales en el interior de la redacción, llenos de automatismos y sin la más mínima participación de su cerebro, envuelto todavía en las brumas de la prosa de Henry James y el misterioso mensaje recibido.

Había repasado hasta la náusea cada pequeño detalle de lo sucedido y más allá de una inquietante y perturbadora historia de fantasmas no encontraba el más mínimo sentido a sus últimas horas. Quizá, como había insinuado alguien una vez en la redacción creyendo no ser escuchado, tenía demasiadas ganas de hacer periodismo "de verdad". Tal vez era cierto y había aprovechado esa pequeña e inofensiva broma de una lectora para montar toda una historia de investigación y misterio a su alrededor. Podía ser.

Podía no serlo en absoluto y tener algo que ver con lo otro, con su afición nocturna…

Pero, ¿cómo se había enterado aquella mujer?

Sus manos redactaron las previsiones astrológicas del día mientras se debatía entre acudir de nuevo a la biblioteca a terminar la lectura o dejar definitivamente pasar aquella extravagante historia y regresar a su rutina la cual, por otro lado, no estaba sobrante de emociones fuertes.

Su oscuro objeto de deseo pasó por delante de su mesa dirigiendo una inofensiva mirada a su pantalla. Por primera vez en días sus ojos no devolvieron el favor y no hubo el menor contacto visual entre ellos. No estaba ofendido ni tan siquiera molesto, no era la primera vez ni sería la última que una mujer atractiva pasaba por completo de su existencia, pero no tenía la más mínima intención de empoderar más a aquel maravilloso ejemplar de ser humano.

—Búscate otro perro que te ladre, princesa —pensó citando alguna letra de alguna vieja canción.

Se sintió bien.

Se sintió estúpido por sentirse bien por "rechazar" a quién llevaba semanas haciéndolo.

Sería suya YA.

Regresó a su mañana.

No tardaría en volver a buscarla.

7

—¡Me importa una mierda! —vomitó el director desde el final del pasillo.

—Gracias señor —contestó entre susurros mientras apagaba el ordenador y se disponía a terminar su jornada tras haber comunicado a su jefe que había realizado su trabajo.

Había hecho un buen trabajo para el que había utilizado el 1% de sus recursos mentales y aproximadamente un 20% de sus capacidades físicas. Eso decía muy poco de la dificultad y del mérito que tenía su labor en el periódico, pero en cualquier caso se sintió bien por el reconocimiento de aquel viejo periodista. Había llenado con profesionalidad el doble espacio que su sección tenía en el papel y en la red, eso nadie podía negarlo y aunque en cualquier otro momento hubiera abandonado la redacción muy satisfecho, las dudas y la incertidumbre ocupaban en ese instante toda su atención.

¿Debía terminar su lectura?

Dudaba mucho de que en las páginas que faltaban por conocer se encontrara algún tipo de respuesta a la existencia del mensaje y la misteriosa mujer remitente, pero por otro lado tampoco había mucho más que hacer. No tenía un solo dato o pista por la que empezar a investigar y ese mensaje con aquella cita literaria era el único indicio con el que trabajar. Las últimas dos horas de su trabajo en el periódico las había pasado leyendo sobre la vida de Henry James, sobre las circunstancias que rodearon aquella historia de fantasmas y sobre las diferentes interpretaciones que esta había tenido a lo largo del tiempo.

Nada había tenido relación alguna con su vida o su entorno por lo que tampoco consideró un éxito sus pesquisas.

Hacía frío. No podía hacer otra cosa en el interior de un corazón intrigado.

No era el típico aire inofensivo que solía soplar en las medias tardes de aquella época del año. Se encontraba más cerca del invierno que del bucólico otoño. Sus manos pasaron de los bolsillos al volante y de este de nuevo a los bolsillos mientras sus pies, a buen resguardo en unas más que decentes botas de montaña, se resguardaban de la inactividad rodeados de una buena cantidad de tela.

La biblioteca había sido desde primera hora del día su único destino posible y aunque había tratado de convencerse de que debía olvidar todo aquello lo cierto es que terminó aparcando a unos escasos cien metros de la puerta. ¿Qué podía hacer? Quizá se trataba de eso, de jugar a ser periodista de "los de verdad" pero había algo en su interior, algo intenso, que insinuaba que podía haber algo más en todo aquello, algo que lo mantenía preocupado.

El escenario no difería en lo más mínimo del hallado el día anterior reflejo de una rutina que posiblemente terminara contemplando los mismos personajes sobre las mismas tablas del mismo teatro sol tras sol.

Caminó con fingida parsimonia hasta el mismo lugar en el que había encontrado un día antes el manido ejemplar de "Otra vuelta de tuerca" para no encontrarlo esta vez. Echó un rápido vistazo a los alrededores por si en su regreso a la estantería alguien hubiera cometido un error colocándolo en algún otro lugar. Como era de esperar no tuvo éxito.

—Disculpe —susurró dirigiéndose a la bibliotecaria.

—¿Sí? —preguntó con indiferencia una burocratizada robot humana.

—Estoy buscando "Otra vuelta de tuerca", de Henry James, no se encuentra en el mismo lugar del que lo estuve ojeando ayer.

La indiferente señora de gafas grises tecleó con inusitada lentitud y unos interminables cuarenta segundos después respondió con un sencillo "Lo han tomado de préstamo" con el que pretendió poner fin a la conversación.

—¿De préstamo? —preguntó sorprendido.

—Esto es una biblioteca señor. A veces pasa.

—Puedo... ¿puedo saber quién ha sido?

—Por supuesto que no señor, ¿dónde se cree que está?

—Verá soy periodista y estoy en medio de una investigación y...

—Y yo bibliotecaria y amante de los gatos.

La sequedad y sarcasmo terminaron por convencerle de que no habría manera de obtener de aquella mujer ningún tipo de respuesta, pero una pregunta surgió en su mente un segundo antes de dar media vuelta y marcharse.

—¿Es un libro muy demandado? Solo le pido eso, por favor. Así sabré si venir mañana.

No hubo tecleo esta vez y ni una sola mirada furtiva al ordenador.

—Eche un vistazo a su alrededor. Estamos en el siglo XXI. ¿Cree que hay entre estas paredes algún libro muy demandado, señor? Pero le diré algo —añadió con evidente intención de poner fin a la conversación —Henry James tiene la misma importancia para todos estos jóvenes que una conferencia sobre la importancia del casete en la industria de la música.

Podía tratarse de una mera casualidad, pero algo en su interior le decía que había algo más en el hecho de que alguien hubiera retirado el ejemplar justo el día después de que él hubiera pasado la tarde leyéndolo.

Dirigió sus pasos a la salida, pero justo a falta de tres para abandonar la estancia un rayo de luz iluminó la oscuridad de su investigación.

—¿Y sí...?

Su andar esta vez no tuvo nada de parsimonioso ni disimulado y sus gastadas suelas de zapato golpearon con notable ruido el suelo de la biblioteca. Alcanzó la estantería, buscó la "J" y el lugar exacto dónde debía encontrarse el libro.

No había un hueco, por supuesto que no.

Había algo. Había algo más en todo aquello, ya no existía la menor duda.

Un papel. Un pequeño papel doblado colocado con esmero...

"23-abril-1819. Mary J.Chandon"

Un retorcido escalofrío recorrió su cuerpo con furia mientras sus pasos se dirigían ya sin duda alguna al exterior del edificio.

Estaba en mitad de algo.

Estaba en mitad de todo.

Era real. Tan real como un mensaje en su buzón. Tan real como un mensaje en la biblioteca.

¿Estaban siguiéndolo? ¿Lo sabían?

8

La redacción a esas últimas horas de la tarde tenía un color muy diferente, neutro y ocre, como si la melancolía de los sueños esquivos de los que habían pasado durante el día por aquel lugar hubieran dejado parte de su alma caída en las sillas, ordenadores y paredes de la redacción.

Estaba solo. No quedaba nadie trabajando puesto que el periódico cerraba edición siempre a media tarde y ningún psicópata era suficientemente importante como para cambiar esa rutina ¿Quién en su sano juicio iba a estar trabajando a aquellas horas para el poco éxito que tendría cada ejemplar?

No habían descubierto nada salvo que se trataba de un asesino en serie y de que la policía había ocultado al menos otras tres víctimas anteriores, encontradas en idéntico estado de degradación y siempre sin cabeza.

Sin cabeza. Algo que desconcertaba mucho a todo el mundo.

Ocupó su sitio. Tecleó con calma pese a que se encontraba sumido en un torbellino de preguntas sin respuesta y cruzó tantos dedos como le fue posible.

Los primeros resultados de la búsqueda fueron contundentes. "23-abril-1819. La desaparición y aparición de Mary J.Chandon". Un par de clics después Henry James se hermanó con la tétrica narración de los oscuros hechos que terminaron con el suicidio de la triste Mary J.Chandon y sus posteriores apariciones fantasmagóricas por todo el pueblo.

—Otra historia de fantasmas —pensó mientras anotaba en un pequeño cuaderno todos y cada uno de los posibles detalles relevantes de aquella información.

La lectura de los terribles sucesos ocurridos en aquel apacible lugar despertó en su corazón el recuerdo frío de la inquietud vivida leyendo el libro de Henry James. Las sombras de su corazón se hicieron grandes y cubrieron de gris su mente, logrando por un instante que se sintiera en la piel de los cientos de testigos que afirmaban haber sido visitados por la joven Mary.

Había tantas historias diferentes que costaba no identificarse con alguna pese a transcurrir en una época y un lugar tan diferente al suyo. Leer de la boca de los habitantes de aquel diminuto pueblo cómo el fantasma arrastraba animales y los reventaba delante de sus ojos era solo el aperitivo de lo que hizo que aquel lugar terminara desierto consumido por las llamas.

Una noche, una posiblemente no muy diferente a la que cubría su realidad en ese preciso instante, el fantasma de Mary apareció en mitad de una iglesia y extrajo los ojos de los allí presentes arrancando a continuación sus cabezas casi de cuajo. Nadie pudo explicar como un ente etéreo fue capaz de hacer algo así, pero lo cierto es el único superviviente de aquella masacre, precisamente el sacerdote, terminó sus días encerrado en un psiquiátrico repitiendo una y otra vez el nombre de Mary.

Mary…Mary…Mary…

Respiró hondo. Quiso creer que se trataba de inquietud, pero era algo más. Tenía miedo. Así de simple y sencillo. Todo empezaba a encajar y las piezas parecían tejer un puzle aterrador y retorcido.

—"Las cabezas arrancadas" —se repitió leyendo una y otra vez la historia de Mary.

Volvió a tomar aire y trató de centrarse en lo que tenía mientras cerraba en la pantalla la terrible historia de Mary. Alguien estaba dejando migas hilando los sucesos que estaban teniendo lugar en la ciudad con fantasmas y mensajes ocultos…

Entonces, la oscuridad que sentía en su interior pareció explotar envolviéndolo todo. Primero fueron los ordenadores y apenas un segundo después el resto de aparatos y luces del lugar, cubriendo de tinieblas y ausencia todo a su alrededor.

Quedó a oscuras y completamente inmóvil.

El haz de luz de su móvil convertido en linterna no alcanzaba a iluminar toda la redacción, pero al menos podría guiar sus pasos en dirección a la salida.

Estaba temblando, pero no al modo en que tiembla uno cuando está asustado. No. Temblaba con la certeza de que nada de aquello estaba siendo casual y de que ALGO estaba dirigiéndole a lugares muy siniestros del terror humano.

Sentía como si hubieran seguido sus pasos desde sus actividades nocturnas hasta ese preciso momento. ¿De verdad podía sostener sin desmoronarse que aquel apagón había sido casual?

Imposible.

—Mary…Mary…—escuchó con total nitidez antes de que la batería de su móvil se apagará por completo, atrapándole entre las tinieblas.

Era real. Podía escucharla con la misma claridad con la que escuchaba su pánico o con la que disfrutaba de sus madrugadas ocultas. ERA una voz de mujer y podía escucharla con claridad, como quién escucha la voz de cualquiera en cualquier momento y lugar.

Su respiración era tan intensa que cuando la aguantaba, el silencio era absurdo, ridículo, retorcido. Trató de gritar, pero fue inútil. Quiso moverse, pero no pudo. ALGO se encontraba en la redacción, podía oírlo moviendo lentamente las sillas y caminando hacia él.

No era una sensación sino una certeza absoluta. Había ALGO más a su lado y no podía hacer nada. Por más que se moviera, por más que caminara en alguna dirección no tenía la menor idea de dónde se encontraba y era incapaz de verse las propias manos. ¿Cómo iba a escapar de ahí?

Imposible.

¿Y si aquel fantasma lo sabía todo?

—Mary…Mary... —volvió a decir la voz aún más cerca.

Gritó. Consiguió gritar, pero fue inútil. ALGO tapó su boca sumiéndole en un sueño tan lento como aterrador.

No podía hablar. ALGO había tapado por completo sus labios, cerrándolos con fuerza e impidiéndole casi respirar.

Era fuerte.

Era intenso

Era REAL.

Estaba perdiendo la consciencia…

Estaba ¿muriendo?

9

Los primeros rayos del día lo descubrieron en su cama. Desnudo y descansado, arropado por un desconcierto que tardó varios minutos en desperezarse.

Trató de recordar y apenas lo había logrado cuando su corazón se aceleró con desespero.

La redacción, el apagón, la voz de mujer, ese ALGO…

Se incorporó violentamente y caminó sin rumbo por la habitación.

¿Qué había pasado? ¿Cómo había llegado ahí? ¿Qué significaba todo aquello?

—Oh, joder, me han traído a casa… ¿y sí lo ha descubierto?

Intentó calmarse y buscó sus cuadernos, perfectamente ordenados como el resto de cosas de, pero no quedaba en su corazón un ápice de cordura a la que agarrarse.

Estaba en su casa, ¡en su cama! Pero ¿era imposible? ¿Tan imposible como que ALGO le hubiera tocado y tapado literalmente la boca?

Buscó con rapidez su ropa y la encontró doblada exactamente de la misma forma en la que él lo hacía cada noche antes de dormir.

Halló su móvil cargándose, con la alarma puesta a la misma hora de cada día al igual que su cartera y llaves del coche ocupaban el mismo sitio en la mesa en la que él las depositaba siempre.

De no ser porque era imposible juraría que lo había soñado todo.

¿Todo? ¿Hasta qué punto podía haber soñado algo tan REAL?

Devoró el café más cargado y lo acompañó de dos cigarros, algo que no hacía desde la última fiesta de Navidad. No tenía salida, en realidad era esa la única certeza. Por un lado, si todo había sido un sueño había sido tan real y complejo que indicaba que algo en su cabeza no funcionaba como debiera….

…pero si había sucedido, si había tenido lugar…

Cerró la puerta con un portazo que espanto la respuesta a esa pregunta.

La ciudad estaba absorta. Nadie reparó en él y nada parecía tener relación alguna con su existencia. Tal vez aquello no fuera muy diferente a todos los días en los que la ciudad lo ignorara con fuerza, pero la verdad es que en aquel amanecer necesitaba alguna prueba de que no había enloquecido y de que el resto de seres humanos seguían considerándole cuerdo.

No la encontró.

Quizá porque era imposible.

No estaba cuerdo.

Recordaba con detalle el mensaje de aquella misteriosa mujer, ese "Sé lo que haces", el video de seguridad, la biblioteca, Henry James, el mensaje, Mary, la redacción…podía aún sentir el aroma del terror más auténtico pegado a su nariz y el gusto a horror incrustado de lleno en su paladar.

Tosió. Respiró. Miró a un lado y al otro. Estaba vivo ¿lo estaba?

Aparcó y ni tan siquiera cerró el coche. Su corazón latía a semejante velocidad que amenazaba con quebrarse en cualquier momento. Debía subir a la redacción. Debía hablar con alguien y alguien con él. Debía saber qué era real y qué no…qué estaba ocurriendo y qué no….

¿Y si aquello era el sueño? ¿Y si seguía en poder de ese ALGO y cuando despertara las tinieblas lo rodearían de nuevo?

Tosió. Respiró. ¿Respiró?

Atravesó la puerta de la redacción y la vio.

Ahí estaba. De pie, como cada día.

—Dime que puedes verme —suplicó sin preámbulos ni presentaciones.

Ella no reaccionó. No emitió el mínimo sonido ni realizó el más pequeño acto.

—¡Por favor! ¡Necesito que me hables! Hablo en serio, yo…necesito que me digas hola.

El silencio se clavó en su pecho retorciendo su corazón…

Miró a su alrededor, pero todavía no había llegado nadie a la redacción. Era ella, ¡tenía que ser ella quién confirmara que no se había vuelto loco!

—¡Háblame! —dijo justo en el instante previó a intentar tocarla…

La locura se extendió desde los pies hasta la cabeza inundando su sangre de horror y sufrimiento. Los latidos de su corazón se tornaron irregulares y el pánico gobernaba un barco a punto de hundirse en la tormenta perfecta de la realidad más insoportable.

Estaba muerto…como aquellas mujeres…como sus cabezas.

Las imaginó mirándole en ese instante, riéndose de él, obligándole a correr, a huir…

Perseguido por ese fantasma, por ese que lo sabía todo, por ese que había convertido su vida en un infierno del que no podría escapar…

Nadie lo veía sufrir.

Nadie lo veía gritar.

No existía…

Estaba muerto…

Era una sombra.

Siempre lo había sido.

Ella se giró de repente.

—Sé lo que has hecho. Vienen a por ti.

Un huracán de terror y pánico descontroló su mente hasta convertir su cerebro en un infierno insoportable de horror y dolor.

Caminó con parsimonia hasta la ventana y sin más dilación se arrojó por ella.

Su cuerpo golpeó con furia el suelo.

Sus sesos pintaron de rojo aquella mañana.

10

—¡Noooooo! —gritó desesperada en pleno ataque de ansiedad.

No podía ser. No podía haber ocurrido. Era sencillamente imposible. Había saltado por la ventana, su cuerpo debía estar destrozado y su sangre esparcida por la acera y carretera, pero era incapaz de mirar, incapaz de reaccionar. No podía dejar de gritar, llorar y sentir las pulsaciones de su corazón desbocadas a punto de provocar en su pecho una explosión letal.

El responsable de deportes fue el primero en hacer acto de presencia y de inmediato rodeó con sus manos a la becaria tratando de calmarla.

—¿Qué pasa? ¿Qué te pasa? —preguntó alarmado mientras echaba la vista atrás buscando algún otro compañero que estuviera llegando a la redacción.

—Ha saltado, ha saltado —repetía ella entre susurros, en perfecto estado de shock.

—¿Quién ha saltado? ¿De qué hablas?

—La ventana, ha saltado por la ventana. ¡Dios mío! ¡Ha sido mi culpa, toda mi culpa!

El antiguo ídolo local soltó por unos instantes a la mujer y se acercó a la ventana.

—¡Se ha suicidado por mi culpa! —gritó ella desgarrada.

—¡Dios mío! ¡Qué alguien me ayude! —gritó "el campeón"

No importaba nada. Su mente había bloqueado cualquier imagen que no fuera la de aquel pobre chico saltando por la ventana. Poca relevancia tenía el hecho de que llegaran a la redacción más compañeros y que unos indeterminados minutos después un sanitario pinchara en su brazo izquierdo un potente tranquilizante.

Había muerto por su culpa. Lo había ignorado, lo había ignorado por completo. ¡Qué le había costado ser amable!

Justo antes de perder la consciencia regresó a su primer día en la redacción, a aquel joven de aspecto agradable que a los dos minutos de verla trató de quedar con ella. Su memoria podía repetir con precisión los consejos que aquel foro de mujeres jóvenes escribía hablando de cómo empezaban los casos de acoso.

—Hagas lo que hagas —había afirmado con contundencia una de las usuarias —no le des pies a nada desde el primer momento y no se lo digas al resto de compañeros de trabajo. Harán piña con él y quedarás como una loca. Los tíos son así y las tías, si llevan tiempo trabajando allí, son peores.

Todas aportaban remedios infalibles que iban desde la indiferencia hasta la denuncia pasando por supuesto por la venganza pero que incluían

 Nunca había sido una persona rencorosa pero su última experiencia sentimental todavía provocaba en su interior escalofríos por lo que era totalmente reticente a hacer el más mínimo caso a aquel muchacho. Darle falsas esperanzas era lo último que quería dar a entender.

Fue brutalmente indiferente. ¡Qué había hecho!

Ahora estaba muerto… ¡muerto! ¡Había visto el pánico en sus ojos justo antes de saltar, después de intentar en vano que ella hablara con él! ¿Por qué no le habló?

11

Una poderosa luz blanca cegó su despertar.

—Está bien, está volviendo en sí —tranquilizó el enfermero —Despacio, despacio...

—¿Do...dónde estoy?

—Tranquila, está usted bien. Sufrió un fuerte ataque de pánico, pero está en la redacción, rodeada de sus compañeros. No tenga prisa, tómese su tiempo en incorporarse.

Su respiración había adquirido un ritmo constante y la sangre fluía por su cerebro con rapidez y eficacia. Cerró los ojos para volver a abrirlos medio segundo después, envuelta en un torbellino de recuerdos y angustia.

—¡Nooo, nooooo! ¡Ha saltado, ha saltado! —gritó tratando de levantarse.

—Tranquila, tranquila —repitió el enfermero —no se altere por favor.

—¿No lo entendéis? ¡Ha saltado joder!

—¿Quién? ¿Quién ha saltado? —preguntó el director del periódico agachándose en dirección a su becaria.

—¡Sagitario! ¡Sagitario ha saltado por la ventana! Era una broma, ¡una broma! ¡Está muerto!

Un tétrico murmullo se desató en la redacción. Era como si todos los presentes hubieran sufrido al instante un retorcido deja vu y el pasado hubiera desatado un baile de recuerdos en aquel lugar en el que el dolor volvía a pisar a todos el alma.

—¿Sabe de qué habla? —preguntó el enfermero tratando de contener sus espasmos nerviosos.

—Sí, lo sabemos...Dios mío, claro que lo sabemos. Pobre chica...

—¿No lo entienden? —gritó ella con furia —¡está muerto! ¡muerto! ¡Sagitario está muerto!

—Un momento —dijo el enfermero —Joder, ¿Sagitario? Claro joder, este es EL PERIÓDICO.

—Lo es. Lo fue —concluyó el director con la mirada perdida.

—¿De qué está hablando director? —preguntó entre sollozos y sofoco.

—Tienes que tranquilizarte, de verdad, no pasa nada y todo está bien.

—¡Dígame de qué cojones está hablando! —exigió entre gritos desgarrados.

El director miró a sus empleados y colocando su mano sobre el hombro de la becaria trató de calmarla.

—Sagitario está muerto, sí, pero no has tenido nada que ver cariño. —dijo con toda la dulzura del mundo.

—Ha saltado por la ventana por mi culpa, señor, ¡por mi culpa!

—Es imposible cielo.

—¿Cómo coño puede saberlo? ¡Mire por la ventana!

—Porque eso lo hizo hace casi diez años.

—Es…es imposible —dijo mientras sus fuerzas comenzaban a desaparecer por completo de su cuerpo —no…no puede ser…

—Se encargaba del horóscopo —empezó a narrar el director —entró a trabajar con nosotros unos meses antes de la "gran noticia". Fue una época terrible para la ciudad, con la aparición de aquel psicópata devorador de mujeres acechando en las sombras y sembrando el pánico por las noches.

No entendía nada de lo que aquel hombre vomitaba por sus recuerdos. ¿Cinco años? Era sencillamente imposible…recordaba aquella historia vagamente. Oía a sus padres hablar de ello, su preocupación. Era apenas una niña, pero podía recordar perfectamente cómo sus padres se afanaban en repetir una y otra vez que jamás anduviera sola por la ciudad y que si algún desconocido se acercaba al colegio gritara con todas sus fuerzas.

¿Qué tenía que ver todo aquello con el triste destino de Sagitario?

—Poco tiempo después de la llegada del muchacho entró a trabajar con nosotros otra becaria. Una preciosa niña con un gran talento para la redacción que llegó con toda la ilusión del mundo y todas las ganas de trabajar. Era de una belleza inusual y Sagitario no tardó en fijar su atención en ella. La acosaba. Al principio solo con una actitud pegajosa y molesta y después con llamadas, mensajes, regalos...se obsesionó con ella, por completo. Nosotros no lo sabíamos, ella no había dicho una sola palabra, pero decidió vengarse de él. Con ayuda de varias amigas empezaron a dejarle mensajes, a escribirle notas, a intentar provocar en él el más absoluto de los terrores. Le hacían leer historias de fantasmas, le dejaba notas en su mesa, en la biblioteca incluso le hacían creer que sabían sus más oscuros secretos dejándole notas del tipo "sé lo que haces, sé lo que sabes" ...en una palabra, estaban volviéndole loco, completamente loco.

Ella apenas era capaz de mantenerse cuerda. Sumida en un poderoso y retorcido shock asistía a las palabras del director como quién escucha un eco lejano que lo envuelve todo.

—Todo funcionó a la perfección. El mensaje, la nota, la aparición, lo sedaron y dejaron en su casa creándole un estado mental inasumible. Una mañana, él llegó a la redacción totalmente sumido en la locura y ella...ella lo ignoró. Lo ignoró por completo. Se volvió completamente loco y saltó por la ventana...muriendo al instante.

—Es...es imposible —susurró ella sin entender absolutamente nada.

—Eso no es todo —continuó visiblemente afectado el director — Con su muerte, contratamos a un sustituto para realizar su labor al frente del horóscopo y cuando este quiso usar su ordenador descubrió una terrible verdad. Era él, era el jodido psicópata. Tenía fotos, tenía videos, tenía mapas de la ciudad e itinerarios de cientos de mujeres. Las seguía, las acosaba, las dormía, las violaba y cuando había terminado con ellas, las despertaba para que sintiera como las troceaba y devoraba. Estamos seguros que eso era lo que quería hacer con nuestra becaria...era el puto Sagitario, apenas un niño...un monstruo. La policía encontró en su casa las cabezas de sus víctimas, colocadas con cuidado en su sótano, alrededor de su cama. Se acostaba mirándolas...dedujeron que la broma de la becaria lo enloqueció por completo ante la posibilidad de que lo pillaran, de que descubrieran su "oscuro secreto"

—No…no…no…—lloró en shock mientras su cuerpo perdía toda capacidad de lucha.

—No has podido verlo cariño. Está muerto. No has podido verlo. Lo siento cielo, de verdad.

El llanto se transformó en un desgarrado sentimiento de terror. Trató de moverse, pero era incapaz de mover un solo músculo de su cuerpo. Sus ojos buscaban el consuelo de algún compañero, pero nadie contradecía al director, nadie saltaba gritando "¡está usted loco señor!" Todos asentían y en sus ojos podía verse una suma de cientos de sentimientos, pero uno palidecía por encima de todos: horror.

Aquel hombre estaba diciendo la verdad.

Comenzó a negar con la cabeza, comenzó a sufrir un nuevo ataque de pánico, de terror y entonces volvió a verlo, en un rincón de la redacción, asistiendo sonriente a la narración de los hechos que condujeron a su muerte. No eran imaginaciones suyas.

ESTABA AHÍ.

Lucía con el mismo aspecto de siempre, pero con una macabra diferencia. La sonrisa con la que la había recibido cada mañana al llegar a la redacción se había transformado en una amenazante mueca aterradora que aumentó de intensidad cuando cruzó la estancia y se acercó hasta dónde ella se encontraba.

—Hola, ojos verdes —susurró con una voz tétrica y profunda, nacida de las mismas entrañas del infierno. Tú no te escaparás.

—¿No podéis verlo? ¡Está aquí…AQUÍ!! ¡Socorro! —gritó desencajada mientras los enfermeros preparaban una nueva dosis de sedante —¡Noooo, no me durmáis, debo estar despierta, noo, noooooo!

Sus ojos empezaron a hundirse en las tinieblas mientras a su derecha, en silencio, el fantasma sonreía satisfecho y relajado.

Su alma aterrada se desgarró por completo…

...y un segundo, un mínimo segundo antes de sumirse en las tinieblas pudo ver a aquel fantasma relamerse...

El Pacto

La vida de su hijo se escapaba por las rendijas de la sonrisa ignorante del macabro destino que lo aguardaba y ella lo único que podía hacer era morir por dentro junto a él.

Había perdido 10 kilos desde el diagnóstico de la enfermedad y se encontraba tan al límite de sus fuerzas que aquel soplido fuerte del viento de la vida estaba a punto de quebrarla por completo. Contaba con el ánimo y el apoyo de todo el mundo, pero la verdad era que el mundo, su mundo, había sufrido un devastador apocalipsis con aquellas palabras del doctor.

—Lo siento. No tengo buenas noticias. Su hijo se muere.

Así había empezado el fin, con un simple "lo siento" como el que se dice cuando empujas a alguien sin querer o cuando pisas ligeramente el pie de otro ser humano. Un desconocido de bata blanca acababa de decirle que su único hijo iba a morir de cáncer y no había nada que pudiera hacer por él. Y sonrió al despedirse. Sabía de sobra que había sido un gesto instintivo e inocente, pero habría arrancado el corazón de cuajo a ese cabrón y se lo habría hecho tragar ahí mismo, en aquella estúpida consulta.

Aquel estúpido ángel de la muerte sonrió al despedirse.

Dos meses después apenas quedaba un hilo de vida pendiendo del alma de su niño. Dos meses en los que había rezado, suplicado y llorado más que en el resto de toda su existencia. Todo internet sabía a esas alturas del caso de su hijo, pero la única solución que todos aquellos nicks, retuits y "me gusta" le habían ofrecido era una sobredosis de inocuo ánimo y vacía solidaridad.

No podía culparlos. A fin de cuentas, dudaba mucho de que las redes sociales ocultaran en algún lugar la cura contra el cáncer infantil. Se trataba de ella. Proyectaba contra el mundo la rabia e indignación que sentía con cada latido de su corazón. ¿Para qué bendecirle la vida con ese maravilloso regalo para cuatro años después arrebatárselo de cuajo? ¿Qué puto sentido podía tener una existencia basada en crear una vida para destruir con su muerte dos?

Celebraba la total ausencia de padre en esos instantes. No existía ni una sola palabra que nadie pudiera decir que ayudara a salvar su alma de la oscuridad tenebrosa en la que se había sumergido con el diagnóstico y de existir verbo apropiado jamás habría salido de la boca de un hombre.

Su madre, débil enferma crónica de los huesos y su hermana, adicta al trabajo y a las compras habían significado un gran apoyo, pero pese a que no despreciaba su cariño la verdad es que lo consideraba totalmente inútil.

Llevaba dos meses despertando y acostándose cada día bañada en lágrimas, viviendo una rutina llena de instantes terroríficos para una madre. Oír a su niño hablar de "cuando sea mayor" o escucharle haciendo planes con sus amigos para ir a la playa con ellos cuando cumpliera diez había destruido los cimientos del edificio de su cordura hasta reducirlo a escombros de lo que una vez fue. Aquel era un sufrimiento tan extremo que pronto comprendió que no iba a tratar de superarlo.

Se suicidaría al día siguiente de la muerte de su hijo.

No pensaba vivir más de un día sin la cosa más maravillosa del mundo en su vida.

Todo ser humano que hubiera pasado con ella algún segundo de los últimos cuatro años sabía que todo empezaba y terminaba en su niño. Que ese diminuto hombrecito era la razón de su amanecer y su soñar, de los duros esfuerzos en su trabajo como dependienta en aquella zapatería y de cada una de las decisiones que tomaba en esta vida. Existían muchas cosas en muchos universos diferentes, pero en aquel y en su vida sólo existía una.

Y se estaba muriendo de cáncer.

2

Los efectos de la enfermedad variaban con los días. Los buenos, no había signos evidentes de que nada en el interior de su pequeño estuviera devorando una a una sus células sanas. Durante los malos las puertas del infierno se abrían dejando paso a demonios de todo tipo jugando con su salud mental. Era sencillamente insoportable ver a su hijo sufrir y saber que el dolor iba a desembocar de manera irremediable en la muerte.

Había pasado cuatro años dando "besitos mágicos" cada vez que se caía y se raspaba la rodilla, cada vez que le dolía cualquier cosa con la promesa de que después del beso iba a sentirse mejor.

Su garganta era desde el diagnóstico un nudo permanente asfixiándola con brutalidad cada vez que el pequeño pedía uno de sus besitos para curarse de aquellos dolores.

No se permitía el lujo de hablar de sus sentimientos con nadie. Era evidente que estaba sufriendo y la gente que la conocía lo sabía sin ninguna duda, pero una vez que decidió que iba a arrebatarse la vida consideró innecesario compartir su sufrimiento con nadie. Al fin y al cabo, todo terminaría pronto y no veía apropiado cargar a nadie más con sus profundos y retorcidos modos de sentir terror ante lo que se avecinaba.

Había consultado por internet cómo sería el proceso y cuándo sabría que el fin había llegado. Los foros no se ponían de acuerdo y hablaban de circunstancias inesperadas que podían acelerar o retrasar algo el fatal desenlace no ofreciendo una respuesta cierta a su duda. Decidió llevar a cabo todos los preparativos para el instante en que el fin llegara poder iniciar de inmediato su propio último viaje.

Mientras contemplaba a su hijo jugando inocente en la consulta de aquel doctor recordó con infinito dolor el primer viaje a la playa del enano, su carita de felicidad y sus intentos por lanzarse de cabeza a las olas. Fue un momento mágico que con el tiempo debía convertirse en una de esas anécdotas que se cuentan a la primera novia de tu hijo o a tus nietos.

Ella no tendría nada de eso.

Ella estaría muerta muy pronto.

—Adelante, ya puede pasar. —dijo la administrativa con una sonrisa controlada en su boca despertándola de sus pensamientos.

—Vamos cariño. —asintió mientras tomaba de la mano a su única razón de vida.

Su madre lo había llamado "quemar el último cartucho". Ella le había conseguido la cita con aquel prestigioso doctor a través del amigo de un amigo de otro amigo y en cierto modo sentía cierta obligación de cumplir con dicho trámite. No esperaba absolutamente nada. Para ella visitar a un nuevo doctor solo significaba una nueva forma en la que la vida le recordaba lo que estaba a punto de suceder. No tenía solución, no tenía cura y lo máximo que le habían ofrecido eran cuidados paliativos para alargar la vida un año, quizá dos y en unas condiciones muy precarias.

La mera idea de penar por el mundo dos años más era sencillamente insoportable. Imaginarse a su hijo cada día más consciente de las cosas asumir su propia muerte era algo por lo que no tenía la más mínima intención de pasar.

—Bienvenida, siéntese, gracias por venir. —dijo el doctor con un tono de voz educado y agradable.

Había visitado las primeras semanas tras el diagnóstico tantos lugares como aquel que se había hecho una experta en médicos y consultas. Al principio solía albergar esperanzas de que alguien pudiera encontrar la manera de curar a su hijo. Quizá con un tratamiento experimental o con una forma nueva recién salida de algún extraño laboratorio pendiente de probarse. Con el paso del tiempo y la confirmación una y otra vez del diagnóstico inicial dejó de creer en dicha posibilidad y las visitas a los médicos se redujeron a las necesarias para paliar los dolores de su pequeño.

Carente de ilusión, pero con la sensación de estar cumpliendo con su obligación, ofreció su mano al médico y tomó asiento.

—Gracias a usted doctor por recibirme y por hacerme un hueco en su agenda...sé que no es fácil.

—No se preocupe por eso—interrumpió el médico —carece de importancia en este instante.

Y lo cierto era que efectivamente no tenía la más mínima importancia. Nada de lo que sucedía a esas alturas en el planeta la tenía, pero agradeció en su interior la certeza del galeno.

—No quiero hacerla perder el tiempo. He analizado su caso con detalle y me temo que debo coincidir en el diagnóstico previo de mis colegas. No puedo darle una solución. No la tengo, lo lamento —concluyó cuidando al máximo las palabras y el tono de su voz delante del pequeño.

—Le agradezco su tiempo doctor —contestó ella con frialdad — Vámonos cariño —añadió levantándose y tomando a su hijo de la mano.

—Aguarde un instante. He dicho que YO no puedo darle una solución, no que esta no exista.

—Mire doctor le aseguro que no tengo ni gota de paciencia dentro de mí y no estoy para jueguecitos ni pérdida de tiempo. Sé que no existe ninguna solución, no necesita esforzarse. He venido por quedar bien con un amigo o no sé qué de mi madre, no se preocupe.

—Lo entiendo, pero me debe permitir explicarme. Siéntese, por favor.

Tomó asiento casi al mismo tiempo que ingería toneladas de aire por su nariz. Estaba tan cansada y desesperada que las convenciones sociales y la educación no formaban parte de sus prioridades. Aun así, optó por conceder al matasanos una última oportunidad.

—Como ya sabrá mejor que nadie por los demás colegas con los que ha tratado estos días, el caso del "paciente" es totalmente irresoluble. La metástasis está tan avanzada que cualquier tratamiento que podamos aplicar tendría como objetivo la paliación de los síntomas, en absoluto la curación o remisión del cáncer y podría incluso cercenar la calidad de vida actual que muestra el "paciente". Ni tan siquiera habiendo pillado el tumor inicial a tiempo podríamos haber actuado con éxito sobre el problema. Se trata de un tipo muy agresivo y desconcertante.

—Con todos los respetos, ¿qué mierda me está contando? — interrumpió ella con impaciencia y descaro en la voz sin reparar demasiado en la presencia de su niño —de verdad doctor a estas alturas no necesito que nadie me dé más motivos para explotar, se lo juro. ¿Me está recordando lo que ya sé?

—Tiene razón y no pretendo andarme por las ramas. Quiero ofrecerle una dirección y un nombre. No pregunte más y por supuesto no lo comente con nadie (este es un requisito fundamental). Hágase un favor, hágaselo a su hijo y acuda allí a la mayor brevedad. Le estoy ofreciendo una oportunidad que poca gente tiene en la vida. Debería aprovecharla.

—¿Es otro doctor? ¿Otro hospital?

—Es "otra cosa". Deberá verlo por usted misma.

—No necesito más diagnósticos, más "imposibles" y "lo siento".

—Y no los tendrá. Sé que no tiene motivos, pero confíe en mi palabra.

—¿Así de sencillo?

—No, No será nada "sencillo" pero créame…valdrá la pena.

El doctor se incorporó y le ofreció su mano. Ella la estrechó sin entender absolutamente nada de lo que estaba sucediendo, algo que se había vuelto habitual en su vida desde el diagnóstico. No se había tenido nunca por una mujer excesivamente culta pero el tren de la existencia la estaba llevando por estaciones que jamás habría imaginado y el torbellino del día a día habían convertido su cabeza en una olla a presión cuya única salida factible parecía ser una explosión incontrolada.

Sostuvo durante unos segundos la tarjeta en su mano mientras esperaba junto a su niño la llegada del autobús. Unas letras negras sobre un fondo blanco confirmaban lo dicho por el doctor. Bajo unas siglas "M.O.T" podía leerse una dirección y bajo ella un nombre, no hallándose ni logotipo ni ningún otro elemento en el frontal y el dorso de aquel diminuto trozo de absurdo. "Hágase un favor y hágaselo a su hijo" había dicho el médico. "Solución" había llegado a pronunciar. A esas alturas del huracán se encontraba tan al borde del abismo que la idea de una rendición inmediata era tentadora. Llevaba días luchando con pocas ganas contra el tétrico pensamiento de que todo llegara cuanto antes a su fin, algo tan macabro como inevitable y que debía convertirla sin ninguna duda en la peor madre del universo. ¿Quién sino podría desear que la muerte llegara lo antes posible a su hijo? Era de tal magnitud el dolor que crecía día tras día en su interior, tan insoportable el respirar que cien veces al día peleaba contra el instinto de poner fin a todo.

Y ese todo incluía su vida y la de su hijo.

3

No había pegado ojo, pero a diferencia del resto de noches en las que había practicado el odio con el insomnio una y otra vez, no hubo lágrimas ni ansiedad junto a su almohada sino un profundo desconcierto y una pequeña tarjeta.

Durante los primeros días tras el diagnóstico había albergado esperanzas de que todo fuera una pesadilla, un error, una broma pesada de la que despertaría con algún "lo siento, nos hemos equivocado" por parte de una bata blanca. En pleno siglo XXI se negaba a aceptar que una enfermedad en un niño se resolviera con un "no podemos hacer nada" y aunque no era estúpida y sabía que incluso los pequeños seguían muriendo, la ausencia de esperanza que desde el primer instante le habían servido en vaso ancho los médicos había supuesto un trago totalmente inaceptable.

En apenas unos minutos transitó de un mundo de esperanzas e ilusión a un oscuro y tétrico infierno y por imposible que fuera de aceptar lo cierto es que el dolor y la ira lo habían hecho posible en un tiempo record. Como si de un simple interruptor se tratara todo había pasado de la luz a las tinieblas y por más que quiso creerlo no había ni una sola posibilidad de que volviera a brillar el sol.

Aquella tarjeta y las enigmáticas palabras del doctor se negaban a abandonar su mente. A esas alturas era totalmente innecesario volver a visitar a un médico y no tenía por qué pasar por ello de nuevo. Se negaba a aceptar que existiera en su corazón un atisbo de esperanza. Se había rendido y jurado que aquella visita al especialista sería la última de todas.

Sin embargo, la tarjeta y aquellas palabras parecían decir lo contrario. Debía reconocerlo, era la primera vez en todo aquel macabro círculo vicioso en el que alguien había mencionado la palabra "solución". No iba a engañarse y no iba a permitir que una simple unión de letras provocara en ella un estallido de ilusión, pero en el fondo no tenía nada que perder por satisfacer la innegable curiosidad que aquella visita le había hecho sentir.

Después de todo ella y su hijo estarían muertos en poco tiempo. ¿Qué podían perder?

Con la llegada de las primeras luces decidió hacer caso al doctor. Iría sola, eso sí. No quería hacer pasar a su hijo por otro largo viaje en autobús para terminar viendo a su madre gritar a otro hombre de bata blanca. Su vecina, una de esas personas cuya amabilidad había crecido exponencialmente a su tragedia, aceptó quedarse con su hijo y sin más equipaje que la curiosidad subió al primer autobús con dirección a la nada.

El aire se había vuelto espeso y oscuro y hacía tiempo que la realidad parecía retorcida y amenazante. Era incapaz de mirar a cualquier persona por la calle y no envidiarla pese a que no tenía ni la más remota idea de cómo sería su vida. Importaba poco en realidad. Se negaba a creer que todo ese montón de actores secundarios de la existencia estuvieran pasando por un tormento similar al que ella vivía y lo más probable era que sus mentes caminaran por la calle llenas de pensamientos huecos y vacíos vestidos de quejas absurdas.

No se consideraba la persona menos afortunada del mundo, pero tenía muy claro que en aquel autobús nadie sentía el aire con sabor a azufre como ella lo saboreaba con cada bocanada.

La ciudad había perdido todo su encanto desde el diagnóstico, transformándose en un patético tablero blanco y negro en el que la vida jugaba una macabra partida de ajedrez. En algún rincón alguien estaría muriendo, en otro alguien enfermaría o sería asesinado, atropellado, robado, golpeado...nadie estaba a salvo pese a que aquellos pobres ignorantes estuvieran pensando en su trabajo, en el partido del día anterior o en el último estreno de cine. ¡Pobres diablos! Quizá en ese mismo momento su estúpida vida estuviera llegando a su fin mientras en su hueco cerebro solo había espacio para pensar en el cargador del móvil o en el último mensaje del polvo del fin de semana.

Para ella había sido una fiebre intensa, un desmayo y una llamada del colegio. Así había terminado su vida, sin más. Una simple llamada. Sin más ceremonia, sin un "lo siento" por parte de ningún Dios todopoderoso. El interruptor de on/off en otra posición y fin.

¿Cómo sería para todo ese montón de carne quejicosa que viajaba en el autobús?

Su amargura consiguió que el trayecto fuera en realidad mucho más corto y a punto estuvo de pasarse la parada en la que debía abandonar el autobús. El cansancio, el desorden mental que rodeaba cada uno de sus pasos y la espesa nube de final que la acompañaba convertían cada instante del día en una sucesión de pensamientos descolocados sin orden ni concierto.

La tentación de alertar a los demás pasajeros fue tan intensa que no pudo evitar mirar con descaro a un padre y su hija.

—No te acostumbres demasiado, encanto —susurró para sus adentros —no durará.

Quiso sentirse culpable por la bilis que brotaba de su existencia.

No lo logró en absoluto.

4

—No es una consulta —fue lo primero que pensó al comprobar que el número de aquel portal coincidía con el de la tarjeta.

Durante las últimas semanas había visitado todo tipo de doctores alguno de los cuales habían atendido su caso en consultas privadas con aspectos muy alejados de los habituales. Sin embargo, nada se parecía a lo que tenía delante, un edificio grande, robusto, de pocas y cerradas ventanas y con un tono gris industrial realmente llamativo. Incluso la puerta frente a la que se encontraba parecía de menor tamaño del habitual, desentonando con la fachada y provocando un efecto visual desconcertante que encajaba a la perfección con todo el surrealismo que rodeaba a aquella visita.

Miró a izquierda y derecha sin encontrar ni rastro de telefonillo o de forma humana o divina de hacerse notar. ¿Cómo diablos iban a saber que estaba allí? A simple vista no podía verse cámara alguna y pese a sus esfuerzos golpeando la puerta con los nudillos tampoco parecía que aquella rudimentaria forma fuera la adecuada para anunciar la llegada de una visita.

El sentimiento de duda y desconcierto aumentó hasta tal punto que decidió marcharse de allí. Un estúpido motivo la había traído hasta allí y uno aún más absurdo ponía fin a una decisión incomprensible. Dio media vuelta y recordó que pronto todo habría acabado y no volvería a sentirse tonta ni humillada. Pronto la vida quedaría eso, para los vivos. No tendría ningún asunto pendiente con ellos ni ningún deseo de volver a saber de su realidad.

Dos pasos más tarde la puerta se abrió a su espalda, algo que podría haber pasado desapercibido de no ser por la voz amable y atenta de aquella mujer que llamó su atención.

—Bienvenida. Disculpe el retraso, mis piernas ya no son lo que eran.

La sonrisa de aquella anciana distraía sobre los efectos que la edad había causado en ella. Ciertamente parecía del tipo de mujer cuyas piernas podrían moverse con lentitud y su presencia se unía al coro desconcertante de elementos que hacían de aquel lugar un auténtico circo para los sentidos. El gris de la fachada conjugaba con el tono vetusto del pelo de la anciana. El diminuto tamaño de la puerta rimaba a la perfección con el menudo cuerpo de la mujer e incluso el tono industrial de la escena encontraba su eco en la vestimenta sobria y corporativa de la señora.

—Vamos, no sea tímida, pase por favor —insistió la anciana mientras abría aún más la pesada puerta.

El interior del edificio era todo lo contrario al exterior, profundizando en el baño de surrealismo que rodeaba a los últimos instantes de su vida, empapándola de dudas e incertidumbres. Todo el gris del primer impacto visual del lugar se había transformado por completo en una cálida y recogida atmósfera clásica dónde la noble madera, cómodos sofás y recios muebles de cuidada apariencia se unían a una música lenta y elegante que terminaba de vestir aquel lugar de paz y serenidad.

No, definitivamente aquello no se parecía a una consulta.

—Espere aquí, "El Profesor" le atenderá en unos minutos.

—¿" El Profesor"? —preguntó sin obtener respuesta.

La sala de espera no desentonaba con el resto de estancias que había podido ver por el camino. Cientos de libros colocados de manera perfecta en estanterías de apariencia antigua decoraban un lugar en el que esperar parecía ser todo lo que uno era capaz de hacer. La música parecía sonar con algo menos de intensidad, como si se pretendiera hacer de la espera un tránsito cuidado y agradable.

Un hombre de figura larga e imponente apareció apenas un minuto después por la puerta.

—Bienvenida. Soy "El Profesor". Sígame por favor.

Su memoria jugó con el recuerdo de alguno de sus antiguos profesores de instituto no encontrando nada ni nadie parecido al hombre que tenía delante. Debía medir por lo menos 1,90m, delgado, pero no en exceso y había algo en su voz y sus ademanes que delataba una rigurosa elegancia. En ese instante, siguiendo a aquel hombre por los pasillos en dirección a quién sabe dónde, sintió por primera vez desde que llegó a ese lugar una cierta e infundada tranquilidad.

—Tome asiento —dijo con finura mientras indicaba la dirección de una silla de madera que debía tener varias décadas de existencia —Empecemos por lo básico, el por qué está usted aquí.

—Bueno, el doctor de mi hija...

—Sé, sé por qué cree usted que está aquí, disculpe —interrumpió con elegancia el profesor —quería explicarle en realidad el POR QUÉ está usted aquí.

Guardó silencio. El desconcierto seguía existiendo, pero apenas quedaba ni rastro de él bajo esa capa de seguridad que aquel hombre parecía haber lanzado a modo de red sobre su cuerpo.

—Su hijo iba a morirse.

— ¿Iba? —preguntó sorprendida.

—Eso es algo intolerable —continuó aquel hombre sin contestar — y nosotros, dicho sea de paso, somos completamente intolerables con lo intolerable. Un niño de cuatro años no debería estar en la lista de personas a extinguir en las primeras posiciones. Está de acuerdo imagino.

—Lo...lo estoy —contestó titubeando, sin saber muy bien qué decir o pensar.

—Lo que nosotros hacemos aquí, a lo que nos dedicamos, es a corregir esos pequeños desequilibrios que a veces tienen lugar en el orden lógico de las cosas. Nuestra labor es, por decirlo de alguna manera sencilla, poner criterio y dejar las cosas en su sitio justo.

—Perdóneme, pero no entiendo, no sé qué tiene que ver esto conmigo yo...

—No se preocupe, no se niegue el derecho a sentirse superada por lo que le comento —dijo con dulzura y elegancia— tan solo le pido que tenga la mente abierta y que cuando salga por esa puerta recuerde todas y cada una de mis palabras. Verá, estoy de acuerdo con usted cuando piensa que su hijo de cuatro años no debe morir. He tenido acceso al informe completo de su familia y estoy totalmente convencido de que no tiene ningún sentido que se produzca una tragedia semejante, no corresponde a ninguna lógica. No sigue ningún criterio ordenado y nosotros podemos dárselo.

—¿Dárselo?

—Sí, podemos poner orden en todo este caos. ¿Y cómo? Muy sencillo, evitando la muerte de su hijo.

Un desgarrador escalofrío interrumpió la circulación normal de la sangre por su cuerpo y quebró por completo su estabilidad emocional. Las ganas de llorar, reír, gritar y correr se mezclaban en la batidora de sus cinco sentidos con furia y ansia, despertando a la niña pequeña que vivía en su interior con la misma intensidad con la que parecían reclamar la presencia de la bestia salvaje que el dolor había creado.

—Mire señor...

—Profesor, debe llamarme Profesor.

—Mire Profesor, mi hijo muere de cáncer y nadie puede hacer nada por él. Llevo demasiados médicos y demasiados días asimilando como para que ahora llegue usted y...

—¿Sabe por qué muere su hijo? —volvió a interrumpir aquel hombre.

—Por un puto cáncer —dijo levantando un poco la voz desconcertada.

—No. Nadie muere de cáncer, nadie muere por ninguna enfermedad o accidente. Es un error típicamente humano reducir la esencia de las cosas a la mínima y diminuta expresión. No se culpe, solo hace lo que le han enseñado a hacer. Permítame que le corrija: su hijo muere porque alguien ha decidido que debe morir.

—Escuche, no me hable de Dios porque le juro que...

—No, no, ¿Dios? ¡Por favor! —dijo El Profesor mientras realizaba un exagerado ademán con su mano —aquí no hablamos de cuentos de hadas querida. Aquí hablamos de la vida y de la muerte y de cómo su hijo va a morir porque alguien ha decidido que debe morir.

—¿Y quién cojones es ese alguien?

—La Muerte, querida, La Muerte.

Levanto su cuerpo del asiento inmediatamente. Los nervios habían regresado multiplicados por mil y pese a que había algo en las palabras de aquel hombre que despertaban un profundo interés en ella estaba claro que nada de lo que salía de su boca tenía el más mínimo sentido.

Tal vez el mismo que encontrarse en un lujoso salón de época en el interior de un edificio de gris industria sin telefonillo ni forma de acceder a él.

—Entiendo su desconcierto, pero escuche mis palabras. No deje de escucharlas. La gente está viva hasta que La Muerte decide lo contrario. Es así de simple. ¿Cómo explica sino al superviviente de un accidente de avión, a ese atropello mortal que no lo fue, a ese instante en apariencia fortuito que salva la vida de alguien que debía subir a un coche siniestrado más tarde? Suele decirse "no le ha llegado su hora" y es totalmente cierto, literalmente acertado, aunque por el motivo equivocado. Esa gente sobrevivió porque no le había llegado su hora o, dicho de otra manera, porque La Muerte no les había señalado. No era una vida que deseara cobrarse en ese momento.

Volvió a tomar asiento. La carencia de fuerzas que presentaba en los últimos días parecía haberse reproducido con esmero y el doble de potencia dejándola literalmente doblada sobre el asiento.

—Su hijo muere porque la Muerte desea cobrarse su vida, su alma y lo que yo le ofrezco, yendo al grano, es la posibilidad de hacer algo al respecto, de poner algo de orden.

—¿Poner orden? ¿Y cómo harían algo así?

—Negociando con La Muerte, por supuesto.

—Ne… ¿Negociar con la Muerte? ¿Qué clase de locura es esta, señor?

—Una maravilla y cierta locura, querida y sé que es sorprendente, pero si repasa su vida estoy seguro de que ha vivido situaciones similares en otros ámbitos menos "impactantes". Imagine que usted ha decidido irse de vacaciones a un lujoso hotel en una paradisiaca playa del Pacífico y que la responsable de la agencia de viajes le hace una suculenta oferta si en lugar de elegir dicho destino toma otro diferente que quizá interese más a su jefe. A cambio de su elección original le ofrece más días, más descuento y mejores condiciones. ¿Se lo pensaría no? Nosotros hacemos exactamente lo mismo con el último viaje de las personas que lo merecen.

La sensación de encontrarse al límite total de su capacidad mental explotó por los aires cuando El Profesor terminó con gran pompa y circunstancia aquella pequeña explicación.

— En una palabra. Negociaremos con la Muerte la vida de su hijo ofreciéndole algo mejor. No lo dude, ELLA siempre gana.

5

Su hijo saltó sobre ella como si llevara días sin verla y su corazón se quebró en mil pedazos.

Realmente sentía como si hubiera pasado siglos sin verlo pese a que sumando el trayecto de ida y vuelta del autobús apenas habían transcurrido tres horas. Respiraba con tanta ansia cada segundo a su lado que su ausencia era sencillamente insoportable y el tiempo se quebraba en mil pedazos.

La canguro repitió con parsimonia la letanía de tópicos que solía soltar las escasas veces que había tenido que quedarse con su niño. Se había portado bien, había comido perfectamente, lavado los dientes, la cara etc. No había signos de emoción o humanidad en aquel robot adolescente convencido de que el cuidado de los niños era un moderno cajero automático, pero tampoco era demasiado exigente en este punto. Venía avalada por varias amigas y su hijo quedaba en relativas buenas manos con ella.

El relato de la mañana en boca de su hijo fue, como era de esperar, totalmente diferente. En apenas unas horas había viajado al lejano Oeste, al espacio estelar y se había enfrentado a un aterrador monstruo verde que vivía en el baúl de su habitación. La forma en que los hoyuelos de su cara se movían al ritmo de las apasionadas narraciones de su niño convertía cada pequeña anécdota en una alucinante historia digna del mejor de los novelistas. Había tanta pasión y vida en todo lo que hacía aquel diminuto ser humano que parecía inconcebible que en su interior se estuviera preparando un final tan dramático.

Bastaron un par de minutos de silencio entre historia e historia para que el sueño lograra lo que los indios, marcianos y monstruos verdes no habían conseguido y su hijo quedó completamente dormido en la siesta dejándola a solas con el silencio.

Llevaba ida del mundo las últimas horas. Apenas recordaba el trayecto de vuelta en el autobús y no era consciente de haber caminado desde la parada hasta su casa. Su cabeza era un hervidero de ideas de tan magnitud que podría haber servido sopa de cerebro a un regimiento de zombis hambrientos. El cansancio, el desconcierto y la angustia de las últimas semanas se había mezclado en la batidora de su existencia con las imposibles ideas de aquel hombre totalmente perturbado y loco que hablaba de negociar con La Muerte como si de cualquier cosa se tratara.

Había mucho de nada en su vida últimamente pero ese día había cerrado el círculo.

No podía más. Estaba literalmente acabada como ser humano. Era un desecho de respiraciones irregulares, lágrimas discurriendo sobre otras secas, temblores, cigarros a medio consumir y pensamientos retorcidos sobre el cielo y el infierno.

La figura de aquel hombre fue lo último en lo que pensó antes de caer dormida.

El Profesor.

6

El llanto y los gritos de su niño la despertaron sobresaltada. El reloj marcaba alguna hora entre el día y el anochecer, entre el cielo y el infierno. Su hijo tenía tanta fiebre que el termómetro parecía una broma pesada y desvariaba aferrándose a un hilo de consciencia que perdió de camino al hospital en aquel putrefacto taxi de segunda mano.

Cuando el doctor apareció por la sala de espera no hizo falta que abriera la boca.

Se avecinaba otro "lo siento".

Al parecer una potente infección había alcanzado cada rincón de su cuerpo haciendo de cada minuto un combate de boxeo para el interior de su diminuta existencia. Había perdido por completo la consciencia y no reaccionaba a ningún tratamiento. La casi total ausencia de fuerzas dificultaba un diagnóstico esperanzador y todo parecía indicar que el momento había llegado.

En su boca de matasanos no apareció en ningún momento la palabra "días".

El "bata blanca" habló de horas.

Su hijo estaría muerto antes de que el calendario arrancara otra patética hoja.

La certeza de lo inconcebible se aferró a su garganta impidiéndola respirar. Parecía como si unas poderosas manos invisibles estuvieran estrangulándola con furia, buscando que a la ausencia de aire se sumara el dolor físico de los dedos quebrando la tráquea. No podía hablar, Dios sabe que lo intentó con todas sus fuerzas y solo cuando su cuerpo golpeó con violencia el suelo el "avispado" doctor adicto a los "lo siento" comprendió que aquella mujer necesitaba auxilio urgente.

Daba igual. Pensaba estar muerta cinco minutos después de que su hijo despareciera de este mundo. Dado que su pequeño no iba a despertar, de no haberlo hecho ella tan solo se habría invertido por poco el orden establecido.

Aun así, lo hizo. Recuperó la consciencia minutos más tarde en una cama junto a la de su hijo. Aún no había amanecido. Alguien, "tierno y sensible" debió pensar que era justo permitirla ver a su hijo cuando abriera los ojos, pero la imagen que vio al despertar partió por completo su alma en trece pedazos. Entubado, sin rastro de vida en sus mejillas su niño moría delante suya sin que pudiera hacer absolutamente nada. Lo imaginaba pidiendo ayuda entre las brumas de la inconsciencia, gritando "mamá, mamá" como solía hacer cada vez que se caía y se magullaba las rodillas. Ella lo había traído a este mundo, le había enseñado a hablar, a sentir, a reír y a soñar…y ahora debía sentarse a su lado para ver su cuerpo vaciarse de vida y alma.

Había tratado de mentalizarse para ese momento. Había pensado en todas las opciones posibles sobre dónde ocurriría, cuándo y cómo. Tenía completamente asumida su decisión postrera y a falta del detalle del "cómo" había jurado poner fin a su vida en el preciso instante en que su hijo abandonara este mundo. La nota de suicidio había sido de lejos las palabras más fáciles de escribir que había tenido en su vida…todo estaba preparado y en orden.

Aquel hombre sin embargo lo alteró todo.

—Este es el precio — había dicho El Profesor — si acepta háganoslo saber a la mayor brevedad. No tengo ni que decirle lo importante que es el tiempo en esta situación. Una vez aceptados nuestros servicios tendrá 24 horas para abonar el precio acordado. Una vez satisfecha la deuda su hijo sanará de inmediato.

Buscó en su vaquero el teléfono móvil y mientras se desconectaba de la vía y el suero envió un mensaje de texto al número que estaba estipulado.

—Acepto.

La contestación no tardó en llegar.

La enfermera entró en la habitación y trató de abroncarla al comprobar que se había levantado de la camilla, pero su rostro desencajado supuso suficiente amenaza para que guardara un prudencial silencio.

Su vista permaneció fija en aquel mensaje mientras su mente navegaba por los mares sin sentido de las palabras de aquel hombre.

—La Muerte —había explicado El Profesor —es caprichosa y no siempre tiene un juicio justo a ojos del ser humano. Se alimenta de almas y adora las sencillas de conseguir. No es casualidad que niños y ancianos sean sus preferidos del mismo modo que esboza una sonrisa de satisfacción cada vez que alguien practica un deporte de extremo, toca un enchufe con las manos mojadas o decide meterse medio filete en la garganta. Adora a los débiles y desamparados, a los suicidas y los que arriesgan su vida. El suyo es, si me permite la hipérbole, un trabajo sencillo con grandes resultados.

Recordaba cada palabra, grabada a fuego en su cabeza como si de un hierro candente se tratara. Había asistido a la explicación de aquel hombre con la boca abierta y sin fuerzas para rebatirla. Sonaba todo tan alocado que cualquier palabra cuerda habría desentonado en semejante ambiente surrealista.

—Lo que nosotros hacemos aquí es ofrecer alternativas. En unas palabras, cambiamos unas vidas por otras o para ser más exactos, unas muertes por otras. Por supuesto no es un proceso sencillo y no siempre es "fácil", por decirlo de alguna manera, encontrar la equivalencia, pero tenemos un gran porcentaje de éxito.

—¿E..equivalencias? —había preguntado ella desbordada.

—Por supuesto. Una vez que ELLA toma una decisión solo puede alterarse ofreciéndole algo "equivalente". En el caso de su hijo, como puede imaginar, no tiene el mismo valor el alma de un anciano que ha vivido y gastado su aura durante décadas a la de un niño que empieza a estrenar la energía con la que vino a este mundo. Piense en usted misma, ¿pagaría lo mismo por un coche a estrenar que por uno que ha recorrido medio país funcionando? No, por supuesto que no. Yo le pregunto ahora ¿qué precio tiene para usted la vida de su hijo?

—No tiene precio, por supuesto. Haría todo por él. Lo daría todo.

—Para La Muerte sin embargo su hijo tiene precio y si usted está dispuesto a pagarlo nosotros podemos negociarlo con ella.

—No tengo dinero —se sorprendió contestando a semejante esperpento de pregunta —pero puedo hipotecar mi casa, vender hasta la última de mis propiedades, haré todo lo que sea necesario si alguien puede curar a mi hijo.

No se trataba siguiera de no poder creer a aquel hombre sino de no deber creer en semejantes desvaríos. Podía tratarse de un timo, una organización bien montada, con aspecto noble y la suficiente aura de misterio bien calculada, que se encarga de estafar a padres de niño desahuciados ofreciéndoles una hipotética curación a cambio de una gran cantidad de dinero. Todo aquello tenía la misma lógica que un crucigrama en chino en huevo sorpresa, sin embargo, atrapada por el magnetismo de aquel hombre, se veía implicada en la conversación más absurda y sin sentido que había tenido en su vida.

—¿Dinero? No se trata de dinero, querida. No con usted. No haremos esto por dinero. Como comprenderá hay grandes fortunas que tratan de asegurarse una vida larga y duradera y que no escatiman en gastos para lograrlo, pero su caso es, como decirlo, diferente. Debo reconocer que cuando nuestro buen amigo el doctor nos envió su dossier dudé si aceptarlo por la evidente carencia de contraprestación económica que podía esperarse sin embargo confieso que me conmovió su historia. ¿Qué le voy a hacer? Soy un sentimental —sonrió El Profesor.

—Pero, ¿sino quiere dinero... ¿cómo voy a pagar?, no entiendo, de verdad que no entiendo nada...sino es dinero ¿qué es? No puedo aportar nada más, yo...

—Almas, querida, se trata de almas. ¿Con qué sino se puede negociar con La Muerte?

—Es decir que...

—Que para que su hijo viva —interrumpió con una sonrisa en la cara El Profesor —tres personas, tres buenas personas deben morir...

La pausa con la que El Profesor adornó aquella última frase heló por completo el oxígeno del lugar y provocó un poderoso malestar en su estómago.

—...y USTED debe matarlas.

El silencio tomó posesión de la estancia mientras los latidos desbocados de su pecho amenazaban con dislocar su consciencia, ya escasa a esas alturas. Había perdido el paso en el baile del absurdo que se estaba celebrando allí y mientras trataba de retomar el ritmo y la cordura aquel hombre profundizó en tan desgarradora idea.

—Acostumbramos a ofrecer a nuestros clientes un servicio completo e integral, pero me temo que usted no está en disposición de acceder a él y tendrá que formar parte activa el proceso.

—Tres personas —dijo ella con la mirada perdida —Me está diciendo que debo matar a tres personas.

—No, le estoy diciendo que debe matar a tres BUENAS personas —precisó El Profesor —A fin de cuentas —prosiguió — su hijo mantiene un alma limpia lo cual huelga decir que hoy en día no es sencillo de encontrar. Para asegurar la equivalencia debemos ofrecer tres almas no tan puras, pero en "buen estado" para asegurar que se acepta nuestra propuesta. Deberá asesinar a tres buenas personas cuyas almas resulten atractivas...ELLA siempre gana, no lo olvide.

Aquella conversación regresó a su memoria una y otra vez con una precisión letal mientras sus ojos se perdían de nuevo en el mensaje que acababa de recibir unos segundos antes.

—Tiene 24 horas para elegir a sus tres almas.

7

Amaneció mientras la cuenta atrás de su teléfono móvil indicaba 21 horas. Habían transcurrido tres desde el último mensaje, pero seguía petrificada junto a su hijo, sin saber cómo reaccionar, qué hacer o por dónde comenzar.

Durante los últimos 180 minutos había tenido tiempo para sentir todo tipo de estados de ánimo, desde el arrepentimiento hasta la ira pasando por la confusión, el terror y el llanto. Hacía una eternidad que había dejado de pensar con claridad y la sensación de estar pisando arenas movedizas no le había abandonado desde el diagnóstico. ¿Qué madre puede estar preparada para algo así? Había leído todo tipo de casos, visto videos y blogs donde auténticas "madres modelo" hacían frente al cáncer con serenidad y temple, sin perder la calma y cuidando de su hijo con dedicación y amor plena. Ella había perdido la batalla contra la dignidad desde el minuto uno, incapaz de mostrarse valiente y entera un solo segundo desde la enfermedad.

Su hijo se moría. Era un hecho que había dejado de ser un futurible para convertirse en una realidad inminente. Estaba preparada para marcharse con él, eso no le había preocupado ni un segundo, pero no mitigaba el dolor infinito de ver la vida de su hijo apagarse frente a sus ojos. Lo había intentado todo, había visitado los mejores médicos y había ofrecido cualquier propiedad a su nombre como garantía para buscar el tratamiento del país. El diagnóstico siempre había sido el mismo: sin solución.

Siempre menos una única vez.

El Profesor.

El ¿razonamiento? era así de sencillo. Tenía 24 horas (ya 21) para asesinar a tres personas, a tres buenas personas. A su pregunta de cómo iba a distinguir las buenas personas de las malas la respuesta de aquel hombre no había podido ser más evidente.

—Uno no juzga un libro por la portada, ¿verdad? Hay que leerlo para saber si es bueno o no.

Debía elegir a tres personas conocidas, darlas muerte y pagar así el precio que La Muerte exigía a cambio de la vida de su hijo.

Podía repetir las palabras frente al espejo tantas veces como quisiera que por mucho que trataba de jugar con el orden y el sentido todo terminaba siempre desordenado y bañado en color absurdo….

Ella no era una asesina. No era quién para decidir quién vivía y quién. ¿Cómo podía plantearse algo así?

Una respuesta a esa pregunta flotaba en el aire desde el micro segundo anterior a enviar el mensaje suplicando ayuda.

¿Qué podía perder?

No creía en Dios y la idea del infierno era del todo menos intimidante. No esperaba que un monstruo con cuerno y rabo apareciera ante ella tras su muerte obligándola a cargar con pesadas cadenas por toda la eternidad. Por otro lado, el temor a pasar el resto de su vida en prisión tampoco era un argumento en contra de aquella locura. Después de todo, sino funcionaba pensaba quitarse la vida en el preciso instante en que su hijo muriera y si lo hacía, si su hijo se curaba, estaba dispuesto a pagar con su libertad la garantía de una larga vida para el fruto de su amor.

Sintió arcadas cuando comprendió que la idea de matar a tres personas, a tres buenas personas, no le hacía sentir especial inquietud y tampoco se sintió mucho mejor cuando descubrió que no tenía ninguna razón objetiva para no intentar aquel último "tratamiento" para su hijo.

Ignoraba en qué momento la dulce niña que soñaba con tener una familia perfecta en una casa junto a un lago se había convertido en un desesperado desecho social sin moral alguna, pero tenía la sospecha de que la huida de su marido en pleno embarazo y el diagnóstico de su hijo le habían hecho perder la fe en las casas de muñecas dónde todo está siempre en su lugar.

20 horas. La fiebre mejoraba, pero en los últimos minutos se había estancado, repuntando con algunas décimas que mantenían nerviosos a los médicos. Tomó a su hijo de la mano y suspiró mientras se auguraba una eternidad de remordimientos sino hacía todo lo posible porque aquel pequeño ángel, su ángel, volviera a abrir sus ojos.

—Acépteme una sugerencia —había dicho El Profesor al finalizar la explicación. —No piense en ellas. Piense en su hijo. Eso es y será todo siempre, cuando las dudas o los remordimientos ataquen, que lo harán, piense en su hijo y en la justicia que hemos hecho. Nada más.

Abandonó el hospital sudando y desencajada.

Iba a hacerlo.

Y no había marcha atrás.

—Y recuerde, ELLA siempre gana…

8

La primera bocanada de aire nuevo golpeó sus pulmones con furia e indignación, como si la naturaleza afeara con rabia la decisión que acababa de tomar. Sentía latir su corazón en las muñecas, en el cuello, en su pecho acelerado y convulso mientras trataba de determinar los pasos a dar.

Tenía la impresión de que todo el mundo le dirigía una mirada de desaprobación, de que llevaba dibujada en la cara el mapa de las malas decisiones con una gran "X" marcada entre sus ojos y de que lo que iba a hacer era tan evidente que hacía innecesaria una confesión. Pedía a gritos que la detuvieran, que pusieran fin al horror que estaba a punto de desatar, que todo fuera un mal sueño…

Pensó en su hijo.

Tres personas, tres buenas personas.

Había optado por pasar por su casa. Por momentos parecía como si ninguna de las decisiones que estaba tomando desde el mensaje parecían suyas y fuera testigo de todo cuánto estaba sucediendo desde fuera. No tenía la certeza de ser ella quién guiara sus pasos, pero tampoco estaba tan ida ni lejos de su consciencia como para no pensar con macabra claridad. Si iba a hacerlo necesitaba tejer un plan.

No tenía sentido y sin embargo la vida había conseguido con sus estúpidas y retorcidas decisiones que tuviera todo el del mundo. No era su culpa, ella no había pedido nada a nadie nunca y hasta tenía las "maletas" hechas para cuando se produjera el fatal desenlace de su niño. Ella no decidió ver al doctor que le puso en contacto con El Profesor y si bien había accedido a ver a ambos, ¿qué otra cosa habría hecho una madre desesperada? No era culpa suya.

—No pienses en eso, déjate llevar, sólo actúa —se repitió con calma mientras la ciudad se mostraba difuminada por la ventanilla del autobús. —No lo haces por ti, no lo haces por maldad. Es por justicia. Es por tu niño.

Jamás había hecho daño a nadie. Nunca. Desde pequeña había odiado la violencia tanto propia como ajena y se tenía por una mujer tranquila y poco irritable. Desde el diagnóstico había acumulado rabia y dolor, pero incluso entonces tampoco había hecho pagar a nadie ningún plato roto. Era posible que hubiera tratado con desesperación a alguno de los doctores y no podía considerarse del todo inocente de leve pecado de la mala educación, pero jamás había hecho daño a nadie conscientemente.

El tiempo no facilitaba las cosas, pero sí acercaba la respuesta a todas las preguntas con las que su mente bombardeaba cada segundo. Debía decidir quién y debía decidir cómo. El por qué era a esas alturas irrelevante y aunque era más que evidente que ella no era nadie con potestad para tomar una decisión de semejante calibre, estaba segura de que la muerte de su hijo tenía la misma arbitrariedad que las tres que aguardaban por delante. Si valía para su hijo debía valer también para el resto del mundo.

Tres personas. Tres buenas personas a las que se lo arrebataría todo.

Las puertas del autobús se abrieron en su calle y un golpe de aire seco y espeso inundó sus pulmones.

Su hermana esperaba en la puerta de casa. Sola. Viva…

Un pensamiento atroz cruzó su mente...

9

—He estado llamándote. Fui al hospital y no estabas. —dijo su hermana con tono preocupado mientras sostenía un móvil en la mano derecha.

Su infancia no había tenido demasiadas perdices y los cuentos que sobre ella pudieran contarse rara vez incluirían fuegos en la chimenea y preciosos instantes dignos de cualquier álbum de fotos. Sus padres eran "felices no practicantes" y a menudo daban por hecho frases como "te quiero" o "estoy orgulloso de ti". Era como si lo bonito fuera implícito en todo lo que los rodeaba y no fuera necesario especificarlo con palabras lo cual provocó enormes vacíos sentimentales en las dos niñas del hogar.

Cuando su padre murió su madre se convirtió en digna sucesora de la palabra no dicha por lo que su vida había girado siempre en torno a los convencionalismos y los tópicos felices de un hogar medio. Sólo cuando los huesos de su madre enfermaron recluyéndola en casa pareció abrirse alguna ventana en el viciado aire a nada de su familia.

—He tenido que hacer algunas cosas antes de pasar por casa para cambiarme. Ni he escuchado el móvil, perdóname — contestó con sinceridad.

—Podías habérmelo dicho y te había llevado la ropa o ido a buscar. Todavía no me creo que no te hayas sacado el carné.

—No pienso en eso ahora, la verdad y no te preocupes, necesitaba darme una ducha en condiciones. Estoy cansada de la mierda de baño del hospital.

Quería a su hermana, pero en el país de los silencios evidentes aquel que siguió a la intranscendente conversación era lo más aproximado a un "te quiero" que iba a decir. Su cabeza seguía obsesionada con el número tres y los minutos que iban descontando en un cruel reloj las horas de vida de su hijo.

Durante todo el trayecto en el autobús había pensado en las "tres buenas personas", un concepto tan amplio como difuso. ¿Era ella misma una buena persona? ¿Estaría una buena persona pensando en asesinar aún en nombre de la salud de su hijo? En otras palabras ¿se habría elegido ella misma como víctima?

Su casa olía a su casa lo cual era indicativo de lo que la echaba de menos. Preparó un té rápido para su hermana mientras se daba una ducha no mucho más lenta. Debía pensar, debía tomar decisiones y debía hacerlo ya. El tiempo se agotaba, el telón estaba a punto de bajar y la función de su vida todavía debía vivir un último acto de crueldad y locura.

Por un segundo pensó en sincerarse con ella, pero ¿qué iba a decir? ¿cómo iba a decir algo así con palabras?

—Tengo que matar tres personas para salvar a mi hijo. ¿Me ayudas a elegirlas?

Era tan retorcido como imposible verbalizar un absurdo así.

La oía hablar al otro lado de la puerta del baño. Banalidades sin demasiado sentido y con poco orden. Lo mismo recitaba la última comida que había preparado a su cuñado que se quejaba amargamente de los turnos de su trabajo. Nada demasiado serio ni profundo, muy al estilo clásico de la familia. Su sobrino se moría y todo lo que se le ocurría decir en presencia de su madre era que había cocinado una más que decente lasaña.

El tacto suave del agua caliente recorrió su cuello erizando cada poro de su piel. Llevaba tanto tiempo muerta en vida que había olvidado los pequeños placeres cotidianos como aquel, esos que su hijo jamás llegaría a disfrutar. No viviría lo suficiente como para darse una ducha, para ver un nuevo amanecer, para ser su hijo un solo día más.

En ese instante dejó de llover calma en el cuarto de baño y comenzó a hacerlo lágrimas, ira, fuego, rabia, impotencia.

Colocó la toalla rodeando su cuerpo y cada poro de su piel se arrugó como sometido por una boa apretando con rigor a su víctima. Apenas podía respirar y sentía su corazón plegarse sobre sí mismo al tiempo que su vista se nublaba por completo a la razón.

Avisó a su hermana. Lo hizo con un grito seco y rudo.

La puerta se abrió casi al instante.

Un pensamiento invadió con furia su mente….

Siempre había sido mucho más fuerte que ella.

10

El insulto a la fragilidad de la vida tuvo lugar unos pocos segundos después.

El impacto de la cabeza de su hermana contra los azulejos la hizo caer en la bañera semi inconsciente, proporcionándole el tiempo necesario para prepararlo todo.

—Tranquila. No te muevas. Habremos terminado pronto —se escuchó susurrando a la que hasta ese instante había sido su hermana mientras le quitaba la ropa. Ahora era una medicina para su niño.

Un ligero reguero de sangre recorrió la frente de su hermana mientras las fuerzas flaqueaban en el interior de sus brazos y piernas. La violencia del impacto había sido de tal magnitud y brutalidad que habían conseguido hacer de aquella mujer una vulgar marioneta de trapo en sus manos.

—Así, recuéstate, eso es —dijo mientras le quitaba con mimo la ropa.

Un potente chorro de agua comenzó a llenar la bañera un segundo después de que el tapón bloqueara cualquier posible intento de fuga de líquido. El cuerpo ya desnudo e inmóvil de su hermana comenzó a cubrirse de agua caliente.

—¿Qué...qué está pasando...? —preguntó con un hilo de voz su hermana tratando de incorporarse. Su confusión y desorientación se reflejaba en sus ojos, perdidos en un infinito vacío oscuro y gris.

—Schsss, no te preocupes— dijo al tiempo que empujaba con suavidad su pecho — solo estás dándote un buen baño, nada más. Relájate cielo.

Tras unos segundos de desconcierto su hermana pareció comprender lo que estaba sucediendo y trató de escapar moviendo con rapidez brazos y piernas buscando incorporarse. No podía permitirlo. Tomó con celeridad la ducha con sus propias manos y tras desenroscar la alcachofa introdujo el tubo dentro de la boca de su hermana, colocando el grifo a máxima potencia haciendo que discurriera por su garganta el agua hirviendo inundando con furia sus pulmones y ahogándola entre fuertes intentos de esta por liberarse.

—Trata de respirar, trata de respirar —dijo con la firme intención de acelerar el proceso.

Los ojos de su hermana amenazaban con explotar mientras su vida se sumergía en un agónico final.

Se sorprendió a sí misma sin sentir lo más mínimo en su corazón mientras ponía fin a la existencia de su hermana. No apartó la vista en ningún momento y pudo comprobar el terror en sus ojos desgarrados cuando comprendió que iba a morir y el vacío inmenso que se formó en su gesto cuando su corazón se detuvo.

Se miró los brazos. No tenía una sola señal de violencia y el cuerpo de su hermana tampoco presentaba ningún morado cutáneo provocado por el forcejeo. Había sido limpia y eficaz y siguió siéndolo mientras colocaba con mimo el cadáver en una posición más normal. Arregló de nuevo la ducha y se aseguró de que nada en el escenario reflejara cualquier tipo de violencia. Después dobló con mimo la ropa de su hermana e introdujo sus llaves en el bolsillo.

Lo había hecho y se sentía bien. No había remordimientos, no había vómitos ni arcadas.

No sentía nada.

Era algo que debía hacer y ya estaba hecho.

Besó a su hermana en la frente.

11

El aire acarició su frente revelando un sudor inesperado. El exceso de adrenalina se hizo notar en un inesperado temblor de manos y un súbito mareo que por fortuna no alcanzó el centro de su equilibrio.

La ciudad se mostraba a esas alturas más ignorante que nunca, tratando igual a los demonios y a los ángeles, a honrados y ladrones y a locos y cuerdos. Los semáforos iluminaban del mismo modo el paso de todos ellos y las aceras y los rincones luminosos y oscuros cobijaban todo tipo de historias y personajes sin preguntas, sin condiciones ni límites.

Durante toda su vida se había sentido una más, una persona normal sobre la que no caía atención alguna. No tenía un físico llamativo y tampoco su personalidad atraía más miradas e interés que la de cualquiera. En una película habría sido un extra de esos que caminan en segundo plano sin distraer la atención del protagonista ni el espectador.

En ese instante, mientras su cabeza cabalgaba a lomos de lo imposible, se preguntaba cuánta de la gente con la que se estaba cruzando ocultaba un secreto tan macabro como el suyo. ¿Con cuántos violadores se habría cruzado? ¿Con cuántos asesinos? Siempre había pensado que una cosa así debía "notarse" pero mientras el reflejo de la ventana del autobús le devolvió su imagen con nitidez recordó que "lo esencial es invisible a los ojos". Pensó en aquella frase de "El Principito". Su hermana solía leérselo cuando eran niñas.

Ahora estaba muerta.

Ella la había matado.

Ocurrió mientras su vida se ahogaba en aquella bañera. En una extraña, pero eficaz asociación de ideas la figura de su segunda víctima se mostró ante ella con total claridad acelerando unos movimientos que ya de por sí debían ser rápidos y contundentes.

Su cerebro, aletargado desde el diagnóstico, parecía haber despertado de forma brutal y las ideas iban y venían como si de una gran estación central de trenes se tratara. Por una vía circulaban los pensamientos imposibles cruzándose bajo un túnel con los probables y dejando espacio para los arriesgados. En ese instante de su vida estaba totalmente convencida de que tenía billetes para todos ellos, pero la premura de la situación y el estado de salud de su hijo requerían que filtrara bien el camino a tomar.

Sucedió durante el forcejeo con su hermana, en el instante en que se aprovechó del lamentable estado de su ducha para introducir en su boca la manguera. Había pedido al encargado de mantenimiento del edificio unas diez mil veces que lo arreglara y aunque aquello le había costado más de una y dos discusiones se alegraba por partida doble de que jamás lo hubiera reparado. Por un lado, había sido una eficaz arma para su fratricidio y por otro le había traído a la memoria la figura del eficaz y cariñoso conserje de su antiguo piso, un hombre al que calificar de "bueno" se quedaba tan corto como denominar "fuente" a las cataratas del Niágara.

Cuando comenzó a tomarse en serio las palabras de "El Profesor" consideraba imposible ser capaz de tomar una decisión así, elegir quién debía vivir o morir. En ningún momento había dudado de su capacidad para asesinar por su hijo, pero no se creía capacitada para decidir con frialdad quién debía vivir o morir. Un primer impulso llevó a sus pensamientos a centrarse en personas mayores cuya vida se encontraba a término y sólo la ausencia de víctimas potenciales en ese segmento de edad avanzada había frenado la reflexión.

La oportuna asociación de ideas entre una ducha en mal estado y un muy buen conserje reparador de cualquier tipo de desperfectos, condujo sus pasos al autobús y los de este a la parada en cuya acera contraria se hallaba el bloque de apartamentos en los que pasó sus primeros años de independencia.

Sabía por terceras personas que aquel hombre de bigote blanco y complexión ruda seguía trabajando allí y estaba convencida por deducción simple que tendría un más que sencillo acceso a su casa. Vivía solo desde la muerte de su encantadora mujer por lo que tendría la oportunidad, el escenario y por encima de todo, la motivación.

Sus pulsaciones se aceleraron al descender del autobús y sus latidos se dispararon casi al infinito mientras su pie izquierdo y el derecho cruzaron la calle. Por un momento tuvo la tentación de sentir lástima por aquel hombre. Aquellos eran los últimos minutos de su vida y él lo desconocía por completo. Lo imaginaba respirando, gastando oxígeno en el interior de su casa totalmente ignorante del negro viaje que le esperaba.

La mera idea de enviar a su propio hijo a un destino semejante ahogó en un estrepitoso silencio los remordimientos y aceleró sus pasos hasta la puerta de aquel modesto apartamento.

El timbre seguía sonando igual que años atrás.

La voz del conserje también.

—¡No me lo puedo creer! ¡Eres tú!

—Lo soy —sonrió con timidez —Pasaba por el barrio y…

—¡Cuánto tiempo! ¡Pasa, pasa! —dijo el anciano mientras le estrechaba entre sus fornidos brazos —voy a prepararte un café ahora mismito.

—"Será el último" —pensó macabra mientras cerraba la puerta tras de sí.

El interior de aquel lugar difería en poco del que había habitado en el mismo edificio poco tiempo atrás, pero era idéntico a lo que su memoria recordaba que era. La nostalgia amenazó con enseñar la patita bajo la puerta, pero esta vez el lobo no tuvo piedad con ella y la devoró al tiempo que se ofrecía amablemente a preparar el café.

—Todavía recuerdo dónde guardas las tazas buenas —bromeó mientras se aseguraba que el anciano no seguía sus pasos a la cocina —siéntate y déjame a mí hacer.

El plan era sencillo, tanto que no dejaba de sorprenderse con lo fácil y simple que resultaba quitar la vida a alguien. Hacían falta dos personas, un acto físico y nueve meses para traer a este mundo a un ser humano y tan solo una taza de café y veinte ansiolíticos vertidos en ella para poner fin a su respirar.

Hacía meses que portaba con ella un auténtico botiquín de primeros auxilios para enfermos crónicos de ansiedad y depresión por lo que un simple vistazo a su bolso le mostró todo tipo de combinaciones letales para dormir a aquel hombre con rapidez. Dudaba de si la dosis acabaría con su corazón de inmediato, pero en cualquier caso una vez convertido en títere podría disponer de sus latidos a voluntad.

No escatimó y el coctel de muerte que la pequeña cuchara removió quedó oportunamente cubierto por el inestable exceso de azúcar que aquel hombre requería siempre en su café. Estaba seguro de que el sabor sería de todo menos agradable pero también conocía de sobra que aquella extraordinaria persona moriría antes de herirla haciéndoselo saber.

Moriría, sin lugar a dudas.

El bigote ocultó con misterio los labios superiores de aquel hombre introduciéndose en la taza, pero el inestimable movimiento de la nuez confirmó que el primer sorbo descendía a toda velocidad por la garganta de su víctima. La conversación transcurría por lugares comunes mientras el tic tac del reloj imaginario que marcaba cada instante de aquel día parecía acelerarse invitando a actuar con rapidez. El segundo y el tercer sorbo fueron casi imperceptibles, pero con el cuarto los párpados de aquel hombre empezaron a pesar cien toneladas.

Dos minutos después quedó completamente dormido.

Por desgracia aún estaba vivo. Debía detener su corazón.

Miró a su alrededor. Había una gran cantidad de objetos que habrían podido servir para asestar algún golpe mortal al anciano, pero quería jugar bien sus cartas. Si "El Profesor" era algo más que un macabro hijo de puta chiflado y lo que había asegurado era cierto, al finalizar el día estaría con su hijo completamente curado. La idea de pasar el resto de su vida en la cárcel era un precio que estaría dispuesta a pagar sin lugar a dudas, pero si existía la más mínima opción de no ser descubierta y estar junto a su hijo quería asegurarse de que así fuera.

Estaba más que probado que un inoportuno golpe en la bañera había sido el causante de la pérdida de consciencia de su hermana y su posterior ahogamiento...o al menos eso se repetía mientras sus ojos se perdían por aquel lugar.

Ahora debía convencer el jurado de su imaginación de que aquel hombre anciano había fallecido por causas naturales. Estaba segura de que dada su avanzada edad nadie se preocuparía en exceso por analizar los motivos del fallecimiento, pero debía parar su corazón y debía hacerlo ya. Por fortuna para sus intereses sabía cómo hacerlo.

La sencillez de todo aquel proceso macabro no dejaba de sorprenderla. Era como si la muerte fluyera con brutal naturalidad por cada uno de sus movimientos. Conocía al anciano conserje y suponía que la mezcla de bondad y nostalgia habría mantenido el paso del tiempo suspendido en aquel lugar.

Buscó y para su satisfacción encontró las jeringuillas en el mismo lugar en el que años atrás la esposa fallecida del conserje solía guardarlas para su diabetes. Regresó al salón convertida en un encantador ángel de la muerte acercándose con decisión al anciano mientras sus pulmones se hinchaban de toneladas de deliciosa nostalgia.

El pinchazo fue rápido y contundente y el corazón dejó de latir unos breves instantes después. Su vida se marchó con la misma eficacia, sencillez y paz con la que había transcurrido. Sin escándalos, sin excesos, sin ruido.

Todo el proceso fue calmo y pausado y el cadáver rezumó serenidad. A diferencia de su hermana el tranquilo gesto del conserje confirmó que no había sufrido.

No sintió especial alivio por ello y tampoco se preocupó por analizar las causas de semejante dejadez emocional. Tal vez estuviera encerrada en una burbuja de locura y salvajismo que parecía vestir todo de normalidad. Quizá cuando todo aquello terminara el mundo se derrumbaría sobre sus hombros aplastando su conciencia contra el pavimento de la ciudad, pero lo cierto era que mientras abandonó a escondidas la casa del conserje una sensación de esperanza invadió su torrente sanguíneo.

Dos buenas personas. Faltaba una.

Por primera vez en mucho tiempo sonrió y los músculos de su cara acusaron el gesto con un ligero y punzante dolor que se unió de inmediato al horror que su reflejo en el escaparate junto al que caminaba le provocó, aterrorizando su alma y llenando de góticos escalofríos su interior.

Su rostro estaba totalmente desencajado y su sonrisa no era sino una desordenada mueca retorcida llena de locura y desenfreno.

Daba igual.

Debía encontrar a la tercera persona.

Su teléfono no había sonado en las últimas horas indicando con su silencio que su hijo se encontraba estable y que nadie había encontrado a su hermana. El tiempo se había licuado y los minutos parecían escaparse por las alcantarillas de una ciudad testigo de sus pasos errantes en busca de la tercera víctima. No estaba resultando fácil. A diferencia del primer golpe de suerte nadie había salido a su encuentro y tampoco había tenido la fortuna de encontrarse en medio de una asociación de ideas como en la segunda de las muertes.

Varios nombres saltaron a su memoria, pero todos presentaban alguna contraindicación. O bien se trataba de objetivos complejos y difíciles de alcanzar o bien se encontraban rodeados de algunas sombras que ponían en cuestión el título subjetivo de "buena persona". No quería fallar, ya no. Si lo que aquel hombre era cierto se encontraba a un alma de conseguir la sanación de su hijo. Si todo era una cruel mentira la distancia entre su vida y su muerte era en cualquier caso la misma, un alma.

El interior de su cabeza parecía víctima de un martilleo constante. La presión aumentaba en su sangre y por momentos parecía que sus venas iban a estallar en mil pedazos. Necesitaba hacerlo, necesitaba abrir las compuertas y liberar la sangre que se acumulaba en el embalse de su ambición.

Había sido sencillo, muy sencillo, dar muerte a sus dos víctimas anteriores y nada indicaba que la tercera fuera a ser mucho más complicado, pero para ello debía encontrarla primero. Repasó uno a uno su agenda imaginaria de conocidos sin demasiado éxito. Echó incluso una profunda mirada al pasado reciente para asegurarse de que no se dejaba a nadie en el tintero, pero tras varias horas tratando de encontrar un nuevo objetivo llegó a una conclusión evidente.

No estaba rodeada de buenas personas.

Egoísmo, infidelidad, corrupción, inmoralidad...la lista de adjetivos que acumuló en el repaso a sus conocidos dejó muy claro que su vida no estaba llena de referentes morales llenos de bondad. Hasta ese instante no había pensado sobre ello, pero mientras repasaba una y otra vez las posibilidades lo contempló con total claridad.

No tenía tiempo para ese tipo de lamentaciones. Debía encontrar a alguien y debía hacerlo ya y por eso cuando el móvil vibró y su bolso le avisó cómplice, sus ojos se iluminaron al tiempo que su corazón terminaba de oscurecerse para siempre.

—No te preocupes, voy para allá, tranquila, no te muevas.

Acababa de encontrar a su tercera víctima.

—Hasta ahora, mamá.

13

Los acontecimientos adquirieron un ritmo frenético. El autobús se detuvo casi al mismo tiempo que el temblor de su pierna izquierda, la misma que había pasado todo el trayecto subiendo y bajando sobre su rodilla acompañando errática a sus pensamientos.

Durante los primeros años de adolescencia se había descubierto a sí misma adicta a las listas de "pros y contras". Las utilizaba para casi cualquier cosa y en especial para salir con chicos a los que dejar "entrar". Acostumbraba a colocar en la columna izquierda las cosas buenas y dejaba la derecha para los puntos que podrían complicar su existencia.

Aquella práctica nunca tuvo un efecto demasiado positivo en su vida, pero terminó por ayudarla a construir un pensamiento estructurado en su cabeza. En otras palabras, funcionara o no seguía haciéndolo para casi todo.

Había muchos pros en el asesinato de su madre.

En primer lugar y la más importante de todas, su muerte garantizaría la recuperación de su hijo. De haber tenido a mano papel y lápiz habría utilizado las mayúsculas más exageradas para recalcar este punto, en realidad el único a tener en cuenta en toda aquella locura.

Sin embargo, no era la única ventaja. La piedad podría argumentarse sin rubor como un acicate para la elección de su madre como víctima. Si la permitía vivir y su nieto moría por ello tendría que unir ese infinito dolor con la muerte de sus dos hijas, una asesinada y la otra fruto de un muy bien planificado suicidio. En pocas palabras: si ella vivía todos los demás que importaban en su vida dejarían de existir.

Luego estaban como era evidente la ventaja de la accesibilidad, la confianza de la víctima y la endeblez que la enfermedad ósea de su madre había provocado en su físico. Sería sin lugar a dudas la más sencilla de las tres víctimas algo que la premura de tiempo con la que empezaba a contar aconsejaba.

El tiempo no se detenía y con su final cualquier posibilidad de que las palabras de "El Profesor" fueran ciertas morirían. Debía terminar con todo aquello en ese momento y por eso cuando las puertas del autobús volvieron a abrirse todo un sinfín de posibilidades reventó su mente por los cuatro costados señalando más de diez maneras diferentes de asesinar a su madre.

Abrió la puerta mientras se decidía entre las dos últimas propuestas de su macabra fábrica de ideas.

Encontró a su madre en el suelo mientras optaba finalmente por la segunda.

—Perdona por hacerte venir, no localizo a tu hermana.

—No te preocupes mamá —dijo mientras incorporaba a su madre. —¿Estás bien?

—Claro que me preocupo hija, hacerte venir hasta aquí en tu estado para esta tontería...

—Te has caído mamá, no es ninguna tontería. ¿Te encuentras bien? ¿Te has roto algo?

Su liviana madre solía caerse con puntualidad británica un par de veces al mes y carecía de fuerzas para incorporarse. Por fortuna entre su hermana y ella habían adquirido una especie de corsé que a modo de armadura impedía que sus maltrechos huesos se fracturaran y solo había de lamentar unos cuantos moratones inofensivos. Generalmente era su hermana quién acudía a la llamada de socorro y se cerciorara de que todo estuviese bien y que la enfermedad ósea que convertía a su madre en un frágil objeto de coleccionista no hubiera causado nuevos estragos.

—No me he roto nada hija...gracias hija. Muchas gracias —dijo su madre emocionada y avergonzada mientras tomaba asiento en el sofá.

—No me las des mamá y no pongas esa cara. No es culpa tuya y no puedes evitar, ¿me oyes? No debes sentir vergüenza ni lástima por ti —contestó olvidando por un momento el motivo real de su visita.

—Lo sé hija, pero tienes que ocuparte de tu hijo, no de esta vieja inválida...

La ironía inundó el ambiente. En ese preciso instante ocuparse de su hijo era precisamente ocuparse de "esa vieja inválida". No había tiempo que perder.

—¿Te...te importa si bajo al sótano un momento? —preguntó mientras sus ojos se perdían en la puerta que daba acceso a la planta inferior de la vivienda.

—¿Al sótano? ¿Qué necesitas del sótano?

No contestó. Sabía que no debía contestar. Conocía a la perfección a su madre y sabía que dos minutos de aquella pregunta sin responder ella misma se acercaría a la puerta para tratar de ayudarla y descubrir qué estaba buscando. Era una mezcla perfecta de bondad y curiosidad o una curiosidad disfrazada con honestidad de bondad.

Miró su reloj y sesenta segundos más tarde la voz de su madre comenzó a sentirse aún lejana. Minuto y medio después el sonido llegaba a medio camino y apenas setenta segundos más tarde la figura endeble de su madre mantenía el equilibro en lo alto de las escaleras.

—¿Qué estás buscando?

—No te preocupes mamá. No tenías que haberte levantado. Ya lo he encontrado.

Los temblorosos ojos de la mujer fueron incapaces de distinguir objeto alguno en la mano de su hija y aguardaron paciente a que esta subiera los peldaños de las escaleras que conducían al piso superior. De haber puesto más atención habría descubierto que no había absolutamente nada en sus manos y que estas se encontraban totalmente libres para lo que habría de suceder.

Un profundo olor a nostalgia recorrió cada uno de los escalones de madera mientras recordaba como solía contarlos uno a uno. Había exactamente 23. Ni uno más, ni uno menos y 23 exactos fueron los que subió antes de encontrarse de nuevo ante su madre.

—¿Lo tienes, hija? —preguntó con voz maternal.

—Sí mamá. Tengo lo que necesito.

En ese instante y mientras pasado y presente se mezclaban en su corazón, sus brazos rodearon el débil cuerpo de su madre y tras arrancar las cuerdas que rodeaban el corsé y desproteger sus huesos, lanzaron a la mujer con furia escaleras abajo. Pudo escuchar al menos tres huesos romperse antes de llegar al final entre desgarradores gritos de dolor.

—Mi niña...mi niña... ¿qué haces? —susurró entre gemidos y alaridos su madre.

No sintió nada y siguió sin sentirlo cuando descendió las escaleras, cogió el magullado cuerpo de su madre sin dificultad y tras llevarlo escaleras arriba volvió a lanzarlo contra el suelo con más fuerza aún que en la ocasión anterior.

Lo hizo una y otra vez. Pensó detenerse cuando escuchó el cuello de su madre quebrarse, pero a decir verdad no lo hizo hasta tres o cuatro veces más adelante cada vez con más energía, cada vez con más furia. No era médica, pero habría apostado a que no quedó ni un solo hueso entero en aquel frágil recipiente de carne muerta.

La posición en la que el cadáver quedó dispuesto era tan grotesca como impactante.

Sonrió mientras extrajo del bolsillo derecho de su madre dos de sus clásicos caramelos de coca cola. Uno sería para ella y otro se lo daría a su niño de parte de su abuela cuando despertara. Sería el último, una especie de homenaje póstumo.

Lanzó una postrera mirada al cuerpo destrozado que una vez le dio la vida y al que ella había dado muerte. La visión era impactante.

—Buenas noches mamá. Que descanses.

Fue consciente de que aquella era la última vez que veía a su madre. La última que visitaba aquella casa en la que creció.

La última que era hermana e hija "de".

Creyó sentir una lágrima caer de su ojo izquierdo.

No importaba.

Debía volver al hospital.

14

Apenas podía respirar. No esperó ni al ascensor y subió a pie los tres pisos que separaban la recepción de la habitación dónde se encontraba su hijo. Todo transcurría como si estuviera colgada de algún hilo invisible pendiente del techo, siendo testigo de sus pasos como si del final de una intensa obra de teatro se tratara. Era ella, pero tenía la sensación de que en algún momento había dejado de serlo. Tal vez desde el diagnóstico. Tal vez desde aquella inesperada visita al médico y la recomendación de acudir a "aquel edificio". ¿Era consciente de todo lo que había sucedido? Tal vez lo fuera, tal vez no alcanzaba en ese momento a comprender con precisión el alcance real de sus actos….

Había asesinado a tres personas. A tres buenas personas. Había terminado con la vida e ilusiones de su hermana, con la vida sencilla y modesta del conserje y con el amor maternal de la mujer que le había traído al mundo. Había dejado a su hijo sin abuela ni tía y estaba segura de que había roto con aquella jeringuilla llena de aire otra familia como la suya.

Nada de eso importaba ahora. Absolutamente nada. Habría matado cien personas más solo por un segundo más de su niño en el mundo.

Alcanzó la habitación sin resuello. No sabía qué esperar y siguió sin saberlo cuando alcanzó la cama y comprendió que todo seguía exactamente igual que unas horas antes. Su hijo estaba estable, sin más, no había ningún cambio evidente en su estado y nada que indicara que los médicos estuvieran sorprendidos por alguna inesperada variación en su salud.

Nada. Un sencillo pitido periódico, un silencio atronador y la sensación de que cien vidas habían transcurrido desde que había partido de la habitación en busca de aquella misión suicida para su alma.

Nada. La nada más absoluta mientras un escalofrío aterrador recorría su pecho ahogando aún más sus maltrechos pulmones.

¿Y si todo había sido un timo? ¿Y si la nada de la que era testigo era todo lo que podía esperar? Comenzó a temblar y buscó asiento mientras la sangre apenas era capaz de circular por sus venas. Helada, congelada ante la certeza de que había asesinado a tres personas, a tres buenas personas en nombre de... ¿En nombre de qué? ¿De su hijo? ¿De un trato con la muerte?

—Oh Dios mío, me he vuelto loca...—acertó a decir mientras sus manos cubrían con desesperación su cara.

Por un instante trató de calmarse justificando sus acciones recientes por un estrés comprensible debido al estado de salud de su hijo. Estaba segura de que cualquier padre en su situación hubiese hecho lo mismo y más aún. ¿Tres vidas a cambio de la de su hijo? ¡Y cien si hubiera sido necesario!

No funcionó.

No tenía excusa. Había matado. ¡Matado!

Podía tratar de convencerse, pero lo cierto era que su madre y su hermana habían muerto sabiendo que ELLA las había matado y sin comprender nada de lo que estaba sucediendo. ¿Podía habérselo explicado? ¿Podía haberles concedido el descanso eterno en paz? Quizá...quizá no...era irrelevante. Estaba furiosa, furiosa con el mundo, con una existencia que trataba de arrebatarle lo que más quería y lo único que había querido sin límite en este universo. Furiosa consigo misma...con toda aquella locura.

Y moría. Su hijo seguía muriéndose sin un solo indicio de mejora.

Había pasado mucho tiempo pensado en cómo darse muerte y tras recordar la paz con la que el conserje había viajado el otro mundo decidió que al segundo después de morir su hijo le seguiría un coctel letal de pastillas en una dosis esta vez sí, definitiva. No dejaría carta. Después de todo las únicas personas que podrían haber tenido cierto interés en leerla estaban muertas.

Ella las había matado.

—La veo triste, querida —dijo la inconfundible voz de El Profesor en el umbral de la puerta.

—Usted... ¡usted! —contestó sin saber exactamente qué estaba ocurriendo...

—Tranquila, tranquila, estamos en un hospital, no conviene levantar la voz. Tengo entendido que ha cumplido con lo establecido.

—¡Claro que he cumplido hijo de puta! —acertó a decir entre balbuceos.

—Oh, vamos, no pierda los nervios. Si ha llegado hasta aquí imagino que querrá que la otra parte cumpla con su parte del acuerdo.

—Mire mi hijo, ¿le parece que haya cambiado en algo su situación?

—No, por supuesto que no. Pero hágase esta pregunta, ¿cree que estaría aquí si eso no fuera a cambiar?

Tenía sentido. Aquel hombre no había solicitado dinero alguno por sus servicios y no podría tener ninguna intención o interés en aparecer en aquella habitación. Por otro lado, no resultaba difícil caer en la cuenta de que en ningún momento había facilitado información alguna sobre el paradero de su hijo a "El Profesor" lo que implicaba que o bien la habían seguido o bien aquel hombre era en efecto algo...especial.

—En unas horas (dos para ser exactos) su hijo despertará y lo hará en buen estado, como cualquier otro niño perfectamente sano. Los médicos intentarán hacerle pruebas. No se lo permita y saque a su hijo de aquí. El cáncer ha remitido y no volverá jamás. Tendrá una vida larga y duradera. Usted ha "acordado" que así sea y le doy la enhorabuena por ello. Como verá, "ELLA" no olvida sus tratos.

No tenía palabras y a juzgar por la parca manera en que El Profesor se despidió estaba segura de que aquel hombre tampoco las esperaba. ¿Qué podía decir? ¿Gracias? Por supuesto que estaba agradecida, más de lo que podría haber expresado, sin embargo, no podía decir que hubiera sido barato, ni muchísimo menos.

Tres personas. Tres buenas personas que jamás volverían a respirar.

15

Miró su reloj. Quedaban 3 minutos para que aquella pesadilla hubiera terminado. Todos los signos vitales de su hijo habían recuperado la normalidad. La tensión se había estabilizado en parámetros normales, sus latidos eran fuertes y constantes y el oxígeno en sangre mostraba niveles que no había visto en semanas.

Aprovechó el tiempo para darse una ducha rápida mientras rezaba para que nadie descubriera los cuerpos sin vida de su madre y su hermana. No quería que nada estropeara aquel momento.

En apenas 180 segundos todo habría terminado y nunca más tendría que volver a pasar por consultas, mentiras piadosas conteniendo las lágrimas ni momentos en los que su corazón se encogiera tanto que doliera en el pecho como una espada atravesándolo. Por fin tendrían futuro, por fin las películas, las canciones, el sol y la lluvia volverían a tener sentido y tal vez algún día el universo entero la perdonaría por aquellos crímenes de amor que había cometido.

Sonrió y por primera vez en mucho tiempo lo hizo con esperanza e ilusión mientras el dulce sabor de la coca cola inundaba de infancia su boca.

Había comido cientos de caramelos como aquel en cientos de momentos diferentes. Recordaba los días de verano en el pueblo escapándose de la pandilla para comerse a solas un par de aquellas gotas de cola y los días en la universidad desafiando a la madurez chupando con frenesí aquel dulce placer en mitad de un examen. Si se paraba a pensarlo estaba segura de que aquel sabor había estado presente en todos los momentos importantes de su vida y también en los intrascendentes. Estaba convencida de que su primer par de medias y su primer rímel habían estado de alguna manera u otra acompañados de alguno de esos caramelos que su madre llevaba décadas comprando en la misma tienda de dulces y guardando en el mismo bolsillo del que ella lo había sacado horas antes.

El olor a infancia inundó la estancia y volvió a sonreír con la total certeza de que las primeras palabras de su hijo harían referencia al caramelo.

—Mami, ¿qué estas comiendo? —preguntaría con falsa inocencia.

Entonces ella metería la mano en el bolsillo y le prometería uno de los geniales caramelos de la abuela a cambio de que se vistiera a toda prisa para irse "corriendo, corriendo" a casa. No tenía la menor intención que ningún bata blanca volviera a poner la mano encima a su niño.

Su lengua se recreaba en aquel sabor mientras sus dientes martilleaban con cuidado cada rincón del dulce néctar de cola mientras el reloj anunciaba escasos segundos para el esperado regreso a la vida sana de su niño.

Su corazón se aceleró, sus piernas comenzaron con el temblor característico de los momentos importantes y sintió nervios como si fuera la primera vez en años que iba a ver su hijo. Había sufrido tanto todo este tiempo que la idea de poder abrazarle sin remordimientos, sin secretos ni mentiras era sencillamente deliciosa y tenía sabor a vida.

Sabor a coca cola.

Recordó entonces todo por lo que había pasado para llegar hasta allí y levantó la mirada al techo buscando el perdón de algún Dios por todo lo que había ocurrido, por la locura de amor que le había llevado a cometer aquellos actos atroces. Respetaba la vida, la valoraba y lamentaba sinceramente lo ocurrido, pero lo había hecho por amor, por amor verdadero. ¿No merecía eso algún tipo de perdón?

Por amor había pactado con la mismísima Muerte para evitar que se llevara a su hijo, ¿qué madre no haría eso por su hijo si tuviera la improbable posibilidad? Por amor no había dudado en planificar su muerte, en jurar ante el mismo Dios en los cielos y Satanás en el infierno que se suicidaría el segundo después de que su hijo dejara de respirar...

Cayó entonces en la cuenta de algo que había olvidado por completo.

"ELLA siempre gana"

—No...—acertó a decir aterrada mientras se llevaba las manos al cuello—no...

Cada célula, cada poro, cada rincón de su cuerpo se heló al tiempo que aquel dulce e inocente caramelo de coca cola se alojaba en la entrada de su tráquea, impidiendo con brusquedad al aire introducirse en su cuerpo y privándolo de vida lenta y angustiosamente...

Faltaba una vida por cobrar.

Había cambiado la de su hijo por tres almas, tres almas buenas, pero no había ofrecido nada a cambio por la otra muerte prometida junto a la de su hijo...

La suya...

Trató de golpearse el pecho y en un desesperado intento salió al pasillo del hospital en busca de ayuda...debía vivir, debía vivir para pagar su deuda...

No encontró nada salvo una tétrica figura oscura que esperaba paciente al final de aquel corredor. Había venido a cobrar su deuda.

—ELLA siempre gana —susurró El Profesor mientras abandonaba el hospital.

Su corazón se detuvo en el mismo momento exacto en que su hijo, totalmente curado abrió los ojos a una nueva vida.

—Ma...mamá —preguntó asustado al encontrarse solo en la habitación

Un profundo olor a coca cola fue la única respuesta que encontró.

La Bestia

En el último año había enterrado una novela, una relación, un padre y cientos de botellas de whisky. Su cuenta no podía ser más corriente y el contador de días sin accidentes contra su dignidad se había reseteado a treinta después de aquel estúpido mensaje de madrugada lleno de mendigantes "aún te quiero" a su ex mujer.

Había muchas razones para explicar lo que había ocurrido en los últimos 365 días, pero la realidad era tan simple como indudable: había sido él. Sin más. Se había quitado caretas, filtros y aditivos artificiales y había sido él.

El mundo, su mundo, no lo había soportado.

Tampoco él.

Solo y despierto en mitad de la madrugada todo lo que una vez fue se había sustituido por una placentera "nada" que amenazaba con quedarse a vivir con él.

—Ponte cómoda muñeca, hay sitio de sobra —pensó mientras su vieja imaginación de escritor lo dibujaba con un roído poncho y un puro a medio mordisquear en la comisura de sus labios.

Su fortaleza de la soledad medía unos 90 metros cuadrados y estaba repartida entre una cocina llena de platos precocinados y latas de conserva, un baño con bidé inexplorado y al menos tres habitaciones vacías. Se había prometido llenarlas de muebles algún día, pero a decir verdad no estaba muy por la labor de convertir el triste resultado de su viraje vital en una réplica a menor escala de "La Casa de la Pradera".

Quería a su ex esposa. Aquella era una de las pocas verdades que se habían mantenido en pie después de litros de alcohol y toneladas de soledad.

—No puedo con esto —solía decir ella entre lágrimas— No puedo hacerlo. No sé quién eres…

—Antes no era yo, era una versión para todos los públicos de lo que soy realmente. Estoy soy yo y no puedo fingir ser otra cosa.

—¿De qué estás hablando? ¡Claro que eras tú! ¡Siempre has sido tú!

—Era mi puta versión Disney pasada por el filtro de las jodidas pastillas. Esto es lo que llevo dentro, es lo que he llevado siempre y lo que he sido siempre.

—Tienes que tomártelas, DEBES tomártelas o no volveré a compartir ni un segundo de mi vida contigo. No puedo más. Ya no.

Varios días y varias denuncias después lo abandonó y se llevó con ella todo su dinero.

En aquel instante creyó que era la mejor decisión. Tenía que ser él y quién estuviera a su lado debía quererle tal y como era.

Cuando descubrió su error era demasiado tarde para casi todas las cosas.

El lugar de su mujer y del dinero lo ocupó el Whisky y con él comenzó el vano intento de soportarse a sí mismo en plenitud. Era curioso. Había escuchado todas las canciones sobre la libertad y leído todos los libros sobre la confianza en uno mismo, la búsqueda de la paz interior y de la verdad y una vez que había dado el paso, su autenticidad le había llevado a la soledad más absoluta, al terror y al desprecio de la única mujer que había amado en su vida.

Era como si el acelerador de absurdos de su existencia se hubiera puesto en marcha concentrando años y años de experiencias en uno solo, haciendo chocar las partículas de lo sensato contra los átomos de lo irracional.

¿Por qué ninguna canción avisaba del peligro de conocerse?

Su padre murió entre dos de sus copas mientras desgastaba su vida sin las pastillas y bañado en alcohol y delirios. La novela falleció por abandono poco después y con ella el suculento contrato con la editorial, menguado hasta la nómina habitual por "los servicios prestados", cerrándose así un círculo de sucesos que había dado con sus huesos y los de su máquina de escribir en aquel séptimo piso lleno de vacío desde el que los últimos meses trataba de recomponer los versos de una vida que era todo un poema.

Habían vuelto las pastillas. Había cambiado el alcohol por Pepsi, regresado al rock y a Tarantino, a Lovecraft y Poe. Los tres jerséis de cuello alto yacían en el cuerpo moribundo de algún mendigo y su eficaz coche familiar se había transformado en una moto y algo de dinero en el banco.

Había dejado de tratar de ser él para ser la versión de él que soportaba ser.

En noches como aquella el nudo de la soga de la soledad apretaba con fuerza un cuello cansado de sostener tantos virajes diferentes, el último de los cuales lo había llevado hasta allí.

Hasta aquella "nada" con delirios de grandeza.

2

Pese a llevar meses allí seguía siendo "el nuevo" del lugar y a juzgar por la manera en que lo miraban el resto de vecinos aquella "noble" etiqueta duraría bastante tiempo sobre su traje. Habría preferido que lo conocieran por "el escritor", "el soportable" o en todo caso el "intrascendente" pero en un bloque de apartamentos en el que los inquilinos contaban por décadas su estancia en el lugar, tenía algo de lógica que sus escasos cuatro meses se asemejaran más bien a un leve suspiro.

No era un ferviente admirador de las conversaciones de ascensor ni de los patéticos análisis del tiempo que tenían lugar en los pasillos del edificio, pero no podía decirse que no hubiera hecho notables esfuerzos por integrarse en la comunidad. Había participado en varias juntas de vecinos, había ayudado a subir varias compras ajenas e incluso el día en el que el anciano del cuarto murió, tuvo la delicadeza de dar su más sentido pésame a la viuda antes de hacer una más que generosa oferta por su piso.

No todo el mundo en el edificio entendió el interés de "el nuevo" por cambiar su séptimo por un intrascendente cuarto y aunque tampoco tuvo la menor intención de explicarlo, se limitó a reunir unas cuantas razones huecas que enmascaraban su casi eterna claustrofobia y su pánico al ascensor.

Tras varios meses de esporádicas negociaciones, el último viaje de la viuda en busca de su marido logró que los herederos aceptaran la oferta, logrando así un muy celebrado descenso que tuvo efecto la noche de Halloween de aquel mismo año.

No hacía falta ser un escritor ni llevar en vena litros de Poe y Lovecraft para sentir un ligero cosquilleo morboso al pasar la primera noche en su nuevo piso la madrugada de difuntos. Se había afanado en eliminar ese clásico "olor a viejo" que las paredes parecían vomitar sobre los suelos y el techo, y por supuesto sus muebles y pertenecías ocupaban idéntica distribución a la que tenía en su séptimo, facilitando así la más extraña y deseada mudanza que había llevado a cabo en su vida.

Había pocas torturas en su mundo tan crueles como hacerle subir en un endemoniado ascensor.

Aquel "algo" en el ambiente que podía respirarse en su nuevo piso no hizo sino aumentar con la llegada de la luna. No tenía miedo, pero mientras sus dedos comenzaron a bailar sobre las teclas un lento y cuidado vals de letras todo lo que brotó de ellos fue un vacío color negro y un fétido olor a terror que inundó de blanco todos los párrafos no escritos de las primeras horas de la noche. La muerte había visitado dos veces aquellas paredes, eso era un hecho tan incuestionable como perturbador. El silencio sonaba a vacío y en el hueco eco de su soledad cualquier pequeño ruido se acrecentaba hasta convertirse en la última sonata de la orquesta nacional del horror. Cada sombra, cada forma, cada figura parecía inspirar las más aterradoras de las letras y la más profunda y constante de las inquietudes.

Se puso una copa de nada y bebió dos tragos de soledad antes de detener la no escritura.

Estaba aterrado y por mucho que el papel tratara de convencerlo de que podía usar ese estado para dar forma a su mejor relato de terror en mucho tiempo lo cierto es que su cabeza, bloqueada por las pastillas impedía sumirle en un estado de frenética imaginación que vomitara talento y horror a partes iguales.

Estaba paralizado. Inerte. Inútil. Incapaz de aprovechar la tétrica inspiración que aquella noche ofrecía por toneladas.

Gritó desesperado, condenado por las mismas pastillas que lo mantenían a salvo de su don.

De su maldición...

3

Tres psicólogos infantiles, dos adultos y una ex mujer habían diagnosticado con diferente terminología su exceso de imaginación. Su exceso peligroso y enfermizo de imaginación. Para los psicólogos se trataba de una auto infligida huida de la realidad y para su ex pareja una deforme visión que convertía las cosas normales en insoportables instantes de horror. Todavía podía recordar sin ningún esfuerzo la noche en que juró por cien vidas haber visto una sombra meterse debajo de la cama de matrimonio y el pánico que aquella hacha destrozando el colchón causó a su ex mujer.

Todo había comenzado en la infancia. Solía imaginar su maldición creciendo ajena a unos adultos más preocupados en lograr que conciliara el sueño en lugar de conocer las causas que lo impedían. Durante años fue incapaz de dormir y cuando lo lograba las pesadillas atormentaban su alma con una fuerza desgarradora que convertía cada noche en una tormenta de sudor y gritos.

Con el paso del tiempo las pesadillas escaparon de la noche y colonizaron la luz. Fue durante sus inicios como escritor, en los mejores años de su carrera cuando creyó poder controlar a sus demonios con tinta y puntos y aparte. La prensa solía definirle como el nuevo y joven rey del terror y los contratos con la editorial fueron sumando ceros a la derecha con la misma velocidad con la que sus horas de sueño se reducían a la mínima expresión.

El paso de los años no hizo sino aumentar su fama y su fortuna, pero también dio nueva vida a la oscuridad, que pareció saltar la frontera del papel para empezar a recorrer impune los escenarios del teatro de su vida. Comenzaron las alucinaciones, las voces y sus mejores textos jamás escritos, llegando a ser alguno de ellos censurado por el grado de depravación y horror que mostraba en sus letras. El dinero en su cuenta hacía mucho que había dejado de ser corriente, las habitaciones de su casa parecían crecer día a día y durante algún tiempo nadie pareció querer detener a la gallina de los huevos de oro...

Al final los delirios lo ocuparon todo y la realidad fue incapaz de distinguirse de una ficción eterna que lo mantenía aterrado, desbordado y sumido en un llanto retorcido entre las tinieblas de lo imposible.

Fue entonces cuando le recetaron las pastillas y fue entonces cuando en plena enajenación vital creyó convertirse en un fraude si aceptaba a tomarlas.

Con la marcha de su mujer y la llegada del alcohol se medicó de inmediato y volvió a ser un hombre normal, un borracho perdido de lo más ramplón...en el sentido más común de la palabra.

Parecía que las puertas de su imaginación se habían cerrado para siempre, como si las pastillas actuaran de vil carcelero apagando por completo el interruptor de la creación de sentimientos y sensaciones. Seguía siendo capaz de escribir, por supuesto, pero lo que brotaba de su imaginación tenía el mismo sabor que la comida congelada en un restaurante de lujo. Comestible, pero sin sustancia.

Era un hecho tan cierto como aterrador. Sus mejores obras habían tenido lugar en épocas de hachas, incendios, exorcismos a perros y gritos en mitad de la noche. Las otras, las que lo convertían en uno más, apestaban a pastillas para no imaginar, pero pagaban con relativa regularidad y vulgaridad las facturas.

Tomó dos acompañadas de un frío vaso de agua.

No podía permitirse perder la cabeza otra vez.

No ahora que peleaba por encontrar la inspiración en su nueva vida.

4

Los siguientes meses de su vida en su nuevo piso estuvieron repletos de avisos del banco, excusas de mal pagador y noches bañadas en nostalgia y silencio. Mucho silencio.

No fue consciente del mal que le causaba la ausencia de ruido hasta que se vio envuelto en una constante sinfonía de nadas en

Do mayor. Su psicólogo buscó la explicación en una vida envuelta en una constante maratón de sonidos altisonantes. Gritos de sus padres, gritos en su juventud, gritos en su matrimonio etc. Se había acostumbrado a vivir y por supuesto a escribir en un ambiente en el que rara vez el silencio servía de compañía a las musas. Ahora, en la soledad de su casa, en un edificio y una zona que podrían exportar tranquilidad a Oriente Medio, la ausencia casi total de sonidos lo estaba desquiciando.

Desquiciando de verdad.

Sus letras no habían tardado en resentirse. Al burocrático nivel estilístico que solían acompañar a las épocas con medicación se unía la total desaparición de inspiración externa lo que convertía su producción literaria en una versión novelada de la guía telefónica. Había nombres de personajes, había escenarios y por supuesto había un gran número final por cada relato, pero nada de lo que en ellos sucedía sería digno de soportar una lectura exigente y especializada.

Los retrasos se habían convertido en la medida de tiempo en la editorial, provocando una reacción en cadena que provocaba más silencio, menos inspiración y de nuevo más retrasos. Las facturas habían comenzado a pagarse con menor regularidad y los bancos parecían haber olvidado las épocas de siete ceros inundando su buzón con toneladas de cartas repletas de impagos y deudas.

Para colmo, en el circo de tres pistas en el que transcurría su existencia, el domador de mujeres más famoso de la ciudad había elegido a la suya para realizar el clásico número del fornicador compulsivo y los pocos amigos que tenían en común no dejaban de hablarle de lo feliz que estaba y de lo satisfecha que se la veía todo el tiempo, algo que no había dudado nunca a juzgar por la cantidad de millones que el divorcio había invertido en ella.

Y todo en un mundo bañado en silencio.

Penetrante y desgarrador silencio.

Trató de imaginar cuánto podría aguantar en ese estado.

Las pastillas se lo impidieron.

Una vez más.

La normalidad más absoluta seguía en su trono de nada.

¿Cuánto podría aguantar así?

5

Habían pasado veinticuatro horas desde la última toma.

Dos días desde el aviso de desahucio.

Cuatro contando desde la recepción de la invitación de boda.

Una semana desde su último párrafo escrito.

Dos meses desde el ultimátum de la editorial.

Y más de dos años desde el último arrebato de violencia que su imaginación había provocado junto a su por entonces querida esposa.

El sonido del triturador de basuras tronó durante los tres segundos que hicieron falta para que la caja de pastillas pasara a formar parte de las cloacas de la ciudad.

Respiró hondo. Tosió. Volvió a respirar. Volvió a toser. Sonrió.

El maldito vals de su existencia había decidido hacer un bis antes de la tonada final y no pensaba bailar la última canción con los cordones atados entre sí y con enormes tapones de nada en sus oídos. Perdería la casa, el trabajo, la dignidad y la cordura, pero lo haría a lo grande. Lo haría a su modo.

¿Sintió terror? En cantidades tan inabarcables que la mera idea de tratar de cuantificarlas petrificaba su maltrecha razón. Pero no importaba. Era la única salida de un túnel tan herméticamente preparado por la vida que la simple noción de "luz" se antojaba imposible.

Sabía lo que vendría. Sabía que en un par de semanas empezarían las voces, los ruidos, las visiones y que en poco tiempo estaría en serias dificultades para distinguir realidad de ficción. Lo sabía, claro que lo sabía, pero ¿qué otra cosa podía hacer? Escribiría. Escribiría tanto como fuera humanamente posible y sus manos y sus dedos sangrarían con tanta violencia que cada párrafo sería una completa carnicería. Si tenía suerte, si alguna gota de fortuna quedaba en la botella de vida de su alma, la editorial recuperaría al ESCRITOR y con ello llegarían los adelantos y cierto grado de orgullo sobrevenido ante la perspectiva de ver a su ex enlazarse con aquel estúpido bigote humano. Quizá entonces podría volver a las pastillas y ganar algo de tiempo hasta el próximo reinado de los demonios que habitaban en su interior.

La espera de la inspiración lo carcomía y el silencio actuaba de banda sonora instrumental de la locura así que optó por hacer algunos cambios en casa. Tenía entendido que el esfuerzo físico relajaba los músculos y provocaba cansancio. Dormir. Eso era lo que debía hacer hasta que la inspiración nacida de la falta de pastillas llegara. Por ello optó por cambiar de ubicación su habitación, eligiendo una situada en el polo opuesto de la elegida en primer lugar.

Cada mueble en su nuevo sitio supuso un símbolo.

Cada cuchillo y arma punzante tirada a la basura, una precaución.

Unas horas más tarde el colchón acomodó su pecho para recibirle y todos y cada uno de sus músculos agradecieron sobremanera el descanso. Se sentía extraño tratando de dormir en aquella habitación, pero a decir verdad lo extraño no dejaba de ser algo nuevo y lo nuevo en su estado era lo único deseable.

Había visto como le miraban los vecinos desde que la última reunión de propietarios le señaló como uno de los deudores ilustres del edificio. Había pasado de ser "el nuevo" a ser "el moroso" y por fortuna para él y su reputación parecía que la confección de frases complejas no era el fuerte de sus compañeros de edificio por lo que todo se limitaba a miradas destempladas y reproches escritos.

La luna no tardó en caer.

Habían transcurrido 36 horas desde la última toma.

Demasiado pronto para notar los efectos.

Sus ojos se abrían y cerraban de manera absurda y desordenada. Quería dormir, debía dormir, pero parecía que sus ojos querían verlo todo, no perderse nada del espectáculo que en unos días se produciría.

¿Cabía alguna posibilidad de que no perdiera la razón y el juicio? Ninguna. Los psicólogos habían sido muy claros. Tenía una enfermedad mental, no distinguía realidad de ficción cuando su imaginación comenzaba a actuar y ESO no cambiaría nunca sin las pastillas y el constante tratamiento psicológico. Todas sus fobias, la agorafobia y por supuesto la claustrofobia doblarían sus efectos y su vida sería, simplemente, insoportable.

Tendría lugar en todo caso un tipo diferente de agonía a la que estaba sufriendo lo cual a esas alturas no sonaba del todo mal. Todo lo nuevo sonaba a algo y rompía el silencio de "nada".

—No será muy diferente a los diabéticos ni a los hipertensos —había tratado de calmarle el doctor una vez—solo tendrá que tomar la dosis diaria y todo irá bien, no debe preocuparse.

Medicado de por vida no era la imagen que él había tenido nunca del infierno.

Condenado a una vida gris sin emociones ni imaginación sí.

Probó a contar sus novelas fallidas y cuando transcurría por el anodino número 7 un profundo y atronador sonido interrumpió por fin el silencio, haciendo saltar por los aires cada resorte de control de la razón que habitaba entre las sombras de aquella iniciática madrugada.

—¿Qué cojones...? —exclamó mientras se incorporaba de la cama y miraba a su alrededor.

Procedía del exterior, de eso no cabía la menor duda, pero lo efectos de aquel ruido se dejaban notar con total claridad en el interior de la habitación. Era un ir y venir constante de oscuros tonos graves, suaves pero profundos, intensos pero medidos.

Habría jurado ante el mismísimo creador que las malditas tinieblas estaban respirando.

Trató de calmarse. No había motivo para la alarma. Estaba bien, todo estaba bien y no había ni rastro de presencia ajena en su habitación. Solo debía escuchar y buscar una explicación lógica que su imaginación no pudiera vestir con ningún ropaje recargado y opulento.

Era demasiado pronto para inventarse nada.

Tomó aire, lo dejó salir y se limitó a escuchar, simplemente a escuchar.

—Es un ronquido. Un jodido ronquido de alguno de los tarados que viven en este puto edificio, solo eso joder y nada más —concluyó en voz alta mientras comprendía por fin la ordinaria naturaleza del ruido.

Un ronquido. Uno fuerte, penetrante y capaz de burlar la escasa línea de intimidad que atesoraban las finas paredes del lugar. Uno exagerado, retorcido y mal educado pero un ronquido, al fin y al cabo.

Buscó conciliar el sueño y justo un segundo antes de que su mente desconectara de la realidad una pregunta fue lanzada desde el rincón más retorcido de su imaginación.

¿Por qué no lo había oído antes?

6

Amaneció. Era evidente que el sol había salido y que en el exterior las calles comenzaban a llenarse de rutina y costumbre y por primera vez en mucho tiempo esa sensación de nuevo día fue obvia para él. Estaba descansado, tranquilo y tan despierto que pudo prescindir del doble café iniciático con el que comenzaba cada jornada desde el divorcio. Se pegó una ducha que bien pudo valer por diez y se sentó frente a la máquina de escribir con la misma ceremonia y seguridad con la que un pianista lo hace en su concierto número mil.

Se encontraba bien. El recuerdo de la noche anterior había servido para inspirarle el comienzo de lo que habría de ser una nueva historia, una llena de macabras y oscuras conspiraciones, giros y quiebros imposibles capaces de mantener al más calmado de los lectores hundido sin remisión en su sofá favorito. Planeó cada detalle durante la ducha y lo vertió en forma de garabatos ordenados en su viejo cuaderno de ideas, ese que durante demasiado tiempo se había asemejado a un viejo embalse seco.

Comenzó por el principio y para cuando quiso volver a mirar el reloj se encontró con que había terminado por el final. Era como si todas las ideas que las pastillas habían bloqueado aguardaran como viejas frente al escaparate de unas rebajas aguardando a que alguien abriera las puertas. Era terror, puro y retorcido terror, pero para su corazón y su alma sonó a música celestial, a oración de agradecimiento, a auténtica vida. No lo revisó, no hizo la habitual segunda lectura y envió las veinticuatro páginas de relato a la editorial por el conducto habitual. Miró el reloj.

Había vuelto, no existía la menor duda al respecto.

Los sabores y colores del resto del día también habían cambiado. Era como si la espesa niebla con la que había contemplado la realidad todo ese tiempo se hubiera disipado dando lugar al más bonito y limpio de los días. Los sonidos parecían sonar más alto y sus manos, sumergidas en un ligero temblor post adictivo parecían por fin desatadas de las cadenas del fin de la imaginación.

Había pasado un día, sí, tan solo una dosis, pero podía sentir el extraordinario poder de la libertad corriendo por sus venas. Tal vez se tratase de un efecto placebo muy deseado, pero era indiferente, completamente indiferente.

Tenía hambre. Hambre de letras, hambre de vida, hambre de emociones auténticas. Eligió su ropa más favorecedora y tras afeitarse bajó al mercado situado en la esquina. El mundo entero lo saludó con regocijo o al menos debía haberlo hecho porque el talento más puro y directo que había dado la literatura de terror en décadas andaba suelto.

Era como el gran King Kong caminando a sus anchas por Nueva York.

La bestia estaba libre por fin.

7

Había disfrutado de una copiosa cena y su estómago parecía enarbolar bandera blanca de rendición mientras trataba de lidiar con los caídos en la batalla por la supervivencia. Quizá el cuarto burrito había sido un exceso, pero los más de dos litros de gélido refresco habían regado con toneladas de azúcar cualquier vano intento por reprimirse. Habría fumado, habría follado y habría bebido hasta caer redondo, pero no consumía tabaco, se encontraba solo y el alcohol ejercía un efecto similar al de las pastillas en tanto que atenazaban su capacidad de imaginar.

Se moría por ver la cara de su "ex" cuando volviera a la cima y tuviera que aguantar junto a su "nuevo maridito" su cara por todas las televisiones y periódicos y aunque no era la motivación principal no podía negar que suponía un extra en la motivación por confirmar su regreso al mundo.

Rozó su oreja burlándose de los cientos de Van Gogh que en vida habían sido incapaces de alcanzar el éxito del que él había gozado y volvería a disfrutar y maldijo en todos los idiomas desconocidos por el instante en que permitió que batas blancas y un certificado femenino de matrimonio decidieran invitarle a ponerle puertas al campo de su imaginación.

No podía negar que tenía cierto temor a lo que pudiera pasar con el transcurso de los días, pero hasta que los excesos comenzaran a llegar debía escribir, dar forma al libro y asegurar otros cuantos meses de sustento económico y popular. Su vida terminaría sumida en una pocilga de intranscendencia sino lograba hacerlo.

Centrado en su escribir apuró la última copa de noche y se dispuso a teclear hasta conciliar el sueño, instante en que el recuerdo de la velada anterior se hizo carne, envolviendo todo de un potente y penetrante olor a desconcierto.

Era de nuevo ese ruido. Era de nuevo ese ronquido, constante, poderoso, cada vez más y más grave.

Volvió a sentir la misma desazón que la luna anterior había cubierto su pensamiento. Hasta dónde él sabía por los meses en aquel edificio, sus vecinos más directos, aquellos de los que podía provenir aquel infernal sonido, eran una mujer y su perro, ambos incapaces de emitir un sonido de semejante potencia. El pequeño caniche habría explotado en mil pedazos si su garganta hubiera llegado a alcanzar semejantes cuotas de ruido y la mujer habría sido de todo menos humana si de su garganta hubiera brotado tal sinfonía de horrores.

Decidió grabarlo. Es posible que la principal razón para hacerlo fuera el deseo de mostrarlo a ese viejo músico local que había alcanzado la categoría de ídolo para multitud y amigo para él. Quizá la idea fuera enseñarle la grabación y apelar a su entrenado oído para que tratara de identificar el tipo de sonido que provenía del otro extremo de la pared.

Sin embargo, la sensación que recorría el interior de su cuerpo era tan desconcertante al respecto que no habría podido jurar por ningún Dios que el auténtico motivo de dotar de soporte digital a aquella aberración era saber si después de todo era real.

Era más que posible que la ausencia de las pastillas hubiera empezado a hacer de las suyas. ¿Era demasiado pronto? Tal vez, pero los doctores habían asegurado que con el tiempo habría que elevar la dosis de la medicación por lo que era bastante sencillo deducir que ese mismo tiempo estaría aumentando el problema en el interior de su cabeza. Con motivo o sin él lo cierto es que su imaginación parecía comenzar a funcionar en un crecimiento exponencial constante.

Registró en su móvil cerca de dos minutos de ruido durante los cuales pudo escuchar con total nitidez pasos en la estancia de la que parecía provenir tal horror. Había alguien más. ¿Cómo en alguien en su sano juicio podría dormir con semejante monstruo al lado? Él lo estaba oyendo con total nitidez un tabique a la derecha. ¿Cómo lo oiría la persona que estuviera durmiendo en su mismo colchón?

Su mente empezó a disparar en todas direcciones obedeciendo a una suma incontenible de sensaciones que desembocaban por riguroso orden de aparición en confusión, negación, aceptación y conclusión.

Hasta ese instante todas las fases de conclusión habían terminado con él medicado, detenido o repudiado y no por ese mismo orden.

Necesitaba café. Estaba inspirado, más de lo que había estado en meses, ¿qué importaban aquellos ruidos? Debía centrarse, debía seguir aprovechando su libertad mental para recorrer los lugares más oscuros de su imaginación y teclear, teclear y teclear...

...pero aquel ruido, aquel constante, profundo y desafiante sonido volvía con arrítmica precisión a sus oídos una y otra vez como el penetrante tic tac de un reloj que no parecía detenerse.

Ronquidos. Eran ronquidos, debían serlo ¿qué otra cosa podía ser? Provenían de la pared de al lado, de eso sí que estaba seguro. ¿Quiénes eran sus vecinos? Volvió a recordar, pero ni uno solo de los rostros que aparecían en su mente parecían encajar en ninguna ubicación concreta por lo que podría haber pasado la noche jugando al quién es quién sin ningún éxito.

Su imaginación comenzó a elucubrar con la historia encerrada tras el rugido de aquella formidable máquina de insomnio. ¿Cómo sería compartir noche con alguien así? No existían tapones capaces de mitigar el exceso de violencia sonora de aquella garganta hasta hacerla tolerable y pudo visionar cientos de relatos diferentes acerca de la forma en que la pobre mujer víctima de semejante horror organizaba sus noches para conseguir conciliar el sueño.

Sus dedos no golpearon una sola de las teclas de la máquina de escribir, pero se consoló con el ejercito de hipótesis variadas que derrochó su imaginación a un ritmo formidable. En las historias más sencillas la esposa había insonorizado su habitación para escapar de la persecución de aquellos gruñidos y en las más complejas e imposibles usaba uno de los armarios para fabricarse una suerte de ataúd en vida con el que huir del insomnio.

Podía decirse que a cada golpe de garganta de aquel hombre surgía una nueva y divertida historia que contar y pese a que la noche transcurrió de manera poco efectiva para sus intereses literarios terminó por reconocer que había algo de reencuentro consigo mismo en la forma en que la realidad pasó por el envenenado filtro de su imaginación.

Fue en el ronquido doscientos cuando cayó completamente rendido en su cama.

El sol estaba a escasas horas de anunciar un nuevo día.

Era plenamente consciente de que no pensaba acudir con puntualidad a tan solemne acto.

8

El agudo sonido del timbre interrumpió su soñar unos dos siglos antes de lo esperado y toneladas de mal genio y frustración inundaron la estancia, haciéndole navegar hasta la puerta armado hasta los dientes con un más que considerable enfado.

—¿Quién cojones eres? —preguntó al abrir sin ninguna intención de ocultar su malestar.

No había muchas opciones de que cualquier respuesta mitigara su estado de ánimo, pero el hecho de que se tratara de un error solo hizo aumentar sus ganas de matar a aquel joven muchacho del supermercado con un pedido a domicilio.

Si algo había escuchado en su época sin medicar es que consumir suficientes horas de sueño reducía el riesgo de que su imaginación se desbordara por encima de lo recomendado y para alcanzar la cantidad "suficiente" faltaban al menos cuatro horas.

El muchacho se disculpó y trató de justificar su error en un malentendido con la letra en la dirección. El edificio era el correcto y el piso también, pero una B se había convertido por obra y desgracia de aquel joven en una D.

En otras palabras, debía entregar el pedido al piso de al lado.

Cerró la puerta con indignación, pero en un rápido movimiento continuó haciendo buen uso de la mirilla. Había pasado media noche imaginando historias sobre la pared de al lado. Ahora al menos podría tener la oportunidad de poner rostro a la persona que saliera a recoger y abonar la compra del supermercado.

Se frotó los ojos al menos un par de veces y se dispuso a saciar la primera de las curiosidades sobre lo que sucedía cada anochecer en la sonora vivienda vecina. Aguardó no más de cuatro segundos después del sonido del timbre y una mujer a la que había visto en más de una y dos ocasiones en el portal apareció a recoger la compra. Se trataba de una mujer madura, con gafas, de belleza y complexión estándar y con un rostro amable y agradable. La recordaba de algún fugaz encuentro y una intrascendente conversación y confirmaba sus sospechas de que tan voluminosos ronquidos no podían provenir de ninguna mujer de este mundo, incluida aquella.

El muchacho del supermercado agradeció el contraste con el vecino anterior y tras recoger la firma de la destinataria se aferró a lo que parecía ser un walkie talkie dando alguna sencilla e inesperada orden. Un ascensor más tarde y no menos de quince bultos de compra hicieron acto de presencia. Ese hecho, por sí mismo, no suponía ningún dato añadido con el que su imaginación pudiera descubrir más sobre los habitantes de aquella casa, pero había algo perturbador y desconcertante en el hecho de que los más de quince bultos de compra estuvieran etiquetados como de una única manera.

"Carne".

En apenas unos segundos habían entrado en aquella casa kilos y kilos de carne y nadie parecía haber pestañeado siquiera lo cual ya era de por sí perturbador. Dada la estándar complexión física de aquella mujer o tenía trescientos invitados en casa o tardaría años en consumir semejante volumen cárnico.

Cuando la puerta volvió a cerrarse sucedió algo inesperado y desconcertante.

Eran los ronquidos.

Volvían a sonar, pero esta vez a plena luz del día.

Y habría jurado ante cien tribunales que lo hacían con más fuerza que nunca.

¿Quizá oliendo la carne?

9

La máquina de escribir echaba humo y sin embargo nada de lo que brotaba de ella se asemejaba a algo con cierto sentido. Ahí estaba él, bailando un frenético rock con su imaginación realizando piruetas argumentativas y giros inesperados sobre la razón y la cordura, sobre los ronquidos, la carne, la mujer y las más imposibles teorías. Se sentía como un pintor que mezcla al azar colores, formas y sombras sobre un inocente lienzo en blanco.

Era cada vez más consciente de la ausencia de medicación en su cuerpo y trató de añadir unas gotas de lógica al apetitoso guiso de la situación. Tal vez hubiera en efecto una gran celebración en aquella casa o quizá todo se debiera a alguna oferta espectacular en la carnicería que hizo que aquella mujer, ordenada y previsora, se hiciera con una gran cantidad de comida a bajo precio con la idea de congelarla.

Sin embargo, mientras el rojo fuego de la imaginación brotaba del volcán de su interior, aquellas explicaciones fueron desechadas casi al instante. Nadie compra tanta carne sino es para consumirla en un plazo de tiempo razonable y eso era literalmente imposible para cualquier ser moderadamente humano. La idea de la celebración, teniendo en cuenta el tamaño de aquellos pisos quedaba descartada casi desde el inicio, así como la presencia de un enorme congelador que pudiera preservar aquellas toneladas de animales muertos.

Debía saber más, era un hecho. Un ligero barniz de inquietud comenzaba a bañar la vieja madera de su mente y debía tener alguna certeza o su imaginación comenzaría a rellenar huecos como había hecho en el peligroso pasado. Había caído en la ruleta rusa de aquella mirilla, de aquella entrega y del misterio que rodeaba a los habitantes de la pared de al lado y ahora era totalmente incapaz de salir. Podría engañarse y fingir que nada había pasado, pero se conocía demasiado bien como para saber que todo el universo de sus creaciones pasaría irremediablemente por aquel piso y su contenido y que sólo una verdad razonable podría controlarlo.

Pensó en unas diez maneras diferentes de conocer más, pero al menos ocho incluían alguna infracción de la ley en cualquiera de sus versiones por lo que no eran demasiado aconsejables. Estaba seguro de que todo el mundo achacaría a la falta de pastillas su comportamiento y ya se había encontrado más de una vez al borde del ingreso en un psiquiátrico por lo que no podía permitirse un solo resbalón más en dirección a aquella pronunciada pendiente.

Recordó a su ex mujer. Cuando en los inicios había hecho de su curación algo personal solía recomendarle que en instantes de crisis mantuviera la calma y pensara en ella preguntándose "¿qué haría en mi lugar?". Aquel sabio consejo no parecía demasiado eficaz en una situación como aquella, pero aun así lo consideró durante unos segundos antes de tomar una repentina y nada meditada decisión.

Se miró al espejo y juzgó suficiente su aspecto desaliñado, a medio camino entre lo excéntrico y lo guarro. Colocó un par de rebeldes pelos en su lugar y abrió la puerta de casa, girando un paso a la izquierda y otro al frente.

Su corazón latía con exceso y su respiración podía delatar cierta premura por lo que tomó aire y golpeó con suavidad la madera de la puerta.

La mujer tardó exactamente tres segundos en abrir.

Pensó en su ex mujer y pese a todo sonrió.

—Buenos días, creo que no nos conocemos, pero soy su vecino de al lado —dijo realizando la mejor imitación de Tom Hanks que fue capaz de construir.

—Ah, sí buenos días, ¿cómo está? —contestó con sincera amabilidad la mujer.

—Muy bien gracias. Quería aprovechar…he visto que ha recibido un pedido del supermercado, bueno, de hecho, han llamado por error a mi casa antes de dar con la suya.

—Oh, cuánto lo siento, no pretendía molestar. ¿Le han despertado? —preguntó haciendo evidente su aspecto sin arreglar.

—No, no, no se preocupe por eso. Los escritores no tenemos horario la verdad y sufrimos ese riesgo casi a cualquier hora del día, jejej.

—¿Es usted escritor? ¡Qué interesante!

El entusiasmo de la mujer y sus maneras amables no se correspondían con alguien que estuviera sufriendo ningún tipo de trastorno del sueño por aquellos terribles sonidos. Su mirada era limpia y transparente y sus modos transmitían tranquilidad y mesura.

—Mire, no quiero molestar, pero llevo tiempo preguntándome sobre la compra online. Al vivir solo me da una pereza terrible ir hasta el supermercado y volver cargado hasta arriba de bolsas. Me preguntaba si podía darme algún consejo sobre los pedidos y su opinión sobre qué tal el servicio y demás...no sé si le viene bien ahora o....

—¡Por supuesto! Pase por favor, estaba justo colocando lo que acabo de recibir, pero le invito a un café y le cuento.

Pensó en Bram Stoker, pensó en Noche de Miedo, pensó en Stephen King y en todos los autores que alguna vez habían escrito sobre vampiros. Podía decirse que se sentía así, una especie de monstruo depravado de la curiosidad que había usado una treta para conseguir una invitación a entrar.

Los primeros pasos revelaron todo un universo de diferencias con respecto a su hogar. Pese a encontrarse distribuida de idéntica manera aquella casa parecía la versión Disney de la suya, con infinitos detalles caseros que convertían cada estancia en una oda a la confortabilidad. El color de las paredes era cálido y agradable, el suelo estaba limpio y las estanterías ordenadas con precisión. El salón parecía dotado de todos los elementos para disfrutar de auténtica comodidad a la estancia y la cocina, destino último de sus pasos, olía a guiso a punto de ser preparado, verduras y una ligera capa de limpia cristales.

No había ni rastro de los ronquidos. Habían cesado.

—Perdone el desorden —se disculpó innecesariamente la mujer —estaba en plena limpieza cuando llegó el pedido.

Distraído por los detalles regresó al propósito último de su visita y buscó en la cocina el destino final de sus pesquisas, descubriendo con enorme sorpresa que los bultos de carne se habían reducido apenas a tres cajas.

—Verá, normalmente realizo el pedido por internet, utilizando mi Tablet, ¿ve? —relató la mujer mientras sostenía una Tablet de precio medio en su mano derecha —desde su aplicación puedo elegir cantidades, productos y lo más importante, frecuencia.

—¿Frecuencia?

—Sí, le explico. Si normalmente sé que los yogures me duran seis días puedo fijar en la aplicación que cada seis días sin fallo me llegue una reposición de yogures. Eso evita tener que estar cada vez eligiendo los mismos productos y uno solo tiene que preocuparse de que haya fondos en su "monedero virtual".

Trató de fingir la mayor atención posible pero su cabeza hacía siglos que se encontraba dando vueltas por la estancia. Habían transcurrido apenas un par de minutos desde la llegada del pedido y sin embargo aquellas pesadas y voluminosas cajas de carne habían desaparecido como si jamás hubieran pisado aquella cocina. No se tenía por alguien machista ni que acostumbrara a menospreciar las capacidades físicas de las mujeres, pero costaba mucho entender cómo aquella encantadora señora había sido capaz de mover tantos y tan pesados bultos en apenas ciento veinte segundos.

—Entiendo —dijo regresando a la conversación —¿Y este es su pedido de hoy? ¿Es así como viene preparado? —señaló a las cajas de carne presentes.

—Sí, he pedido unos kilos de filetes y me los han preparado en estos paquetes. Si hubiera pedido más habrían venido igual de bien presentados.

— ¿Si hubiera pedido más? —repitió para sus adentros al instante —¡Había pedido más, mucho más! Le estaba tratando de engañar. ¿Qué significaba aquello?

— Lo importante es que te lo suben a casa y te lo dejan en la cocina por lo que no tienes que preocuparte de cargar peso ni nada por el estilo.

—Para los que vivimos solos es todo un lujo, ¿no? —preguntó con evidente intención.

—Jajaja, bueno, no lo sé, yo ya no vivo sola pero aun así es una comodidad.

—Ah, perdone, ¿tiene hijos?

—No, no, vivo con mi pareja desde hace un par de semanas —contestó con un contenido, pero notable entusiasmo —espere que se la presento.

La información peleaba por introducirse en el esquema narrativo de sus pesquisas. Había traspasado la pared, había conseguido acceder a la cueva del dragón de su desvelo y en las entrañas de la bestia todo parecía sospechoso. La carne, la deliberada ocultación de la carne restante y el hecho de que hiciera tan solo dos semanas que aquella mujer compartiera piso con un hombre eran al mismo tiempo pregunta y respuesta. La cuestión era evidente ¿dónde estaba el resto de la carne y por qué se lo había ocultado aquella amable señora? En cuanto a la respuesta, el hecho de que hiciera poco tiempo que aquel hombre y sus ronquidos vivieran en el edificio justificaba el que nadie se hubiera quejado de los extraordinarios ruidos que su garganta profería por la noche.

La soledad permitió ahondar algo más en la naturaleza de la carne y justo dos segundos antes de que la pareja regresara a la cocina pudo comprobar como el contenido de las cajas revelaba piezas enormes de carne sin cortar ni preparar. Jamás había visto nada igual.

¿Quién en sus cabales pedía la carne así?

—Le presento a mi pareja —sonrió la mujer mientras señalaba al corpulento ser humano que acompañaba sus pasos.

La mera visión de aquel ejemplar de hombre desafiaba toda lógica. Debía medir al menos dos metros diez y era corpulento como un mamut. Su mirada parecía perdida pero dotada al mismo tiempo de un halo de inquisición y sus manos rivalizaban en tamaño con cualquiera de las cosas enormes que podrían encontrarse en el mundo.

Era, con mucha diferencia sobre el resto, la persona más grande que había visto en su vida, pero no era la altura lo que más llamaba la atención de aquel ejemplar de hombre. Era la sensación de terror que lo acompañaba y que era totalmente incapaz de explicar.

—Encantado de conocerle —dijo sin encontrar respuesta en aquel hombre — Espero no causar molestias con mi visita.

—¡En absoluto! —respondió la mujer con efusividad tratando de contrastar el silencio de su pareja —no recibimos muchas visitas. La gente en este edificio es...

—Rara —completó el hombre desde las alturas con una profunda voz cavernosa.

El sonido de aquella garganta atravesó por completo su razón, desarbolando cualquier capacidad de control que su corazón hubiera estado desarrollando en aquella visita. De repente era como si todas las historias que su imaginación había construido durante la noche hubieran cobrado vida en una sola figura. Era un hombre sí, pero ni cien pastillas ni doscientas horas de terapia habrían conseguido que su presencia fuera menos intimidante. Había algo en aquel extraordinario ejemplar que recordaba a Mary Shelley, a su moderno Prometeo, a Boris Karloff. Parecía que Dios había cogido las piezas más grandes de la creación y las había unido en torno a un cerebro primario y tosco dotado únicamente para la intimidación.

Habían pasado apenas un par de minutos y a la mirada fija y constante que aquel ser clavaba sobre él se unía un ligero hilo de baba que empapaba de humedad y simpleza la amenazante figura de aquella montaña.

—Bueno, no pretendo ser descortés —dijo la mujer mirando con preocupación el gesto de su pareja —pero debemos colocar todo este "follón".

—Oh, claro, claro, discúlpenme, ya me iba, le agradezco muchísimo la información y espero que podamos tomarnos un café algún día.

—¡Por supuesto!

Regresó a casa y se tomó el pulso.

Estaba sufriendo una taquicardia y en su mente decenas de historias diferentes tomaban cuerpo y alcanzaban la categoría de verdades universales.

Aquella mujer estaba viviendo con un monstruo.

10

La llegada de la luna lo descubrió escribiendo.

Había logrado volcar todas y cada una de las sensaciones que el día había proferido a gritos sobre su imaginación en unos cuantos folios en blanco y el resultado era una de las más profundas y desgarradas historias de terror que jamás había escrito.

Para alguien acostumbrado a lidiar con todo tipo de figuras retorcidas en su mente el hecho de haber compartido estancia con un terrible ser apenas humano, se asemejaba a la emoción y el terror de un niño cuando descubre que su amigo imaginario está sentado en su silla y que es tan real como él mismo.

Cabía esperarse mayor comprensión de alguien que vive y come del arte de causar pánico y horror a sus semejantes, pero lo cierto es que la sensación de perturbación que gobernaba el barco de su corazón sumía sus latidos en un descontrol peligroso. Siempre había sido así.

Sabía muy bien lo que era capaz de hacer en una situación así. Era muy consciente del peligro que podía desatarse si no controlaba la puerta de la imaginación...pero había algo diferente, radicalmente diferente.

Aquello era real.

No se trataba de un producto de su imaginación sin medicar. Ese hombre existía, esa mujer lo veía igual que él y la carne, el pedido y las piezas sin tratar eran tan reales como el sudor que caía de su frente mientras la máquina de escribir bailaba al son de su gótica melodía.

Quedaban pocos rayos de luna para que los ronquidos regresaran y sabía perfectamente que cuando comenzaran terminaría atrapado en ellos y sería incapaz de escribir, desbordado por la tormenta de sensaciones retorcidas que lo aguardaban, por lo que aceleró la marcha y golpeó letras y letras con desesperación. Las compuertas del embalse de las ideas se habían abierto de par en par y la sensación de estar volando inundaba su cuerpo de vida y pasión. Había nacido para ello, poco importaba lo que dijeran los médicos o su ex, era ESO para lo que había venido a este mundo y nada sabía mejor, nada sentaba mejor a su corazón que aquello.

Se sentía como un equilibrista lleno de adrenalina mientras sus pies tratan de mantenerse a cientos de metros de altura del suelo. Un resbalón, un mal giro y el abismo aguardaba. Un grado de más en su imaginación, un mal paso y todo habría acabado. Ahora estaba solo, ahora no tenía a su mujer para cuidar y relativizar sus paranoias. Si no media bien los tiempos la oscuridad lo envolvería para siempre.

Fue en plena orgía de puntos y comas cuando el grito lo devolvió a la realidad.

Provenía del pasillo.

Era de una mujer.

Abrió su puerta e identificó el origen del desgarrador lamento unos pisos más abajo. Descendió con rapidez y en la primera planta encontró la explicación.

Se trataba de aquel estúpido gato de la anciana extranjera.

Había sido destrozado y no hacía falta ser un forense veterinario para identificar las causas de la muerte.

—¡Me lo han matado, me lo han matado! —gritaba desarmada la anciana.

Algo lo había devorado en vida.

Podían distinguirse con claridad la forma de los dientes sobre su lomo, unos gigantescos colmillos afilados...

Sintió una presencia a su espalda.

Se trataba de su vecina, la "compañera" de aquella bestia.

Su mirada de horror contemplando la escena era aterradora. Sus ojos parecían perdidos y su boca se torcía conteniendo un llanto que no tardaría en llegar. Solo al sentir que él la estaba mirando regresó al piso que compartía con aquel monstruo sin decir una sola palabra.

La tormenta se desató en su mente sin solución.

Y esta vez era real.

11

Volvió a su piso y guardó silencio apoyado en la pared que separaba su realidad de la guarida de la bestia, decidiendo qué podía hacer. Su corazón latía sin freno mientras en su cabeza las ideas se agolpaban desordenadas. Se sentía como aquel adicto al que entregan por error un cargamento infinito de su sustancia favorita. Era como si el día de Navidad Papa Noel hubiera dejado su saco cargado de todos los regalos del planeta bajo su árbol o como si todas las loterías del mundo hubieran tocado en un cupón que ni siquiera había comprado.

Pensó en las pastillas y trató de poner en relación lo que estaba sucediendo con respecto a la falta de ingesta de medicamentos. Tenía que hacerlo, DEBÍA hacerlo. No estaba muy lejos de quedar sometido al baile peligroso de sensaciones que la orquesta de su mente sabía dirigir sin control. Sin embargo, había elementos ciertos que ni siquiera su imaginación podía haber invitado al baile. Los repasó una vez. Al pedido de la carne, a la figura de aquel hombre y los ronquidos se unía ahora el destrozo de aquel gato, tan real como perturbador. A diferencia de las otras veces esta no era él el único que podía ver ese tipo de cosas, esta vez cualquier en su situación habría sentido lo mismo porque era real, completamente real...

...lo cual era una novedad.

¿Qué debía hacer ahora? ¿Qué se hace cuando una pesadilla se hace realidad?

Debía tranquilizarse.

Eso era lo primero.

Había pasado las últimas horas encerrado en un universo de monstruos y sangre y cualquier paso a dar debía ser medido y calculado. Había una sutil diferencia entre tener razón y estar muerto y conocía perfectamente lo que podía ocurrir si dejaba que la cordura se esfumara para siempre de su lado.

Pensó en la mujer que habitaba con la bestia y trató de aplicar cientos de filtros de lógica sobre su figura. Si daba por hecho que todo cuanto parecía ser en realidad ERA, ¿Qué papel jugaba aquella señora? ¿Cómo podía compartir vida con alguien para el que había que comprar toneladas de carne y soportar que devorara inocentes animales en el edificio?

No sonaba demasiado razonable y por un instante y por primera vez en los últimos soles y lunas buscó una explicación alternativa que justificara todo aquello.

Quizá porque de no encontrarla podría perder la cordura para siempre. Si los monstruos existían después de todo, ¿cómo volvería a encontrar paz?

Empezó por el gato.

Desde su punto de vista no cabía la menor duda de que había sido destrozado por una bestia nacida de algún rincón oscuro del más tétrico de los infiernos, pero podía existir una explicación diferente. Había marcas de dientes, sí, y había una total falta de cordura en la manera en que había sido mordisqueado hasta su muerte, pero ¿acaso no podía responder semejante comportamiento e indicios al ataque desenfrenado de un perro rabioso? Vivía en plena ciudad, por el amor de Dios, ¿no podían encontrarse cientos de perros abandonados a su alrededor?

Sobre el asunto de la carne era más difícil encontrar una justificación razonable, pero a juzgar por el tamaño de aquel hombre no se hacía exagerado afirmar que debía ingerir una cantidad enorme de alimentos. No parecía el hombre más despierto del mundo ni desde luego el más sibarita a la hora de comer por lo que quizá su tosca apariencia reflejaba exactamente lo que era, un primitivo ser humano que prefería la carne en piezas grandes que coger con sus no menos enormes manos. Eso lo convertiría en un desgraciado ser simple pero no en una bestia.

Por último, sobre la propia naturaleza de aquel hombre había dejado que sus prejuicios y su imaginación de escritor aplicara diversos filtros góticos sobre su existencia. Había visto hombres altos en su vida y conocía al menos cien casos en el mundo del deporte dónde podían encontrarse ejemplares semejantes tanto en corpulencia como en profundidad intelectual. ¿Y si aquel hombre había sido un deportista, un luchador o un jugador de baloncesto? Eso explicaría muchas cosas desde el enorme tamaño de sus manos hasta el origen de unos ronquidos que en una caja de resonancia tres veces mayor a la de un humano de tamaño medio causaban un efecto multiplicador.

¿Así de sencillo era todo?

Así de sencillo habría desmontado una mente objetiva todo lo sucedido.

En apenas un minuto había demolido toda la construcción del castillo con monstruo incluido y su corazón latía con ritmo pausado mientras el agotamiento comenzaba a llamar con dulzura a su puerta.

¿Tan fácil era?

Tal vez debía serlo porque no había otra explicación. Los monstruos nunca habían existido.

Era la primera vez en años que había superado una crisis de imaginación.

Su cuerpo perdió toda su energía y su mente se desconectó casi de inmediato.

Se dejó caer en la cama y cerró los ojos al tiempo en que los ronquidos comenzaron a reinar sobre la noche.

Pensó en una vida por primera vez sin monstruos ni bestias.

Pensó en un negro futuro como escritor.

Durmió.

O eso creyó hacer…

12

El sonido del rellano en plena madrugada hizo explotar todo por los aires, recordándole que tal vez hubiera un amanecer bello y tranquilo esperando en alguna parte del mundo…

…pero no para él.

Acudió a la mirilla.

La presencia de aquel hombre con un gigantesco saco sobre sus hombros en plena noche despertó todos y cada uno de los resortes de su fábrica de terrores y el alma de escritor que lo había atormentado desde niño se encogió hasta entender que no había otra salida que rendirse a la evidencia, fuera esta la que fuera.

Aquello no había acabado.

Debía saber si lo haría alguna vez.

Decidió seguir sus pasos a una distancia prudencial. Contaba con la enorme ventaja de que el ascensor que conectaba las plantas entre sí tardaba un exagerado tiempo en recorrerlas por lo que un ligero paso por las escaleras le otorgó la ventaja necesaria para salir del edificio y esperar agazapado el destino de los pasos de aquel ser.

Su figura en plena madrugada parecía mostrarse aún más retorcida y amenazante y hasta el chirriante sonido de su respiración se imponía al resto de silencios de la luna perturbando la paz de los espíritus de la noche. Desde dónde se encontraba no habría jurado estar en posesión única de verdad alguna, pero parecía poder distinguirse con relativa nitidez un tono rojizo en torno a la comisura de los labios, un rojo color…sangre.

Nunca había sido un gran matemático y pese a su innegable capacidad de imaginar era totalmente negado en lo referente al pensamiento abstracto. No podría asegurar cuánto pesaba el enorme saco que portaba sobre sus hombros, pero a juzgar por la lentitud de cada uno de los pasos hacia el oscuro callejón, estaba seguro de que no se trataba de una pieza ligera.

El destino de la tétrica figura se mostró evidente en seguida: Los cubos de la basura. Aquellos gigantes contenedores cuadrados que las autoridades locales habían considerado necesarios situar para albergar los restos de la opulenta vida de los habitantes de la ciudad. Era más que claro que aquel ser pretendía deshacerse de algún tipo de deshecho, la pregunta más que pertinente era de qué se trataba y por fortuna era algo que él no tardaría en descubrir.

Tomó aire y guardó silencio mientras su mente trataba de discernir realidad de ficción. ¿Podría tratarse aquel instante de un producto de su fértil imaginación sin medicar? No había testigos, a diferencia de la llegada del pedido de carne y del macabro suceso del gato no había nadie que pudiera corroborar que frente a él se encontraba sin ninguna duda aquel hombre con aquel saco. ¿Y si el relax con el que había creído controlar su estado se había tornado todo lo contrario? ¿Y si del mismo modo que una vez destrozó un armario asegurando que era una puerta a otra dimensión su mente estaba gobernando una más que deplorable existencia?

Pensó en su ex. Quizá debería llamarla después de todo y poner el contador de días sin perder la dignidad, a cero de nuevo.

El frío sonido del contenedor abriéndose lo hizo regresar a aquella posible o imposible escena.

El hombre relajó sus músculos y los tensó de manera admirable para elevar el pesado contenido del saco por encima de su propia cabeza dejando caer el contenido en el interior. Apenas un segundo, quizá dos, fueron suficientes para poner fin a aquel truculento viaje y a un paso mucho más ligero y decidido, el ser emprendió el regreso al portal, dejándolo a solas con el interior del contenedor.

Abandonó su escondite y miró a izquierda y derecha. Seguía sin haber un solo testigo que justificara nada de lo sucedido y estaba convencido de que encontrara lo que encontrara en el interior de aquel inmenso cajón de mierda nadie lo creería jamás. Quizá ni él mismo llegara a hacerlo después de todo.

Temblaba. No había sido consciente de ello hasta que su mano trató de sujetar la tapa del contenedor, quedando frente a sus ojos. Estaba aterrado y no ayudaba el hecho de que una poderosa duda asaltara su maltrecha mente.

¿Y si el ser regresaba?

Debía darse prisa y con celeridad utilizó la linterna de su móvil para bañar en luz el contenido de su desvelo para descubrir algo que cambiaría su vida para siempre. Fue consciente de ello desde el preciso instante en que una orgía desmembrada de brazos, piernas y vísceras humanas se mostró en su plenitud mezclada con restos de comida, envases y retorcidos trozos de cartón.

Jamás había estado en un banquete caníbal pero lo que sus ojos estaban viendo era lo más parecido que su mente de escritor podría describir. No se diferenciaba demasiado de cualquier comida como las cientos de miles que se producían en aquella ciudad cada día. Había huesos, había restos a medio degustar de diferentes piezas de carne y deshechos de partes no comestibles repartidos por todo el lugar. Si se hubiera tratado de pollo o cerdo nada de lo que allí visto habría llamado la atención a nadie...

Pero eran humanos. Eran restos humanos de un banquete que aquel monstruo había degustado sin ningún tipo de miramiento. Había ojos, había sangre, había vísceras y miembros por todas partes.

El pánico se mezcló con una súbita sensación de mareo. Lo estaba viendo con sus propios ojos y aunque eso no solía garantizar nada hasta él habría juzgado excesivo llegar a imaginar algo así. Maldijo la decisión de haber abandonado las pastillas y volvió a hacerlo una vez más mientras juraba regresar a ellas al alba. Pero antes debía llamar a las autoridades, debía hacerlo y dar parte del terrible monstruo que habitaba la pared de al lado.

Marcó el primero de los números y buscó el segundo cuando comprendió que no podía hacerlo.

¿Y si todo era producto de su imaginación?

Podría hacer una denuncia anónima, claro estaba, pero eso no aseguraba en ningún caso que la presencia de aquel indeseable ser retorcido corriera peligro por lo que solo podría hacerlo enfurecer y eso era lo último que deseaba en aquel instante.

Sacó fotos con el móvil, lo hizo de todos y cada uno de los restos humanos que encontró en el interior del contenedor y regresó a su piso. Si podía mandárselo a alguien y ese alguien podía verlo también su cordura estaría a salvo.

Dudó por un instante, pero terminó dando a enviar.

Un minuto acompañó el mensaje de una llamada.

Su voz lo desarmó casi por completo.

—Te dije que no me llamaras.

—Escúchame —dijo tratando de aparentar la mayor tranquilidad posible —necesito que mires las fotos que te he mandado y me digas sin puedes ver lo mismo que yo.

—Oh, Dios mío, has vuelto a dejar las pastillas, ¿verdad?

—Sí, pero no, no se trata de eso, verás…

—¡Te dije que no me llamaras! ¿No me has hecho ya suficiente daño?

—Escucha cariño, de verdad…

—No me llames "cariño", no te atrevas a llamarme "cariño" en tu puta vida desgraciado enfermo.

Tenía razón. No había podido esperar otra reacción a aquella, pero había cosas más importantes en juego que él o ella.

Un puto monstruo andaba suelto por la ciudad.

—Mira las fotos por favor, sólo mira las fotos y te dejaré en paz para siempre, te lo juro.

—¿Lo juras? ¿Crees que tu palabra supone algo para mí?

Guardó silencio durante un par de segundos y dijo con la voz más grave y serena que fue capaz de encontrar en su interior.

—Dime si ves restos humanos en las fotografías que te he mandado.

El tiempo se detuvo y el silencio se hizo con los mandos de todo el ruido de la noche. A su izquierda, tras una pared, un gigantesco monstruo devora hombres yacía junto a una mujer y al otro lado del teléfono la última bala de cordura que guardaba en el revólver de su existencia estaba a punto de dispararse.

Sabía que de aquella respuesta dependía el resto de su vida.

Si su ex mujer veía lo mismo que él habría esperanza para una vida sin pastillas ni medicamentos que lastraran su soñar.

En caso contrario...estaría sin duda gravemente enfermo.

—Deberías ir a que te vea un médico y deberías ingresar en un jodido psiquiátrico. Como vuelvas a llamarme te juro que llamaré tan rápido a la policía que no vas a tener tiempo ni de escribir una coma, enfermo de mierda.

—No... ¿no ves nada en las fotografías? —preguntó desarmado.

—¡Estas enfermo! ¿Me oyes? ¡Jodidamente enfermo!

Ella colgó.

Abatido dejó caer el móvil contra el suelo.

Una hora después una dosis doble de pastillas descendía por su garganta acompañada de una botella entera de Whisky.

13

Había transcurrido más de dos meses de la última noche en libertad y la realidad había recuperado su viejo traje gris, transformando las sombras de lo que pudo ser en la luz indudable de lo que sí era.

Los extraordinarios pedidos de carne se habían convertido en cotidianas entregas de todo tipo de productos típicos de cualquier supermercado. Los ronquidos se habían matizado y contextualizado hasta límites humanos y aunque no había vuelto a ver a aquel extraordinario ejemplar, estaba convencido de que ni su voz ni su aspecto se asemejarían al que todavía entonces podía encontrar en algún rincón perdido de su memoria.

Los correos de felicitación de la editorial habían dejado de llegar y las decenas de relatos que había dado forma durante los días sin medicación se habían perdido en alguna vieja carpeta sin ser tan siquiera leídos. Le aterraba la idea de encontrarse cientos de páginas en blanco.

Sus viejas fobias habían regresado con furia, devolviéndole a una realidad de confinamiento en casa dominado por una agorafobia tan letal como incontrolable. Las consultas con su viejo doctor no estaban dando demasiados frutos y aunque las pastillas mantenían a raya su descontrol imaginativo eran incapaces de mitigar el dolor y sufrimiento que lo atormentaba, algo que el alcohol bañaba en adicción día a día.

Había vuelto a escribir, sí, los relatos sin sustancia pagaban las facturas, pero no había ni gota de pasión en una labor que salvo darlo de comer servía para muy poco ya en su vida.

La montaña rusa de su existencia estaba en ese instante cerrada y todo transcurría con una planicie de tal calibre que los días y las noches apenas se diferenciaban en un par de rayos de sol o luna, no habiendo aliciente ni horizonte al que aferrarse.

Estaba enfermo y no sólo por lo que los doctores o la realidad gritara una y otra vez. No se trataba solo de eso. Lo que más lo atormentaba era el hecho de que prefiriera una vida de monstruos y horrores antes que una tranquila y en paz en sociedad.

Habían sido pocos días, pero la emoción y la pasión con la que las cosas habían sucedido, incluso las más truculentas, lo habían hecho sentir vivo, lleno de esperanza y de futuro. Volvería a aterrar a la gente, volvería a hacerlas sentir libres de la razón y la cordura, libres de lo políticamente correcto en un mundo donde la gente era desmembrada por terribles monstruos y aterradoras sombras en la oscuridad...

Ahora todo aquello no era más que una dulce sombra de tan terrible recuerdo que la sensación de echar en falta algo que era capaz de destruirle solo hacía sino empeorar.

¿Qué clase de hombre necesita del horror para ser feliz?

Todo se limitaba en ese momento a amanecer, escribir, anochecer y dormir.

No veía a nadie, no hablaba con nadie y salvo el contacto mínimo imprescindible para hacerle llegar el pedido del supermercado no existía ninguna persona en el planeta que tuviera el dudoso honor de poder decir que mantenía un contacto regular con él.

Todo era tal y como debía ser.

Nada era lo que deseaba que fuera.

El timbre lo despertó de sus pensamientos mientras agradecía al maravilloso mundo de internet la posibilidad de alimentarse sin abandonar su casa.

—¡Buenos días! —saludó con efusividad el empleado del supermercado —aquí le traigo su pedido caballero.

—Pase por favor, al fondo tiene la cocina.

—¿Tiene el cupón digital? —preguntó el transportista mientras dejaba los bultos del pedido en el suelo de la cocina.

—Sí, voy a buscar el móvil, deme un segundo.

—¡Por supuesto señor!

Caminó con parsimonia al salón dónde yacía sin apenas uso su odiado Smartphone. No había mensajes que enviar ni personas esperando recibirlos y su uso se limitaba a la utilización de la aplicación de compra online con la que se alimentaba con cierta regularidad.

Regresó a la cocina para descubrir que el empleado del supermercado repasaba una a una las etiquetas de las cajas.

—¿Hay algún problema?

—Oh, lo siento señor —contestó apurado el joven —creo que hemos cometido un error. ¿Es esta la letra B?

—No, coño —contestó recordando la antigua equivocación que había dado lugar a todo —esta es la D, joder y me habíais dicho que mi pedido llegaría esta misma mañana, no toda esta mierda.

—Lo siento mucho señor, de verdad, no sabe cuánto lo lamento. En un segundo nos llevamos los bultos de aquí y traemos el pedido correcto, se lo aseguro. Si es tan amable de enseñarme el cupón doy el aviso a la central y...

—Vale, vale. —interrumpió cansado al muchacho mientras abría la galería de fotos de su Smartphone en busca del descargado cupón digital.

—¡Joder! —exclamó el joven incapaz de reprimirse al ver el contenido de la segunda foto en la pantalla del móvil —¿Son...son reales?

—¿De qué cojones hablas?

—Las fotos, ¿son de verdad?

En ese preciso instante, mientras la realidad transcurría por los lentos y pausados carriles de la intranscendencia, dejó caer sus ojos sobre la pantalla del móvil para descubrir con horror que había parado la galería de fotos en aquellas de la noche de infausto recuerdo para su cordura.

Podía verlos. Eran restos humanos tal y como los había creído ver aquella madrugada.

—¿Pu…puedes verlos? —preguntó al muchacho incapaz de evitar un fuerte temblor en su mano izquierda.

—Veo una foto muy gore, señor…—contestó con cierta emoción un joven al que internet debía haber curado de todo tipo de espantos visuales.

En ese instante, mientras su mirada se perdía hacia el mismo infinito por el que transitaba su perdido pensamiento, una palabra se mostró rutilante y absurda terminando de desgarrar la mañana en dos.

Carne.

El pedido que yacía en el suelo y que tenía como destinatario la pared de al lado contenía cajas y cajas de carne. Como aquella vez. Como entonces.

—¿Pone "carne" en esas cajas? —preguntó al joven.

—Así es señor. Son los pedidos habituales de su vecina. Es nuestra mejor cliente en lo que se refiere a cárnicos. Hace un par de meses que no veníamos, pero al parecer ha reanudado las fiestas de la carne jejej.

Era imposible. Despidió al muchacho tratando de aparentar normalidad y cayó preso de la más absoluta y oscura de las confusiones. Estaba tomando las pastillas, de eso estaba seguro.

Había muchas cosas que no podía recordar con claridad de aquellos días sin medicación, pero no había podido olvidar las palabras de su ex mujer tras mirar las fotos que él había hecho llegar a su teléfono.

"Deberías ir a que te vea un médico y deberías ingresar en un jodido psiquiátrico"

Había tenido tanto miedo a estar inventándose cada uno de los sucesos que habían ocurrido aquellos días que cuando su ex mujer reaccionó de semejante manera había dado por hecho que no había podido ver nada en las fotos, pero...

¿Y si había visto lo mismo que aquel joven del supermercado? ¿Y si, simplemente, había pensado que se trataba de alguna excusa o estratagema suya para hablar con ella?

Toda su realidad se había desmoronado como un castillo de naipes por su reacción. Solo por su reacción. Todo había dejado de existir en el preciso instante en que las fotos habían dejado de hacerlo, pero ¿y si se había precipitado?

Buscó nervioso y sin demasiado orden en las viejas carpetas buscando los relatos que entonces creyó escribir para descubrir que en efecto había cientos de miles de palabras tecleadas y escritas sobre folio en blanco.

Y estaba la carne. Él no se había inventado los pedidos, simplemente no se habían producido más coincidiendo en el tiempo con su vuelta a la medicación.

Era real.

Había sido real todo este tiempo.

Un estruendoso grito lo expulsó de sus pensamientos.

Provenía de la pared de al lado.

Se trataba del muchacho.

Cogió el más afilado de sus cuchillos y sin pensarlo salió al rellano.

Era real.

Era jodidamente real.

La puerta estaba abierta y el retorcido ser sujetaba sin apenas esfuerzo el cuerpo del joven repartidor mientras gruñía.

Iba a devorarlo, sin lugar a dudas. Su baba caía a litros por su boca mientras sus ojos, perdidos en alguna montaña de la locura, bailaban en círculos sin rumbo fijo.

—¡Socorro! ¡Socorro! ¡Qué alguien llame a la policía! —gritó mientras apuntaba con el cuchillo al monstruo.

Su cuerpo temblaba desde rincones que jamás habían temblado y en su mente la terrible y retorcida realidad desafiaba al contenido de la mediación y al alcohol por sus venas.

Lo imposible era REAL.

Aquel monstruo estrujaba con fuerza al joven mientras él sostenía un cuchillo haciéndole frente.

ESTABA PASANDO.

—¡Qué alguien nos ayude! —volvió a gritar antes de escuchar el sonido del ascensor detenerse en su piso.

Su vecina, la compañera del monstruo descendió de él y dejó caer las bolsas de la compra al comprobar la escena.

—¡Noooo! —gritó mientras se acercaba a dónde él tenía el cuchillo. —¡no le hagáis daño!

Ella cuidaba de él, no había la menor duda al respecto al ver la sentida preocupación con la que miraba al monstruo. Ella lo alimentaba y de alguna tétrica manera se aseguraba de que no hiciera daño a nadie. Debía salvarla. El joven repartidor estaba condenado, pero para ella todavía había tiempo. La cogió con fuerza de sus brazos y la llevó al interior de su vivienda mientras ella apenas era capaz de gritar desesperada pidiendo que la dejara ir.

—¡Déjeme ir!

—Aquí estaremos a salvo hasta que venga la policía —dijo mientras marcaba desde su móvil el número de emergencias. —tiene que quedarse aquí, está en peligro.

—¡Tengo que volver con él, no lo entiende, tengo que ir con él!

—¡Es un jodido monstruo! —gritó mientras al otro lado del teléfono una operadora contestaba con voz robótica —¿Hola? tienen que venir a….

En ese instante la mujer situada a su espalda cayó al suelo entre violentos espasmos epilépticos.

—¡Necesitamos una ambulancia, dense prisa por favor! —suplicó mientras tiraba el móvil al suelo y se agachaba a cuidar de la mujer —¡Joder!

La puerta comenzó a tronar. Sin duda él estaría tratando de abrirla, tratando de salvar a su cuidadora, una suerte de King Kong subido a lo más alto del absurdo de su existencia. No tardaría en derribarla como el lobo feroz devorando sin piedad a cientos de cerdos.

Sin tiempo para pensar, con sus ojos divididos entre una puerta a punto de partirse en dos y la mujer retorciéndose de dolor en el suelo, recordó las cientos de veces que su imaginación había jugado a aterrorizar al mundo.

Aquello debía ser la forma en la que el karma se vengaba de todas las pesadillas y horrores que sus letras habían causado.

El terror invadía su cuerpo mientras comprendía que la ayuda jamás llegaría a tiempo y que en unos segundos la puerta cedería y aquel simple cuchillo no detendría al terrible ser que lo atacaría.

Moriría entre terribles dolores mientras la ironía de una vida inventada se hacía tan real como la sangre con la que bañaría sus paredes aquella bestia.

—Abra señor, ¡abra! —suplicó de repente una voz conocida al otro lado de la puerta.

Se trataba el muchacho del supermercado.

—¡Por favor se lo ruego, abra la puerta, tiene que salir de ahí!

No entendía nada. ¿Cómo diablos aquel muchacho había conseguido evitar a la bestia? ¿Por qué perdía el tiempo en tratar de advertirle en lugar de salir corriendo?

La respuesta tomó forma diabólica y a su espalda un sonido familiar brotó desde la más profunda de las cavernas del infierno...

No, no eran ronquidos.

Jamás lo habían sido.

Era el constante gruñido de una respiración deforme.

La bestia lo miraba con deleite mientras los diminutos restos de la ropa de la mujer se encontraban esparcidos por toda la estancia.

—¡Dios mío abra por favor! —suplicó entre llantos el repartidor.

Se había equivocado.

Todo este tiempo se había equivocado.

Aquel hombre deforme no era más que un peón, un fiel sirviente, un guardián...

Era ella.

Siempre había sido ella...

La bestia era ella.

—¡Tiene que salir de ahí, tiene que huir! —fue lo último que escuchó decir al joven antes de que las zarpas de la bestia rajaran su garganta en dos, postrándole en el suelo sin opción a emitir palabra alguna.

Incapaz de gritar, incapaz de hablar, miró a los ojos al monstruo y se vio reflejado en ellos.

Había pasado la vida tratando de huir del horror más aberrante jamás sentido, de las puertas de una imaginación abierta de par en par liberando toda clase de monstruos y demonios...

Había pasado su existencia de pastilla en pastilla, de doctor en doctor tratando de escapar de la oscuridad...

Finalmente, lo había alcanzado.

Pensó en su ex.

La bestia arrancó su cabeza antes de que pudiera dejar de hacerlo.

Cero Negativo

—Su sonrisa de "todo va a ir bien" —pensó mientras mentía a aquel hombre cuyos títulos en la pared nombraban algo así como "caballero de los loqueros cuadriculados".

La terapia cumplía en unos días su séptimo mes y más allá de un buen sofá sobre el que verter sus lágrimas no había encontrado consuelo o ayuda a su destrozado estado emocional. Durante los primeros días tras el entierro se había esforzado por recomponer los pedazos de vida que la muerte de su marido había desperdigado por cada rincón de la ciudad, pero no tardó en comprender que no podía arreglarse lo que ya no existía.

No podía seguir con su vida simplemente porque esta había dejado de serlo.

Su familia y amigos insistían en que era joven, que sus apenas treinta años aseguraban un futuro lindo y feliz y que pronto encontraría algo a lo que aferrarse para continuar amando la vida, para continuar escribiendo para todos los miles de lectores que aguardaban sus historias ¿Qué sabían ellos? Había escuchado todo tipo de consejos de todo tipo de personas y era absolutamente incapaz de reconocer en ellos ningún tipo de autoridad moral. ¿Escuchar consejos de amor de alguien dos veces divorciado? ¿Aguantar opiniones sobre la pérdida y la recuperación de alguien que jamás ha perdido ni siquiera a una mascota? No gracias, no de vosotros.

Debía reconocer que en cierto modo su carácter se había agriado y oscurecido y quedaba poco de la joven alocada para la que todo se reducía a escribir y disfrutar cada segundo del día junto a su marido. No podía decirse de ninguna manera que la suya hubiera sido una vida de juerga y desenfreno, pero había sido divertida y mágica a partes iguales. Nadie entendía como podían quererse tanto después de toda una existencia de noviazgo.

—¿Cuál es vuestro truco? —solían escuchar.

No había truco. La magia era auténtica.

Ahora, mientras el eco de las palabras de su loquero resonaba en el hueco espacio de su atención, todo se había hecho pequeño, diminuto, sin importancia. Poco atractivo tenía la música, el cine, la pintura y cualquiera de las aficiones que solían formar parte de su vida. Era totalmente incapaz de escribir una sola palabra que no contagiara oscuridad y tristeza lo cual era de todo menos apropiado para su carrera.

No importaba.

Había pensado en poner fin a todo, pero hasta en eso carecía de fuerza de voluntad.

Su "planazo" era dejar la vida pasar y respirar hasta que no tuviera que hacerlo más.

—Muy bien, nos vemos la semana que viene. Siga mis recomendaciones por favor, creo que estamos en un momento de la terapia muy importante —concluyó el psicólogo mientras sus palabras se perdían desperdiciadas por el suelo.

Otro día más, otra consulta más.

Otra NADA más.

2

—Un día vas a llegar demasiado pronto a tu propia vida —solía decir su marido mientras la veía caminar a diez mil revoluciones por segundo.

—Sabes que no puedo andar despacio.

—¡Lo sé cariño! Supongo que por eso me costó tanto alcanzarte.

—Fui yo quién te alcanzó a ti.

—Me hacía el interesante...ya me conoces.

Conversaciones como aquella se repetían a diario en su cabeza por cada rincón de la ciudad. Era totalmente incapaz de hacer nada sin pensar y los recuerdos pesaban como enormes losas de mármol sobre su cuerpo, aplastándola contra el suelo y reduciendo su existencia a un montón desordenado de lágrimas.

Lo había probado todo y al mismo tiempo no había probado nada tal vez porque deseaba al mismo tiempo olvidar y recordar. Cada sonrisa inesperada que había surgido de sus labios en los últimos meses se había convertido a partes iguales en un dardo afilado en el centro de su pecho y una soga anudada al cuello. Quería reír y odiaba hacerlo, bañada en toneladas de culpabilidad que estaban simplificando su personalidad hasta convertirla en una marioneta de la memoria.

Sus amigos y su familia la miraban "de esa forma" y así había sido desde el entierro. Había pasado de ser ELLA a ser la versión "pobre y desamparada" algo que lejos de reconfortarle la angustiaba. Toda su vida había desparecido y no se reconocía en ninguno de los actos que la daban forma tal vez porque era incapaz de identificarse con la mujer que los ojos de los demás veían al mirarla.

Aquella mañana el sol brillaba gris, desganado, sin demasiado interés en ejercer su papel en el cielo. No le culpó y agradeció el tono neutro de un despertar que debía llevarla al centro de la ciudad para seguir tramitando papeles relacionados con su marido. Los últimos días la habían hecho pensar mucho en la "gran mentira" de la vida, esa que afirma a los niños que fue el amor de papá y mamá quién los trajo al mundo cuando en realidad fue una sucesión gris y desangelada de seres humanos pegados a una silla y con infinitos sellos legales. Papá y mamá habían traído al mundo a un trozo de carne que sin unos cuantos papeles no era nada, sin nombre, sin fecha de nacimiento, sin derechos…

La muerte era aún peor. Al absurdo certificado de que alguien había dejado de ser alguien se unía la necesidad de confirmar que su familia había sido su familia y que su mujer había sido su mujer hasta convertirse en su viuda. Papeles, papeles y más papeles que sólo hacían prolongar el dolor y convertir en un negocio más la pérdida de un ser amado.

Ordenó detener el taxi a relativa distancia de su destino. Deseaba escapar del olor a rancio de aquel vehículo y de la ausencia de oxígeno, algo que había empezado a descubrir en lugares dónde nunca creyó encontrarse falta de aire. Había vendido su coche y sustituido su rutina de atasco y polución por un enfermizo transporte público en el que perder la noción de sí misma embutida en un volumen desaforado de música. Desdibujada en el asiento de un autobús podía apagar su cerebro y dejarse dominar por las notas más o menos acertadas que invadían sus oídos con fiereza, prescindiendo así de la mínima consciencia necesaria para manejar un coche de un lado a otro de la urbe.

La ciudad recibió sus primeros dos pasos fuera del vehículo con indiferencia. Los extras que formaban parte de la cutre y mediocre obra de teatro de la vida caminaban de un lado a otro sin ningún rumbo, dotando a la ciudad de un color que en realidad no tenía. Sus miradas somnolientas se cruzaban sin ningún interés ni valor ocultando cientos de historias oscuras que una vez creyó llenas de pequeñas dosis de magia. Solía jugar con su marido a imaginar lo bonito que se encerraba más allá de lo evidente, suponiendo grandes historias escondidas en personas normales y corrientes...

...ahora tenía su ejemplo, neutra por fuera, podrida por dentro. "Lo bonito" era una quimera imposible y retorcida que sólo existía en dosis diminutas y efímeras. Nada más.

Miró con desdén la carpeta azul en su brazo derecho. TODO lo que había sido su marido cabía en aquellos estúpidos papeles. Partida de nacimiento, certificado de defunción, libro de familia, pasaporte, carné de identidad, seguros de vida, cuentas bancarias...una vida y una muerte reducida a un montón de folios manchados de burocracia.

Odiaba sentirse así. Odiaba SER así. Su marido estaría avergonzado de ella a límites intolerables y eso no hacía sino aumentar la desgana con la que respiraba cada amanecer. Había sido tan feliz, tan dichosa, ¡habían brillado tanto juntos! Era incapaz de reconocerse entre aquellas cuatro paredes de dolor en las que permanecía encerrada. Lo había intentado, había intentado llenar de color sus días y de luz las noches, pero la pena y la ausencia eran demasiado gigantes como para no dominar su existencia. Mastodónticos molinos de viento contra los que no se podía luchar.

—Estas muy fea cuando estas gris —solía decir su marido cuando la descubría perdida en la rutina.

—Tengo mucho trabajo. Las historias no salen y tengo que entregar varios manuscritos en pocos días, ¿cómo quieres que esté?

—Preocupada pero confiada. tensa pero brillante. Todo saldrá bien. Siempre saldrá bien.

Pero no había salido bien. Estaba sola en un mundo que había dejado de brillar, sumida en una oscuridad que amenazaba cada día más con terminar con ella.

Él estaría decepcionado, muy decepcionado.

Comenzó a llorar.

3

Y comenzó a llover. Un hecho que fue totalmente irrelevante.

La gente corría de un lado a otro como si en lugar de lluvia aquellas gotas estuvieran formadas por algún tipo de ácido aterrador capaz de reducir la piel a huesos y los huesos a ceniza.

—¡Es agua, por el amor de Dios! —gritó mientras la ciudad ignoraba por completo su voz.

Los trámites habían ido bien. Otro hecho absurdo y si importancia.

La humedad había cubierto a la ciudad por completo. El irregular sonido de las gotas golpeando la vida de los hombres conformaba una música desangelada y deforme a juego con su ya vacía carpeta azul y con la desganada búsqueda de un taxi. Daba igual. Todo daba tan igual como igual podía dar todo. Hasta los truenos que empezaron a desgarrar el cielo parecían empeñados en unirse al coro de la irrelevancia en el que se encontraba sumida su existencia.

Buscó con la mirada un taxi sabiendo que a esas alturas hubiera sido más sencillo encontrar una estampida de unicornios. Poco importaba. Podría tirarse allí plantada bajo la lluvia cien diluvios y dejar pasar tres arcas de tres "Noes" antes de decidir dar un nuevo paso sin paraguas.

Pero entonces lo vio y de nuevo todos y cada uno de los resortes de su memoria se activaron dando paso a un nuevo capítulo en aquel día.

Era un autobús, era "EL AUTOBÚS" blanco. Lo conocía perfectamente.

La unidad móvil de donación de sangre.

—Dios, hacía tanto que no lo veía...—pensó mientras apartaba el empapado pelo de su rostro.

Desde la muerte de su marido la vida parecía haber escondido en sus rincones una serie de pistas y objetos que al encontrarlos despertaban los más insoportables recuerdos preciosos de su pasado. Era como si se encontrara en un constante campo de minas de la nostalgia que al atravesarlo podía explotar en cualquier momento llenando todo de melancolía y tristeza.

Cuando ocurría se convertía en una adicta confesa al dolor y la compasión. Si encontraba por azar el perfume de su marido en otro hombre fingía caminar en su misma dirección durante varios minutos solo por sentirlo sobre su cara. Si un sabor conocido invadía su boca en cualquier rincón de la ciudad permanecía quieta junto a él hasta que sus pulmones solo eran capaces de respirar pasado. Si una canción recorría las notas de su gran amor su garganta la lloraba a voz en grito y si eran las letras de un poema, rimaba pensándole hasta el punto final.

—Vaaaaamos —solía insistir su marido frente al autobús —es nuestra responsabilidad cariño.

—Me dan pánico las agujas mi vida, ya lo sabes.

—Lo sé, pero tu sangre es muy valiosa. Ayudarías a muchas personas con solo un rato de sacrificio. Eres cero negativo, cosita...

—No puedo amor, no puedo...sé lo importante que es, pero no puedo mi vida.

Él siempre había sido mejor persona que ella. Su relación era en ese y otros aspectos totalmente asimétrica. Su luz siempre había sido mucho más brillante y sincera. No se tenía por una mala persona, eso era evidente, pero al lado del hombre más bueno y solidario del mundo era una mera aprendiz. No podía negar que había dado pasos durante su relación y tenía los recibos mensuales de varias ONG para demostrarlo, pero no vivía el proceso con la misma intensidad y pasión con la que lo hacía su marido.

—¿Moriré sin verte donar? —habría bromeado él en más de una ocasión.

Aquel autobús trajo todos aquellos recuerdos a su memoria de manera implacable. La lluvia que cubría los cielos de la ciudad comenzó a brotar desde dentro y unos segundos después era su corazón el que sufría del más apenado y enrabietado de los diluvios.

Había muerto sin verla donar.

—¿Se…se encuentra bien? —sonó una vez agradable a su espalda.

—Eh…sí, sí, no se preocupe. —contestó sin recuperar la mirada del infinito.

—¿No preocuparse de una bella joven llorando? No sé en qué mundo vive usted señorita, pero en el mío, un caballero siempre acude al rescate de una dama en apuros.

Las palabras surgieron un efecto inmediato que se tradujo por completo en forma de sincera curiosidad y giró su cuerpo buscando el origen de la voz. Un apuesto hombre, en torno a la cuarentena y cubierto por una bata blanca la sonreía mientras colocaba su paraguas sobre sus cabezas.

—Está usted empapada, debería buscar algo de refugio y calor. No quiero ser atrevido, pero no sería yo sino hiciera todo lo posible para ofrecerle mi ayuda.

La lluvia apenas había osado impactar sobre el cuidado pelo largo del ¿doctor? mientras que su sonrisa parecía totalmente ajena al desconcierto que debía estar reflejando la cara de la mujer que tenía delante. Brillante, abierta y directa, había algo en su forma de sonreír que le hizo sentirse cómoda al instante, confiada, un sentimiento que llevaba meses sin sentir.

—No te asustes —dijo modulando su tono a un volumen más suave y agradable — No soy un científico loco en busca de mujeres empapadas ¿Ve ese autobús? Soy doctor. Estoy recogiendo donaciones de sangre. Debo tener alguna toalla dentro, ¿te gustaría secarte un poco? Prometo solemnemente no extraer nada de tu cuerpo que no sea la humedad de su piel — añadió realizando un gracioso gesto con los dedos sobre su pecho.

Ella sonrió. No recordaba la última vez que había sonreído a otro alguien sin sarcasmo, pero lo cierto es que lo hizo de manera honesta y nada forzada. Aquel hombre había sido un encanto y por encima de todo era un completo desconocido lo que suponía que con él no era "viuda", ni "triste", ni ninguna otra etiqueta más que "mujer rara empapada por la lluvia".

Miró a las nubes.

En realidad, necesitaba algo de calor.

—Nunca te rindes ¿verdad? —pensó mientras imaginaba a su marido negociando con algún responsable del cielo el envío de aquella agradable y sana tentación solidaria.

4

El suave tacto de la toalla sobre su pelo produjo casi al instante una inesperada sensación de placer. Cada rincón de su piel se erizó y sus ojos se entornaron durante un segundo recordando aquellas noches de invierno en las que su marido peinaba y secaba su pelo después de una delicada ducha caliente.

—Si me permites te dejo esto aquí —dijo el buen Samaritano mientras cogía la vacía carpeta azul y la dejaba sobre una de las camas de donación — y te doy esta "caliente-artificial-aunque-rica" taza de chocolate —añadió mientras servía el contenido de un líquido en una taza con un corazón dibujado en ella. — Por cierto, todavía no sé tu nombre...es más, casi ni sé a qué suena tu voz.

—Saron —contestó sin titubeos —Me llamo Saron y...gracias por todo esto.

—Me llamo David y no, no me las des. Había salido en busca de más chocolate "anti lluvia" y como verás esta tarde no tengo mucho movimiento así que "socorrerte" ha sido, además de algo obligado un placer inmenso.

La visión del autobús desde dónde se encontraba era desoladora. Había acompañado a su marido multitud de veces a donar sangre y pese a que nunca había estado dentro era evidente que aquella soledad no era lo habitual.

—¿La lluvia?

—La lluvia, el partido en la televisión, la "condición humana" —contestó con cierta resignación David —Llevábamos tiempo sin venir por esta zona y la verdad es que no recordaba la poca implicación que tenéis (con todos los respetos) por aquí.

—¿Llevabais?

—Sí, jejeje —sonrió dulcemente David — la costumbre. Normalmente vienen conmigo dos compañeros, pero esta noche...

—La lluvia, el partido en la televisión, "la condición humana" —completó Saron de una forma decididamente encantadora.

—¡Brindo por eso! —exclamó con cierta pompa David mientras simulaba sostener una copa en su mano derecha.

¿Estaban coqueteando? No, no se trataba de eso, simplemente era amable con aquel hombre y no podía negar que era agradable volver a tener una conversación con alguien que no midiera sus palabras por el rasero de su pasado reciente.

—Bueno, Saron, y cuéntame, ¿a qué te dedicas? Empezaría yo primero, pero creo que salta a la vista.

—Soy escritora o bueno...lo era.

—¿Escritora? Vaya, ¿lo has dejado?

"Enhorabuena Saron. Has tardado cinco minutos en intentar convertir a ese hombre en otro más del club de los cuanto-lo-siento-Saron" —pensó mientras contestaba.

—Estoy en un pequeño "retiro" por decirlo así. Espero poder volver a mis letras pronto.

—Interesante ¿y qué tipo de cosas escribes? ¿Dónde puedo encontrarlas? Contesta primero a la segunda pregunta —sonrió David sin dejar de mirar fijamente a sus ojos.

—Jeje, en cualquier librería supongo y sobre qué escribo...básicamente historias de terror y suspense.

—¡Señorita Stephen King!

—Ojalá tuviera la mitad de talento que King

—Estoy seguro de que vas sobrada de talento, solo hay que mirarte para intuirlo.

Saron jugaba desde hacía un par de minutos con su pelo y no dejó de hacerlo mientras un silencio algo incómodo acompañó a las últimas palabras de David. No podía interpretarse de ninguna de sus expresiones o gestos algo inoportuno o que incomodara a nadie, pero lo cierto es que aquel autobús parecía impregnado de una atmósfera extraña que la hacía sentir cómoda y segura.

—No me puedo quejar y mis lectores parece que tampoco lo hacen —respondió finalmente Saron sin dejar de sonreír.

—Totalmente seguro de ello. Lo primero que haré mañana si sobrevivimos a esta tormenta es irme a comprar uno de tus libros. ¿Cuál me recomiendas?

Aquella era una pregunta clásica y su respuesta acostumbraba a serlo también.

—No es fácil recomendar un solo libro, es como lo de "querer más a papá o a mamá" pero uno de mis favoritos por múltiples razones es "El Letargo del Vampiro". La gente lo disfrutó mucho en su momento y si eres aficionado al género puede ser una buena elección.

—No irá sobre vampiros amando a otros vampiros y brillando bajo el sol, ¿verdad?

—¡No! —respondió dulcemente indignada Saron —mis vampiros son más bien poco encantadores y terriblemente peligrosos...

—¿De los que dejan secas a sus víctimas?

—De esos mismos. De los que los niños y los jóvenes no deben leer.

—Magnífico, pues no se hable más —sentenció el doctor con entusiasmo — mañana mismo "El Letargo del Vampiro" estará en mi poder y eso sí, tendrás que permitirme que te invite a un café para que puedas dedicármelo y poder presumir ante mis amigos.

En otro momento, en otro lugar, en cualquier otro de los muchos días y noches que habían precedido a aquel Saron habría encontrado cientos de maneras diferentes de rechazar aquella encantadora y directa invitación.

Sin embargo, aquella era la noche de la carpeta azul vacía, de la lluvia empapando desde dentro su alma y de un hartazgo emocional que había superado con creces el nivel del mar. Tardó dos segundos en responder, pero cuando lo hizo se sintió aliviada y culpable a partes iguales.

No esperaba sentirse de otra forma.

—Me parece bien, tú pones el café y yo pongo la firma.

—Yo pongo el café y tu pones la firma y los vampiros…y, por cierto, hablando de eso…

David se acercó muy despacio a Saron y sin dejar de profundizar en sus ojos como nadie lo había hecho antes susurró de manera calma e intensa.

—¿Te he dicho que me encantaría tu sangre?

—Mi ¿mi sangre? —preguntó Saron superada y nerviosa.

—Sí…—contestó arrastrando la "i" con intención.

Por unos instantes todos y cada uno de los relatos en los que los vampiros habían seducido a su víctima aparecieron en su mente desordenando por completo su estado de ánimo. Aquel hombre tenía todo lo que ella había descrito cientos de veces, todo lo que convertía el terror en una deliciosa tentación ante la que sucumbir era tan perdición como liberación. La comodidad dio paso a la inquietud y está al más honesto de los escalofríos que atravesó su cuerpo con tanta facilidad como crueldad.

—El autobús, mi trabajo, recuerda —aclaró señalando con sus manos el lugar —no soy Drácula.

Un suspiro acompañado de una risa nerviosa alejó por completo los demonios de la mente de escritora de Saron.

—No quería asustarte, escritora —sonrió David —lo siento.

—No, no, tranquilo —respondió avergonzada —soy yo...yo...es igual —dijo tratando de regresar a la normalidad.

—Entonces ¿qué me dices?

El recuerdo de su marido regresó de nuevo a su mente.

—No puedo, de verdad.

—Oh, ¿alguna enfermedad? ¿Tensión alta?

—No se trata de eso, yo....

—Miedo a las agujas.

—¿Co...cómo lo sabes? —preguntó sorprendida.

—Te sorprendería la cantidad de veces que veo a la gente temblar en este lugar cuando me acerco con la jeringuilla. Es más normal de lo que crees.

—Gracias por entenderlo

—No, yo no he dicho nada de —sonrió con toneladas infinitas de encanto David —he dicho que es muy normal no que vayas a librarte fácilmente de mí. ¿Tienes algo mejor que hacer?

La verdad es que por patético que pudiera sonar, el plan de dejar salir la sangre de su cuerpo era con enorme distancia sobre el segundo el mejor de los planes que podía tener en aquel momento. Nadie esperaba en casa, no tenía llamadas que realizar, sitios a los que ir o cosas que hacer. Podía tratar de negarlo, pero se encontraba a gusto con las atenciones de David y aunque la idea de donar era tan insoportable como siempre, había algo en la forma en la que aquel hombre le miraba que le transmitía una poderosa tranquilidad.

Un auténtico vampiro...

—¿Nunca te rindes? —dijo con apenas un susurro recordando de nuevo a su marido.

—Nunca cuando de ayudar a los demás se trata —contestó David sonriendo.

Iba a hacerlo. En lo más profundo de su interior confiaba en que su marido comprendiera que no lo hacía por ese hombre sino por él…o por los dos…o por ella. Daba igual. Después de todo lo cierto es que daba bastante igual. Se encontraba tan cansada de ser ella que quizá era el momento de dejar de serlo…o no…

Todo estaba tan confuso como una gota de lluvia en pleno ojo.

—Te prometo que no te dolerá. Además, yo estoy aquí y te aseguro que hago esto cientos de veces al día. Por desgracia estamos solos, nadie nos va a molestar y si quieres hasta cierro el autobús y me aseguro de que nadie te pueda ver llorando como una niña suplicando socorro.

Río a carcajadas. Por primera vez en mucho tiempo soltó una risa que sonó tan sincera como inesperada.

—Una niña suplicando socorro, ¿no? —preguntó entre más risas.

—Tienes toda la pinta de hacerlo en cualquier momento.

Tenía miedo, claro que lo tenía, pero el encanto de David y la certeza de que se encontraba en buenas manos la llevó a asentir y ofrecer su brazo al enfermero.

—Voy a hacerlo.

—¡Magnífico! ¡No te arrepentirás, ya lo verás!

Aquel hombre se movía por el interior del autobús con rapidez y destreza. Sus movimientos eran enérgicos y seguros algo que le transmitió seguridad mientras se tumbaba en los asientos convertidos en camillas que ocupaban ambos lados del vehículo.

Cerró el autobús lo cual, de alguna manera inexplicable produjo una inmediata sensación de inquietud en Saron.

—¿No bromeabas con lo de cerrar la entrada?

—¿Prefieres que deje abierto?

—No, no —contestó asegurándose de no sonar paranoica pese a que en su interior no podía negar algo de nerviosismo al respecto.

—Ahora me temo que tengo que hacerte unas preguntas. No es nada personal, créeme —aseguró con dulzura —pero debo hacerlo para asegurarme de que puedes donar.

—¿Estás seguro que no es un viejo truco para ligar? —preguntó burlona.

—¿Quieres que ligue contigo? —respondió el doctor aumentando al infinito el coqueteo reinante.

El silencio y las medias sonrisas suavizaron el tenso instante y permitieron al doctor volver a los preparativos y a ella al recuerdo inevitable de su medio corazón.

Iba a donar. Su marido estaría contento hasta el punto de que quizá perdonara la pequeña "coquetería" de haber elegido al doctor más guapo que había visto en su vida para empezar a compartir su sangre con los más necesitados.

Contestó a las preguntas con sinceridad y David anotó con rapidez cada una de sus respuestas, formándose sin duda una idea muy clara de la mujer que tenía delante. No le importaba, es decir, quizá sí, pero la verdad es que estaba dejándose llevar de alguna manera poco habitual pero inevitable.

—Bueno Saron, te comunico que eres totalmente apta para donar.

Los nervios parecían querer brotar con fuerza de su interior, pero sin embargo había algo que los bloqueaba. Tal vez el encanto de David, tal vez el recuerdo de su marido, pero lo cierto era que la intranquilidad no era, ni de lejos, la que estaba segura que iba a sentir y por esa extraña razón una ola de paz comenzó a recorrer con rapidez todo su cuerpo. Lo hizo de forma tan intensa que incluso se movió algo inquieta en los asientos.

Algo no iba bien. Algo iba terriblemente mal.

Miró a aquel hombre.

Sintió terror puro al hacerlo.

Cientos de historias diferentes nacidas de su imaginación invadieron su cerebro al instante, estrangulando su razón y desatando la más retorcida y oscura de las locuras.

¿Cómo no había podido distinguir a uno de los monstruos sobre los que solía escribir?

—¿Estás bien? —preguntó David mientras colocaba la mano en su frente.

—No, algo va mal...tengo que marcharme —contestó notando cierto regusto pesado en su lengua.

—¿Seguro? —insistió el enfermero.

—So...soco..rro...—trató de gritar sin éxito.

Fue totalmente incapaz de terminar la frase. Una oleada de pánico congeló su existencia. No podía mover los labios y cuando trató de incorporarse comprendió que la misma rigidez que sentía en su rostro se había trasladado al resto de su cuerpo.

Estaba paralizada por completo.

—¿Estas bien, Saron? —preguntó David cambiando por completo la expresión de su cara. El encanto había dado paso a una mueca sádica aterradora. —Oh, se me olvidaba, NO, NO ESTÁS BIEN, discúlpame, hay algo que aún no he comentado. Son los efectos del "chocolate" que has tomado. No intentes moverte. No intentes hablar. No te hará ningún mal hacerlo, pero no vas a lograrlo. No vas a volver a hacerlo jamás.

El brutal impacto de un trueno rompió el firmamento en dos mientras en el interior de aquel autobús el terror retorcía su alma, bañándola en un putrefacto manto de horror. Estaba inmóvil, era incapaz tan siquiera de cerrar los ojos, su cuerpo se encontraba paralizado y a merced de aquel desconocido que se aseguraba de mantener cerrada la puerta y cortinas de autobús.

—No me mires así —bromeó de forma macabra David —te prometí que nadie te vería como una niña pequeña pidiendo socorro y he cumplido mi parte. Ahora te toca a ti cumplir la tuya y darme un poquito de tu sangre, ¿no crees? Puta insolidaria, ¿pensabas que te ibas a ir de aquí sin donar?

La jeringuilla se introdujo lentamente en su brazo al tiempo que descubría que pese a la parálisis total en la que se encontraba sumida era perfectamente capaz de sentir todo cuanto sucedía en su cuerpo. La sensación de dolor que aquella jeringuilla estaba provocando parecía multiplicarse al infinito por la imposibilidad de expresarlo de alguna manera y dos de sus más sinceras y aterradas lágrimas brotaron de sus ojos sin que fuera capaz de cerrarlos.

—Como es tu primera vez te informo, Saron. Lo habitual es extraer en torno a 450cc, una cantidad ínfima que se recupera a los pocos días. El cuestionario previo que te he realizado me asegura que eres perfectamente capaz de donar y sé lo que estás pensando "Me ha drogado, me ha drogado, mi sangre no servirá" —dijo imitando torpemente la voz de Saron— pues no te preocupes por eso, lo que te he administrado desparece de la sangre a las pocas horas y no deja ni rastro. Podrás ayudar a muchísima gente. ¡Alegra esa cara!

Sus ojos acusaban los segundos sin parpadear y podía sentir un poderoso quemazón brotando de su interior. Las puertas del infierno en vida se habían abierto y parecía a merced de cientos de diablos cada vez que David desaparecía de su ángulo visual. No podía seguirle con la mirada, no sabía que estaba haciendo ni dónde se encontraba. Cuando regresaba, el pánico se reproducía miles de veces, destrozando el interior de su alma con violencia, desgarrando su existencia y troceando en obscenos pedazos de terror su corazón.

—Voy a sacarte cada gota de sangre que tengas en tu cuerpo y a meterla en estas pequeñas bolsas, ¿ves? —dijo poniendo sobre su vertical los recipientes dónde se acostumbraba a meter el resultado de las donaciones —el resultado será una excelente cosecha de solidaridad. Mucho después de que hayamos empezado morirás desangrada y será el momento de extraer tus órganos y seguir ayudando a la gente. ¿No es maravilloso? La buena noticia es que vas a tener HORAS para celebrar tu aportación, la mala que después no podremos seguir conociéndonos. Ohhhhhh —añadió burlón.

Iba a desangrarla. Iba a vaciar por completo su cuerpo de sangre y lo iba a hacer en un autobús al alcance de todos, en mitad de una ciudad que sería cómplice silencioso de aquel terrible crimen. No podría pedir ayuda, no podría gritar, no podría hacer absolutamente nada.

Absolutamente nada.

—Tendrás la tentación de perder el conocimiento, pero no te preocupes, cuándo eso suceda yo te mantendré despierta y podrás enterarte de todo, todo. ¡Y por suerte para ti no estarás sola!

El enfermero tomó con las manos su cabeza y la giró a su derecha. Tras abrir unas cortinas pudo ver a tres mujeres más situadas en los asientos contrarios a los suyos. Bajo ellas una gran cantidad de bolsas habían recogido la sangre y el color de su piel se había tornado de un tono aterrador de blanco. Estaban muriendo...y a juzgar por su impávida expresión se encontraban en su misma situación...

...y totalmente desnudas...

—Saron, estas son Mandy, Everlin y.... ¿Gloria? Sí, creo que era Gloria. Es igual. ¿Estas más contenta ahora que has conocido a tus amigas? Oh, no contestes, tu cara me lo dice todo, estas encantada ¿verdad? —sonrió enérgicamente David mientras colocaba su cabeza de nuevo mirando al techo —voy a serte sincero Saron. Me conmueve tanta solidaridad, me conmueve tanta atención por el prójimo. ¡Sois lo mejor! ¿Sabéis la cantidad de vida que se podrán salvar con esta donación? Claro, no, la vuestra no se va a salvar, pero ¿acaso importa? Estamos hablando de ¡jodida solidaridad! ¿Creéis que podéis pasear por las calles con ese aire de superioridad, de suficiencia, de falsa modernidad mientras la gente muere? ¡No! —terminó gritando desencajado.

David desapareció de su vertical y volviendo a colocar su cabeza en dirección a sus compañeras de atrocidad, pudo ver como el enfermo clavaba una jeringuilla en el mismo centro del globo ocular de una de ellas. Su cuerpo ni se inmutó y el terror más oscuro invadió su cuerpo al comprender que por dentro estaría sufriendo el más intenso de los dolores.

Con un movimiento delicado el enfermero extrajo el ojo de la mujer y lo depositó en el interior de una pequeña bolsa.

Trató de cerrar los ojos, quiso evitar ser testigo de todo cuanto aquel monstruo realizaba en esa pobre mujer, pero no pudo. La vació. La vació por completo hasta reducir aquel cuerpo a la nada. Empezó por los ojos, continuó por los órganos y finalmente quebró sus huesos y los introdujo en pequeñas cajas metálicas. Una hora después no quedaba NADA de esa mujer que no estuviera catalogado y clasificado en bolsas y recipientes.

Era totalmente incapaz de decir en qué momento murió y si estaba viva mientras David abrió en dos su cuerpo con un bisturí.

Iba a morir.

Peor aún.

Iba a sufrir la más aterradora de las torturas en vida.

Invadida por el más sincero y putrefacto de los horrores fue incapaz de proferir grito alguno cuando un enérgico y constante golpeo interrumpió el silencio que reinaba dentro del autobús. Estaban llamando a la puerta.

—Saron, en seguida estoy contigo.

David terminó de lavar sus manos y con una toalla colocada con cuidado sobre sus dedos se dirigió a abrir. No había en su rostro ni un solo signo de intranquilidad o preocupación lo cual era sencillamente espeluznante.

—¿En qué puedo ayudarle agente?

¿La policía? ¡Era la policía! Trató con todas sus fuerzas de moverse, de gritar, de hacer algo, ¡de hacer algo por Dios! El resultado fue tan frustrante y desquiciado pues no hubo un solo músculo de todo su cuerpo que lograra variar medio centímetro de posición.

—En realidad soy yo el que veía a ofrecerles ayuda. He visto que no tienen mucho movimiento y había pensado dejar el coche patrulla un rato cerca para tratar de llamar la atención. Con esta lluvia me temo que el blanco de su unidad móvil pasa desapercibido.

—Se lo agradezco agente, pero la verdad es que las apariencias engañan —dijo David con total naturalidad— No está siendo un mal día después de todo. Pase, pase.

Medio minuto después sus ojos se llenaron de impotencia. El agente de policía se encontraba mirándola fijamente, sonriendo con cordialidad y admirando semejante ejercicio de solidaridad.

—Enhorabuena, señorita, está realizando usted una gran labor.

Debía notarlo, debía darse cuenta de que no movía un músculo, de que no contestaba a tan agradable comentario, ¡de que ella no era ella!

—No se moleste agente, no puede verle ni oírle, es sordo muda. Se llama Lori y es una de nuestras más fieles donantes. No miento si le digo que lleva acudiendo a nuestro encuentro años lo cual en su estado es aún más de agradecer. Nadie juzgaría mal a una persona con discapacidad por no ser más solidario, ¿verdad?

Lo tenía todo controlado. Cada detalle, cada giro inesperado del destino. Ese monstruo debía llevar tiempo haciendo algo así...nada lo detendría. Nada.

—Oh, lo siento, y sí, totalmente de acuerdo —dijo el agente mientras colocaba su mano con mimo en su antebrazo —hace falta tener mucho valor para hacer algo así en su estado.

En el interior cantidades obscenas de pánico se abrían paso por sus venas desgarrando por dentro su vida. Tenía delante la salvación, bastaba una palabra, un gesto, un simple movimiento de mano y todo habría terminado, la pesadilla habría quedado en el olvido de una mala noche...

...pero eso no iba a pasar. David se afanó en hablar del ejemplo de Saron y ocultó con gran habilidad lo que se encontraba más allá de las cortinas. Presumió con las cantidades donadas durante el día lo cual despertó la admiración del agente que aun así se ofreció a ayudar quedando situado al lado del autobús con sus luces desafiando la lluvia. David estuvo de acuerdo.

Nada iba a detenerlo.

El policía abandonó el lugar un par de minutos de intrascendente conversación después volviendo a acariciar su brazo al marcharse. David colocó una nueva bolsa al final de la vía y continuó extrayendo sangre de su cuerpo mientras besaba con ternura su mejilla.

—Siento la interrupción, Saron.

Pensó en su marido.

—Donar sangre es donar vida. El sacrificio más puro y noble que existe —solía decir tratando de convencerla.

Jamás lo había conseguido.

Jamás hasta ese día había donado.

Pronto se convertiría en otra carpeta azul vacía.

Pronto podría volver a abrazarlo.

Hasta ese instante final quedaban horas de tortura, mutilación y horror.

Iba a donar su vida entera.

La muerte sonrió irónica.

Con aquella mujer se iban a salvar un buen número de vidas. Su corazón, hígado, sus riñones, ojos y por supuesto su sangre, iban a servir para que muchas almas vieran un nuevo amanecer y un nuevo día...David se encargaría de eso como solía hacer con cada campaña de donación...

¿Había algo de malo en ello?

Suicidio

Estoy despierto. Estoy despierto. ¿Estoy despierto?

Joder, han pasado diez minutos desde que ha sonado el despertador y todavía no he conseguido que mi cerebro y mi cuerpo se lleven bien. Mi cabeza me dice que me levante y mi cuerpo manda al carajo cualquier intento de cambiar de posición. Me consumo en ese empate técnico a "nada" y mi tiempo también. Voy a llegar tarde al "trabajo".

Desayuno. Engullo, masticando lo justo para no perecer en el intento y creo detectar un ligero sabor a chocolate en el industrial pedazo de masa anunciada como "extra de chocolate". No puedo quejarme. Sé lo que es vender una apariencia y ofrecer la contraria. Podría decirse que vivo de eso, pero sería demasiado reduccionista para hablar así de mi profesión.

Tengo una hija. Pienso en ella una vez al día. La quiero. La quiero de verdad, pero no hasta el punto de tenerla en mi vida y mucho menos iniciar una guerra nuclear por ella. Tenemos una adecuada relación comercial. Si necesita dinero aquí estoy, si necesita ropa o cualquier cosa, aquí me tiene...pero mejor que no me espere para una acampada familiar bajo la luna porque acudirá el puto oso Yogui antes que yo. Ambos los tenemos claro. Mi ex mujer nunca ha llegado a entenderlo, pero reconozco que disfruto con su torpeza emocional al respecto.

Vivo solo desde el divorcio igual de solo que viví antes del matrimonio. Han pasado doscientos quince gloriosos días de libertad en los que han pasado por mis manos todo tipo de pastillas. Los psicólogos nunca me han entendido. Han llenado de tópicos mi "cartilla de salud" y nunca se han preguntado los "por qué". No soy normal. Nunca lo he sido.

Que se jodan. Hace semanas que he dejado las pastillas y me encuentro mejor que nunca, libre y centrado. Nunca fueron un estorbo para mi profesión, pero reconozco que sin ellas los tiempos de espera se han reducido.

Soy más eficaz que nunca.

Viajo en autobús. No es que no sepa conducir y por supuesto no soy uno de esos amantes del jodido planeta que prefieren moverse a lomos de un tubo metálico de sudor humano antes que, en la comodidad de un climatizador a solas, pero viajar en con la gente me ayuda a fijarme en las cosas y tomar nota mental de cada una de las reacciones ante todas y cada una de las mil situaciones que se dan cada día a bordo del autobús. Me gusta conocer a la gente, DEBO conocer a la gente. Es parte de mi trabajo.

Es parte imprescindible de mi DON.

No saludo jamás al conductor. No sé porque pienso en semejante estupidez mientras tomo asiento. Mi cabeza funciona así. No es como las demás cabezas.

No soy como los demás.

Mi ex mujer consideraba insoportable mi forma de doblar la ropa y era (e imagino que es) muy capaz de iniciar un conflicto armado por ese motivo. Siempre me pregunté qué habría pasado si en lugar de doblar mal la ropa hubiera metido mi polla en el diminuto cuerpo de alguna rubia de 20 años, ¿a qué nivel hubieran llegado sus gritos?

Nunca he sido infiel. Sonrío en secreto cuando digo una gilipollez como esta porque es como si Stevie Wonder dijera que jamás ha mirado mal a nadie o que una rubia de 90-60-90 no ha tenido que pagar nunca al entrar a un club. Imagino que el orgullo debería ir en función de los méritos que uno realiza y en mi caso ser fiel es una triste condena provocada por un atractivo más que cuestionable y una nefasta capacidad para atraer la atención femenina.

Mi aspecto, mi actitud, mi "disfraz" es el de una persona normal. Insultantemente normal diría yo. Imagino que en la normalidad también hay grados como en casi todo.

Soy todo lo opuesto a lo normal.

Me bajo en mi parada y camino con una falsa sensación de urgencia por si algunos de los lameculos de la oficina están mirando por la ventana. Me importan lo mismo que las heces que deposito con sana regularidad diaria. A menudo sus opiniones e incluso sus vidas tienen el mismo olor que ellas, pero aún así debo seguir con mi papel. Todo debe ser perfectamente creíble o no funcionará.

Atravieso la puerta de entrada y saludo a la secretaria. Su linda boca rodeada de rojo responde con un educado y frío "buenos días" que en nada se parece a la cálida mamada que me practicó con devoción la última fiesta de navidad. Podría mentir y decir que forma parte de mi tapadera llevar a cabo ese tipo de "sacrificios" pero no lo hago.

Ella no era mi objetivo entonces y no lo es ahora, dos meses después de empezar a trabajar allí.

Alcanzo mi mesa. Un elegante y minimalista tablón de madera sueca sostiene de forma económica un teclado, un monitor y una foto de una familia tan falsa como útil para mi propósito. El anacrónico montón de papeles que cada día encuentro en la esquina izquierda de la mesa anuncia un día de intensas llamadas. Lo ignoro con intensidad durante los primeros veinte minutos de mi jornada y acudo a tomarme el primer café del día. Adoro el café y la forma en que hace que la gente cuente cosas mientras da unos cuantos sorbos a la taza.

Es mi momento preferido de la mañana. Asisto en silencio al desfile de anécdotas que mis compañeros de oficina realizan ignorándose unos a otros. Hablan de sus mujeres, maridos, hijos, de otros compañeros...y no se dan cuenta de que al hacerlo en realidad de lo que están hablando es de ellos mismos. Tomo notas mentales de aquello que creo que puede serme útil y deshecho con desprecio el resto de la información. Apuro mi segundo vaso de café cuando ella aparece.

Lo que el primer día y el segundo pareció una desinteresada coincidencia se trasforma en un hábito al cuarto y al quinto y en ley inquebrantable al sexto. Su presencia dispara la tensión en la comunicación no verbal de los presentes y todas y cada una de las sonrisas que se cruzan de lado a lado de la estancia tienen la misma autenticidad que los besos de puta y parecido nulo efecto calórico. La temen y tratan de que no se note con bastante éxito (para alguien que no posea mi don por supuesto). Me sumo al baile de máscaras durante semanas y finjo sometimiento ante la nueva directora de la oficina y futura presidenta de la compañía.

Claro que para que eso suceda deberían cumplirse dos requisitos fundamentales.

El primero que se cumplan los deseos de parte de la junta de accionistas que ha depositado en esa mujer las mayores esperanzas de futuro.

El segundo y más importante, que llegue viva a ese futuro.

Algo que obviamente no va a suceder. "Ellos" así me lo han pedido.

—Buenos días —susurra con fuerza y determinación su voz.

—Buenos días —responden de manera alterna y en orden aleatorio los presentes.

—Buenos días —añado titubeante como cada día y siempre en último lugar.

Me mira. Claro que me mira. Le gusta. No lo reconocería ni ante tortura, pero esa mujer, esa depredadora social ya ha encontrado a su víctima. Han pasado los suficientes días desde su primer "buenos días".

Me conoce. Sabe perfectamente cómo soy, "las de su calaña" siempre lo saben. Soy el último mono de la oficina, un recién llegado que se mueve aún fuera del grupo pero que se muere por formar parte de él. Ahí estoy, tomando café en silencio sin atreverme a decir palabra alguna, fingiendo ser uno más antes de regresar a mi mesa y volver al vacío existencial en el que tránsito por los días en mi "nuevo empleo".

Me necesita. Ha tardado en descubrirlo, pero es evidente que me necesita.

—"Esto es lo que sucederá" —se dice en su cabeza —"haré sentir importante a don nadie y será mis ojos y mis oídos en la oficina."

El vacío social al que está siendo sometida es totalmente desaconsejable para su vida profesional. Todo el mundo sabe a qué ha venido y qué depara su futuro. La odian y ella lo sabe. Mal asunto para el rendimiento de la oficina.

Lleva días buscando una solución y con mi actitud se la he ofrecido en bandeja. Pondrá en marcha su plan. Sabe que está rodeada de viejos lobos que no entienden que una mujer de fuera ocupe el lugar para el que llevan vagueando años. Sabe que está buena, sabe que está MUY buena y que no puede negar que ha llegado dónde está a base de practicar un buen número de elegantes mamadas y un razonable ramillete de pollas engullidas. Por supuesto finge que la universidad privada en la que sus padres compraron el título y los tres Master a juego son suficientes para justificar su ascenso meteórico, pero eso solo sirve para un mísero 3% de los trabajadores de la oficina. El 97% restante la mira y la mirará siempre con recelo a la zorra lamepollas que viene a robarles el puesto.

Tres días máximo. Calculo que 72 horas serán suficientes. Me imagino que será con una sonrisa exagerada y su voz se elevará medio tono, lo suficiente para marcar una diferencia con el tono neutro habitual con el que da los "buenos días". Fingiré sentirme abrumado y ella tratará de calmarme pagando el segundo de mis cafés, consciente de que al hacerlo mi pausa se prolongará más de lo permitido. Simularé sentirme honrado y especial por el hecho de que "la jefa" tenga una deferencia tan agradable conmigo y adoptaré la posición más sumisa y entregada que sea capaz de construir.

Una semana más tarde del tercero de los días llevaré a cabo mi primer chivatazo y al día siguiente se producirán dos despidos totalmente procedentes que supondrán la cabeza de los dos más veteranos de la oficina. Mi intervención ahorrará a la empresa una buena cantidad de dinero al tiempo que allanará el camino de "la jefa". Esta agradecerá mi lealtad dándome unos nada disimulados días libres. Renunciaré a ellos y pediré a cambio una copa después del trabajo.

—"Será divertido" —pensará justo antes de aceptar —"Esta mierda de tío pensando que puede ligar conmigo"

Reirá a carcajadas en su interior mientras sin saber por qué acepta.

La copa tendrá lugar dentro de catorce días desde este momento.

Esa noche follará conmigo sin haber probado ni una gota de alcohol.

Al amanecer se disculpará ante sí misma sin creerse aún lo que ha sucedido.

Quince días después estará muerta. Usaré mi don con ella.

Se habrá suicidado incapaz de soportar el terror más inhumano que jamás ha experimentado.

El que habré hecho que sienta.

2

Se lanzó desde la azotea y dicen que tenía una sonrisa de alivio en su cara al impactar contra el asfalto.

"Ellos" ingresaron el dinero de inmediato y dos días después recibí un nuevo objetivo. Son insaciables. Como yo.

Me gusta.

Una vez me preguntaron si hacía esto por dinero. Contesté que sí, pero lo cierto es que tengo más del que necesito y por supuesto mucho más del que podría gastar en mi vida. Matar, como todos los trabajos que nadie quiere realizar, está muy bien pagado. Matar para ellos aún mejor.

Mi nueva víctima es un hombre. Mediana edad, buen aspecto y formas cuidadas a juzgar por la manera en la que sostiene la taza de café en la fotografía. La miró durante unos minutos antes de leer el informe. Nada nuevo. Hombre de negocios, soltero, implacable en su labor profesional y (aunque esto no lo menciona el texto) un estorbo para los que me pagan. No suelen dar demasiados detalles personales, algo que los honra teniendo en cuenta quién soy yo y qué puedo hacer con ellos, pero no es necesario que gasten demasiada tinta para saber cuándo el trabajo es urgente y cuándo no. Este lo es y no me preocupa demasiado. Después de todo es un hombre y el cerebro de los hombres es de una sencillez insultante.

Enciendo el ordenador y marco en la pantalla los puntos de interés del objetivo que me revela el informe preliminar. Domicilio, lugar de trabajo, escenarios habituales en el día a día, amigos, tiendas preferidas etc. Media hora después tengo un completo mapa de la vida diaria de aquel hombre y puedo organizar mi tapadera.

Estudio cada aspecto que puedo encontrar de ese hombre. Durante días diseño la maniobra de aproximación y todos los pasos a dar.

Alquilaré piso, coche, traje y puta. Todo me estará esperando al día exacto para empezar mi trabajo.

Me masturbo antes de irme a la cama.

Cuando me corro, la imagen de mi nueva víctima viene a mi mente.

Aún no lo sabe, pero ya ha muerto.

Es cuestión de tiempo.

Poco tiempo.

3

La curiosidad supone el 20% de mi trabajo. Despertarla suele ser siempre el segundo paso después de conseguir que la víctima decida cómo va a utilizarme, lo que significa el 50% de mi labor. Sumando ambos conceptos tenemos el 70% de interés egoísta en la manera en la que mis objetivos se acercan a mí y eso hace sencillo mi trabajo y me convierte en el mejor realizándolo.

No tardo en descubrir qué tengo que él o ella deseen. A veces es compañía emocional, otras (las más) información, en algunos casos influencia y en otros, poder.

En este caso en concreto es dinero y fama, simple y llanamente. Su forma de mirar mi coche y la puta que viaja conmigo denotan fascinación por lo aparente y crean un vínculo casi instantáneo entre él y yo.

Empieza mi trabajo.

—Me gusta. —dice sin aclarar si se refiere al vehículo o a la rubia que de él desciende.

—Lo sé. Tiene la pinta de ser un hombre que valora el buen gusto.

—¿Hace mucho que posee semejante belleza?

—No demasiado. No creo en la fidelidad, a decir verdad.

Se relame. Literalmente. La puta lo sabe y la máquina registradora que tiene entre las piernas empieza a abrir y cerrar el cajón. Clic, Clic, Clic.

—Quizá un día quiera montar —añado mientras tomo de la mano a la profesional del sexo.

—Será un placer dominar un animal como este —contesta fingiendo mirar al coche.

Hombres.

Han trascurrido tres minutos y ya es mío. Me invita a pasar a su despacho. Acepto. Despacho a la puta con el desprecio necesario para reforzar mi posición frente a mi objetivo.

—Espérame tomando algo en la barra, encanto.

—Si cariño —responde con voz melosa sin apartar su mirada de mi objetivo tal y como dictan mis instrucciones.

Nos quedamos a solas.

—Debo reconocer que es usted...diferente. —dice mi objetivo mientras me invita a tomar asiento en la que es "su mesa" de aquel local.

Claro que lo soy, por supuesto que lo soy, pero él no lo ve. No ve lo que hago, solo ve lo que parezco. Soy exactamente igual que él, un superficial y presumido macho alfa que se muere por gritar al mundo "que os jodan". Por eso le gusta. Se ve reflejado en mí. Me he presentado a la cita haciendo una evidente ostentación de frivolidad y superficialidad. No he escatimado en mostrarle el lote completo: lujo, mujeres, pasta, prepotencia...

Hago que se sienta bien siendo como es. Un puto actor de teatro en una obra llena de vacíos en forma de tarjetas de crédito y cuentas corrientes. Me conozco el libreto y lo interpreto a la perfección. Aplaude sin saberlo con cada fibra de su cuerpo. Es mío en un tiempo record.

—Usted dirá —dice mientras prepara una copa que beberé de inmediato —Dudo mucho que nuestro encuentro haya sido casual.

Contaba con que se percatara de ello.

—Por supuesto que no. No creo en las casualidades, creo más bien en las oportunidades.

—¿En tenerlas o en facilitarlas?

—Creo que para ofrecerlas primero uno debe hacerse con ellas. No suelo desaprovechar la ocasión de dar y recibir...tengo entendido que es usted un hombre que sabe aprovechar las oportunidades.

—No crea todo lo que lee sobre mí...

—¿No está interesado en grandes oportunidades? —pregunto falsamente sorprendido, bailando sin pisar los pies de mi pareja de tango dialéctico.

—Solo si son interesantes.

—¿Algo de lo que ha visto a mi alrededor le ha parecido poco interesante? No juego en esa liga, se lo aseguro.

La camarera me entrega el vaso y lo sostengo entre mis dedos durante un segundo antes de engullirlo. Pido otro con un gesto de desprecio sin mirar. Le intrigo y desconcierto, lo sé. Normalmente es él quién interpreta el papel de macho alfa en este tipo de reuniones, pero hoy no, aunque reconozco que mido mis actos para no ofenderle.

—No me ha dicho su nombre —me dice mientras me mira fijamente a los ojos.

—No, no lo he hecho.

—¿Cómo debo llamarlo entonces?

—Llámeme dinero. Llámeme poder. Llámeme fama.

Vuelve a relamerse, literalmente hablando.

—No le he visto en la vida, pero como verá no soy un hombre que sufra de escasez en casi ningún ámbito de la vida, señor "Dinero, poder y fama".

Continua el baile, la música sube de intensidad.

—No creo en los límites y menos aún cuando de fama, dinero y poder se trata. No creo que nunca sea suficiente. Hay algo que debe comprender. —añado incorporándome sobre la silla —No vengo a ofrecerle lo que ya tiene. Odio perder el tiempo. Mi especialidad es justo la contraria. Tengo en mi poder cosas que la gente ansia...lo sepan o no.

—¿Cree que ansío algo que no pueda obtener por mis medios?

—Estoy completamente seguro de ello.

—¿Y considera que usted lo tiene?

—No lo considero. Lo sé.

Es el momento más delicado de la maniobra de aproximación. Llevo junto a ese hombre unos minutos, pero los días de preparación han surgido sus frutos. Me anticipo a sus movimientos y reacciono con precisión a sus bravuconadas de hombre de éxito. Estoy en su cerebro, de momento en la zona pública.

No tardaré en entrar por completo.

Entonces sucederá.

—Lo reconozco, ha conseguido despertar mi interés. No es sencillo.

—Si lo fuera yo no estaría aquí. He acudido a usted porque sé que no es cómo los demás.

"Exactamente igual" —pienso en silencio mientras mantengo la media sonrisa de adulación sobre mi objetivo.

—Vaya al grano.

Se impacienta. Perfecto.

—¿Qué opina de la industria farmacéutica?

—Estoy muy interesado en ella...pero deduzco que ya lo sabe.

—Por supuesto —sentencio con delicadeza para no caer en la presunción exagerada —¿cuánto dinero gana al año invirtiendo en ella?

—No tengo ninguna queja en absoluto —contesta evitando la respuesta.

—¿Y si le ofreciera la posibilidad de multiplicar por diez sus ganancias y ser dueño de la mayor empresa farmacéutica del planeta y del descubrimiento que lo cambiará todo?

Guarda silencio. Dos segundos, tal vez tres.

—Diría que suena demasiado bien para ser verdad y le aseguro que no creo en los vendedores de humo.

—No vengo a ofrecerle un crece pelo barato. Vengo a ofrecerle la eternidad.

Me levanto. Dejo con lentitud el vaso sobre la mesa y me abrocho los botones del traje. Con parsimonia deslizo una tarjeta por mis dedos y la dejo caer frente a él.

—Si es usted quién creo que es, llámeme mañana a primera hora y le ofreceré en bandeja de plata el futuro.

—¿Y si no le llamo?

—Se arrepentirá toda su vida.

Estrecho su mano y me alejo dos pasos de mi objetivo. Medio segundo antes de abandonar definitivamente la estancia me giro y añado con pose estudiada.

—La sangre es la vida.

—¿Cómo dice? —pregunta sobresaltado y con evidentes signos de desconcierto.

—Drácula, de Bram Stoker. "La sangre es la vida...y será mía"

Abandono el edificio.

El aire en el exterior huele a éxito. Regreso a casa.

4

Me despierto aterrado. Estoy despierto, pero aún así grito, grito tratando de liberar la tensión que una terrible pesadilla me ha provocado. Dios, era tan real...

Recuerdo "Cuento de Navidad" De Charles Dickens y al gruñón de Mr. Scrooge achacando la visión del primero de los fantasmas a un trozo de queso mal digerido. Recuerdo al protagonista de "El Cuervo" justificando cada ruido por la presencia de un visitante inesperado llamando a la puerta....

Echo la culpa al ejemplar de Drácula que tengo sobre la mesilla de noche, el mismo del que saqué la cita con la que me dirigí a mi víctima unas horas antes. Estoy seguro de que la lectura furtiva que hice de alguna de sus páginas puso la semilla en mi subconsciente para que durante la noche la terrible visión de un vampiro haya aterrorizado mi soñar.

Odio a los vampiros. De todas las cosas que pueden aterrar mi existencia, la imagen de los fríos colmillos asesinos de un vampiro supone por sí mismo un completo horror para mi imaginación.

Estoy tentando a tomarme una de las pastillas que el loquero insiste en que engulla.

No lo hago.

No soy de esos que acostumbran a recordar los sueños y no voy corriendo a un libro de interpretación para ver qué significa haber perdido los putos dientes durante la noche, pero mientras me dirijo a la cocina y el húmedo tacto del agua cae por mi garganta me considero capacitado para narrar con precisión hasta el último detalle del sueño.

Puedo sentir el tacto de la fría capa negra, el olor a hueco, lo afilado de los colmillos mientras desgarraban la piel de mi cuello, sorbiendo como si fuera un maldito refresco y succionando mi vida con ello. Me niego a cerrar los ojos, joder, estoy realmente asustado. He encendido hasta la última luz que he encontrado en mi camino de la habitación al baño y del baño a la cocina. No funciona, sigo sintiendo la presencia de algo o alguien en mi casa. ¿Estoy despierto?

Estoy despierto. Estoy despierto. ¿Estoy despierto?

Me visto y salgo a la calle. Son las cuatro de la madrugada, pero necesito aire, necesito que la realidad impacte sobre mi cara y el frío que sopla con crueldad en el exterior me ayuda a sentirme despierto. Miro las ventanas de mi casa y por un segundo me imagino descubriendo alguna sombra a través de las cortinas. Tengo miedo. Todo el que puedo tener, más del que jamás he tenido en mi vida.

Ahora lo entiendo todo.

Ahora entiendo cómo sucede.

Ahora entiendo mi don mejor que nunca.

5

El despertador es tan inútil como una toalla en el fondo del mar. Cuando suena llevo horas despierto, preparado junto al teléfono para recibir la llamada que sin duda llegará. No he conseguido dormir, pero al menos la tensión y el terror del momento se ha ido matizando hasta desaparecer casi por completo. Imagino que la ausencia de soñar ha terminado por convencer a mi corazón de que estaba a salvo.

Me siento estúpido. Sonrío mientras apuro el último sorbo de un nuevo café. Como es de esperar las horas y la tranquilidad me han mostrado lo ilógico de mis temores y lo evidente de aquello que los ha provocado. A la lectura de "Drácula" debe sumarse el hecho de que durante la preparación de mi objetivo tuve que dar con un "cebo" adecuado para provocar su interés, para provocar la llamada que está a punto de producirse.

En muchas ocasiones el "cebo" es sencillo de encontrar y no requiere demasiadas vueltas. Dinero, mujeres, algún que otro vicio etc. Otras en cambio todo se reduce a la ambición profesional y es cómodo ofrecer un delicioso caramelo en forma de oportunidades de negocio, ascensos o cualquier otra mejora laboral...

Es así como me gano la confianza de mis objetivos y es así como consigo llegar al punto exacto en el que desatar mi don.

En este caso sin embargo ha sido realmente difícil encontrar el "cebo". Por un lado, las mujeres y el lujo podían servir de carta de presentación, pero para ganarme la confianza real de aquel hombre iba a necesitar algo más, algo realmente tentador para alguien que lo tiene prácticamente todo y a todos los niveles.

He tenido que emplearme a fondo para encontrar ese "algo", analizando al detalle cada acto, cada decisión y cada movimiento de su cuenta corriente, de su avión privado y de su teléfono móvil.

Es así como he llegado a descubrir su pasión por la industria farmacéutica y en concreto por la sangre. Al parecer aquel hombre lleva años invirtiendo en cualquier iniciativa que tenga como objetivo final el desarrollo de sangre artificial, uno de los "santos griales" de la medicina moderna.

Encontrada la "zanahoria" solo necesitaba hacerme con un ejemplar enorme para captar su atención y ganarme su confianza. Por fortuna aquellos para los que trabajo tienen unos enormes tentáculos capaces de alcanzar casi cualquier rincón del mundo y me pusieron en bandeja de plata el cebo perfecto.

Japón. Industria Thomishaba. Una muy prometedora iniciativa para conseguir la creación de la primera sangre artificial comercializable.

El teléfono suena. Es él. Quiere verme.

Por supuesto que quiere. Ha picado.

Debo empezar a recoger sedal.

A eso dedicaré los próximos días.

6

Sus dientes se clavan con fuerza en el interior de mi pecho. Está sorbiendo directamente de mi corazón. Siento la vida apagarse mientras un intenso dolor impide que mi garganta deje de emitir sonidos inenarrables de terror. Sus ojos están inyectados por la misma sangre que está bebiendo de mi cuerpo y sus brazos, firmes y férreos, siguen empujándome contra el suelo limitando mis movimientos a uno solo: el de morir.

No sé cómo ha llegado hasta mí, no sé cómo me ha encontrado, pero ahí está, devorándome mientras el resto de los presentes clavan su mirada en mí, esperando su turno. Ahora lo entiendo. Siempre lo he sabido.

El teléfono acude a mi rescate.

Despierto.

Me levanto sudando y con signos de haber llorado. Literalmente.

Llevo diez días atrapado entre terribles pesadillas. Incapaz de dormir. Incapaz de descansar.

Él lo nota por mi voz. No está bien que lo note. A estas alturas ya debería haber conseguido avanzar hacia mi objetivo final.

—¿Esta bien? —me pregunta con cordialidad y sincera preocupación.

No debería preguntar. No debería notarlo.

—Sí, sí, solo un mal sueño —contesto tratando de quitar importancia.

—¿Otra vez?

Me sorprendo contándole cada detalle del sueño. Como hice con el anterior, y con el anterior.

Llevo teniendo pesadillas desde nuestro primer encuentro.

He tirado todas las pastillas del loquero a la basura. La tentación de consumirlas para dormir es poderosa. No debo hacerlo. No quiero perder eficacia algo que por otra parte ya estoy haciendo.

Normalmente es al contrario y son ellos quienes confían en mí hasta el último rincón de su existencia, pero con él no. Con él todo es diferente y aunque he hecho algunos progresos lo cierto es que en los últimos cinco días apenas he conseguido saber nada más de lo que tenía en mis informes. No termina de abrirse ante mí y sin embargo yo no paro de parlotear sobre mis pesadillas.

—Está sometido a demasiado estrés, tiene que relajarse. ¿Quiere que pospongamos la cita?

—No, no, allí estaré.

No estoy preocupado. No es la primera vez que me encuentro con alguien cerrado y de difícil acceso, pero debo reconocer que no es habitual que me encuentre tan cómodo confesando partes de mi día a día con la víctima. Imagino que son las putas pesadillas que me tienen descolocado, cansado e inesperadamente vulnerable. Aún así no dudo de mi labor y mi objetivo. Ellos me han pedido una primera valoración. Confirmo que estará listo para la fecha acordada.

Me meto en la ducha pensando que aquello ha sido más un deseo que una realidad.

El agua cae por mi cabeza y relaja mis músculos.

En un par de horas tengo que cerrar la primera inversión de mi víctima en su nueva y estimulante aventura.

En un par de horas empezará por tanto a morir.

7

Aparece impecable al encuentro. Hay algo en su forma de vestir y de manejarse que me fascina. Sus formas, su manera de hablar, su idea de la buena educación, todo rezuma clase. He tenido contacto con todo tipo de personas, pero él es diferente. Estoy algo confundido. Apuro el segundo café de la mañana mientras esperamos.

—¿De dónde te viene ese interés por el maravilloso y apasionante mundo de la industria farmacéutica? —pregunto entre indiferente y burlón tuteando por primera vez a mi víctima.

—¿Y a ti la afición por recomendar inversiones a desconocidos? —sonríe respondiendo a mi intento de ganar en cercanía.

Esconde siempre sus cartas. Hemos entablado una moderada pero sincera relación casi diaria y sin embargo parece siempre dispuesto a esconderse detrás de sus formas y su elegante dicción. Me gusta como habla.

Alejo al instante ese pensamiento.

No entiendo qué hago adulándole.

Morirá en unos días.

—Adoro el café gratis —respondo mientras bebo un nuevo sorbo.

—Sabía que tenías intereses ocultos.

—He conocido muchos inversores en mi vida, pero por lo general son aburridos y poco imaginativos. La industria farmacéutica es diferente.

—¿En qué sentido? —me pregunta interesado.

—Por un lado, podría pensarse que eres un buen hombre que desea salvar el mundo (y ganar unos cuantos millones por el camino) …

—¿Y por otro?

—Que eres un hombre sin alma capaz de negociar con la cura del cáncer sin ningún reparo moral.

—¿Y tú que crees?

Sus ojos se clavan en los míos y me perturba. Su forma de mirar es profunda, muy diferente a lo que suelo encontrarme. Rezuma tranquilidad, seguridad en sí mismo y un cierto encanto que hace realmente difícil escudriñar qué hay más allá de lo que se ve. En la mayoría de los casos ya sería capaz de encontrar el camino más adecuado para llegar a mi objetivo, pero con él, con él todo es hermético y difuso.

Realmente no sé qué pensar.

—No lo sé —confieso —todavía estoy en ello.

—Curioso.

—¿Qué parte?

—Pensé que estabas interesado en la generosa comisión que vas a sacar de todo esto y resulta que puede que esté ante un humanista recalcitrante que se hace preguntas de ese tipo.

—Me interesa la gente, sus motivaciones, sus objetivos, sus miedos…

—¿Sus miedos?

Me lanzo a por otra vía de acceso. Normalmente es la conversación indirecta quién me ofrece la información que necesito para ejercer mi don, pero en este caso los caminos parecen cerrados. No es la primera vez que me encuentro ante un caso así, pero reconozco que va a suponer todo un reto llegar hasta el final.

—Puede saberse mucho de alguien por sus miedos. Nunca sabes dónde vas a encontrar la motivación que lleva a una persona a ser de tal o cual manera o a negociar de una forma u otra. Dicen que se sabe más de alguien por lo que teme que por lo que ama.

—¿Y tú qué temes? ¿Los vampiros?

—No creo en fantasmas —sonrió incómodo.

—No hablo de fantasmas. Hablo de vampiros. —precisa con una seriedad inesperada.

—Las pesadillas. ¿Lo dices por eso no? —contesto desconcertado. Su mirada parece penetrar aún más en mi interior y por un instante, un efímero segundo juraría que empiezo a sentir...miedo. ¿De él? No tiene sentido e involuntariamente niego con la cabeza. Él lo nota.

No está bien que lo note.

—¿Estas bien? Sí, me refería a tus últimas pesadillas...

—¿Y tú, tú que temes? —pregunto evadiendo su pregunta y lanzándome de cabeza en busca de la información que necesito.

—¿Yo? Las estacas claro.

Se hace el silencio durante un par de segundos.

Estoy aterrado.

Estoy despierto.

Rompe a reír.

Nuestra cita hace acto de presencia.

Me recompongo como puedo y estrecho su mano.

Tiemblo.

Necesito dormir.

Necesito descansar.

Él me mira.

Joder, vuelvo a sentir miedo.

8

No puedo moverme. Su mirada tiene un efecto paralizante en mí y apenas consigo respirar. Soy consciente de mi propia parálisis a un nivel que jamás creí posible. Sino fuera porque es imposible juraría que soy incapaz hasta de mover los ojos. Estoy literalmente petrificado.

Se acerca a mí. Sus movimientos son lentos, pausados, como si dispusiera de todo el tiempo del mundo. Sabe que soy suyo, sabe que no podré escapar y como un depredador que juega con su presa hace crecer en mi interior un terror inenarrable. Sé que voy a morir, pero eso no me da miedo. Es más, lo deseo.

Lo que me aterra es todo lo que sucederá antes.

Trato de gritar, pero es inútil. No tengo fuerzas. La sangre que ha bebido de mi cuello hace horas que me dejó débil y agotado. Todavía puedo sentir sus dientes. Es como si después de sorber de mi interior algo siguiera chupando y chupando. Juraría que hasta los músculos de mi cuello se mueven solos, tal vez movidos por el desgarro que los partió en dos.

Sonríe. Jamás he visto a nadie sonreír de semejante manera. Una mezcla de encanto y horror se dibuja en sus labios goteantes de sangre mientras pronuncia mi nombre con su dicción impecable mientras se regodea en lo que va a suceder.

Empieza a devorarme. Sufro lo indecible.

No muero.

Queda una eternidad para ello.

—Las estacas —recuerdo que dijo.

Recuerdo mi primera víctima. No fue por supuesto nada profesional y no obtuve de su muerte más recompensa que la venganza. Tenía 16 años y fue la primera vez en la que supe que tenía un don que nadie más tenía y que me hacía único e irrepetible.

Era capaz de provocar simplemente con mis propias palabras que la gente muriera de miedo.

Literalmente.

Aquel chico llevaba meses haciendo de mi vida en el instituto una completa agonía. A las burlas y bromas diarias se había unido el robo constante de material, apuntes e incluso de dinero y la total impunidad con la que aquel matón se movía por las aulas convertía mi vida en una tortura infernal.

La información llegó a mí de forma totalmente accidental. Una araña, una simple araña caminando por su mano derecha desató en aquel muchacho un temor mortal que provocó que la bandeja de su comida terminara por el suelo ante el asombro de los demás alumnos. Fue la primera vez que comprendí que todo el mundo teme algo, que por poderoso o fuerte que te creas siempre hay algo en la oscuridad que te aterra y te convierte en la versión más infantil y vulnerable posible...

Durante noches y noches pensé en cómo aprovechar su temor a los arácnidos para mi propio beneficio. Planeé todo tipo de imposibles situaciones casi de comedia juvenil hasta que un día el destino quiso brindarme una oportunidad que cambiaría mi vida para siempre. Un castigo, un simple castigo compartido con mi víctima propició que compartiéramos aula en una más que oportuna soledad.

No recuerdo cómo empecé, pero mi memoria es capaz de repetir punto por punto la forma en la que comencé a hablar de arañas con aquel chico desatando en su interior el más puro e insoportable de los terrores. Le hablé de todo tipo de insectos, de todo tipo de lugares en los que podían esconderse, de arañas que se cuelan en tu boca mientras duermes, de huevos puestos en la cavidad auditiva que terminan por germinar en tu propio cerebro, llenando todo tu cuerpo de arañas bajo la piel. Fui calmado, lento, cuidadoso, pero tras veinte minutos de conversación aquel matón abandonó el aula, subió al tejado y se arrojó al vacío del edificio, aplastándose su cráneo contra el suelo.

No lamenté su muerte y supe al instante que yo la había provocado hablando, simplemente hablando.

Durante varios días dudé de si aquello había sido una casualidad quizá motivada por algún trauma infantil de mi víctima así que me propuse constatar si mi recién descubierto don era en realidad tal capacidad. Hice buen uso de internet para entablar conversación con una mujer desconocida y cuatro días después de mantener unas profundas charlas sobre nuestros sueños y temores, supe por los medios de comunicación que había quemado su casa con toda su familia dentro. Los vecinos habían oído gritar que debía purificar el aire para deshacerse de todos los microbios que volaban de boca en boca, de mano en mano, de cuerpo a cuerpo.

Poco a poco empecé a sacar partido económico a mi don, adelantando mi herencia, aprovechándome de la candidez del ser humano para confesar sus temores más recónditos y obteniendo un beneficio sustancioso y totalmente indetectable. ¿Quién podía explicar un suicidio "de manual" por unas cuantas charlas? Había descubierto mi capacidad para llevar a cabo el crimen perfecto y por supuesto no tardé en sacar el mayor rendimiento profesional a tal virtud.

Comencé a trabajar para mis actuales "jefes" unos años después y nunca, hasta este instante, había tenido el más mínimo fallo en mi labor. He dado con algunas víctimas más herméticas que otras, pero al final, días arriba o abajo siempre he logrado que terminen poniendo fin a su vida de la manera más traumática y eficaz posible.

Siempre hasta este momento.

Estoy agotado. Rendido. Al límite de mis fuerzas.

Estoy despierto, pero apenas logro mantenerme en pie.

El café ha pasado a formar parte de mi sangre de la misma forma que los glóbulos blancos y los rojos. Soy un cúmulo de cafeína, insomnio y cansancio. Sufro durante el día periodos enteros en los que no consigo centrarme en lo que sucede a mi alrededor. Parece que mi propio cuerpo rechaza el soñar y vive inmerso en una tormenta constante de pesadillas.

No he avanzado nada en mi objetivo.

Siento un profundo terror cada vez que me encuentro con él y su imagen controla mi cuerpo como si fuera un muñeco de trapo en manos de un marionetista loco.

Trato de seguir el plan trazado pero el agotamiento y la falta de fuerzas me impide profundizar en él.

Jamás había tardado tanto en profundizar en él.

Jamás tanto en poder utilizar mi don.

Hace veinte días que soy incapaz de dormir.

Cada vez que cierro los ojos aparece el terror más absoluto ante mí.

Aparece él.

—Ve a casa, échate en la cama —me dice tras contemplar el lamentable aspecto de mi rostro.

Estamos a punto de entrar a otra reunión. Apenas soy capaz de hablar.

Mi loquero ha llamado. Está preocupado por mí.

Que le jodan.

—¡No! —contesto casi gritando —La cama no...

No puedo dormir. No debo dormir. Todo el cansancio y el dolor de alma que sufro durante el día no es nada comparado con el terror infinito que siento en la noche, atormentado por pesadillas imposibles sobre vampiros y monstruos.

Aterrado por él.

Debo seguir. Debo terminar mi trabajo.

—Escucha, esto no puede seguir así, debes descansar y vas a hacerlo. Esta noche duermes en mi casa y no hay más que hablar.

—No, no puedo, no debo, en serio —balbuceó horrorizado antes de que todo se vuelva negro.

Negro. Oscuro. Vacío.

Lo último que veo es su sonrisa.

Un escalofrío rompe en dos mi mente.

10

Recobro la consciencia. Me siento débil, flojo, apenas capaz de soportar el peso de mis propios párpados. Trato de hablar, pero mi boca está completamente seca. Un vaso de agua surge de mi izquierda y se posa sobre mis labios.

—Bebe, tranquilo —me dice su voz cálida.

Me sonríe y de alguna manera que no puedo explicar me reconforta.

—¿Qué...qué ha pasado? ¿Do...dónde estoy?

—Te desmayaste. Estas en mi casa, llevas durmiendo unas cuantas horas. El médico vino a verte, dice que tienes una anemia de caballo y que necesitas descanso.

Cierro los ojos involuntariamente. Todo mi cuerpo parece flotar sobre el colchón mientras cerebro trata de unir las piezas de una realidad más fragmentada que nunca. Estoy en la cama de mi víctima. Nada tiene sentido. A estas alturas debería estar a punto de terminar con él y sin embargo me siento atrapado, de alguna manera encerrado en un callejón sin salida.

He tratado de negarlo los últimos días, pero lo cierto es que estoy a punto de tirar la toalla.

Estoy cansado, muy cansado.

—Es posible que tus pesadillas procedan de la anemia —dice mientras coloca de nuevo el vaso de agua en la mesilla de noche —creo que al final te has quedado sin gasolina, amigo. —sonríe con delicadeza y una pizca de comprensión. —Tienes que bajar el ritmo y tienes que hacerlo ahora.

Mi cerebro coloca sus palabras en la carpeta de lo razonable y por primera vez en los últimos días encuentro una explicación lógica a la serie de sucesos inexplicables que han tenido lugar. Las pesadillas, el cansancio, los terrores que han ido asaltándome inesperadamente...todo encuentra su sitio y con él disfruto de un repentino estado de paz.

Mis ojos me pesan.

Empiezo a quedarme dormido.

Trato de luchar contra ello.

No puedo.

Entonces lo siento.

Siento sus dientes en mi cuello.

No hay dolor. En su lugar una prolongada sensación de relax invade mi cuerpo.

Está bebiendo de mí.

Él está bebiendo de mí.

Todo se torna negro. De un negro cálido y tranquilo.

Tomo su cabeza y la aferro contra mi cuello.

Vuelvo a desmayarme.

11

Despierto sobresaltado entre gritos. Tengo un paño mojado en mi cabeza que escurre y cae sobre mi brazo derecho.

—Tranquilo, tranquilo —me dice una desconocida voz de hombre con delicadeza —Señor, ha despertado —anuncia a continuación.

Él aparece por la puerta con una sonrisa despreocupada.

—¿Cómo te encuentras? Menudo susto me has dado.

—¿Qué...qué ha pasado? —pregunto sin entender absolutamente nada.

—Te desmayaste. El médico dice que fruto del estrés y la falta de sueño.

Me llevo la mano con rapidez a mi cuello. No hay signos de mordisco.

—¿Otra pesadilla? —pregunta sin dejar de sonreír, esta vez con una ligera preocupación —¿Vampiros de nuevo?

Dirijo mi vista al otro hombre de la estancia.

—Oh, no te preocupes, es de mi confianza. Forma parte de mi servicio. Ha estado cuidando de ti mientras terminaba de atender unos negocios.

—¿Cuánto llevo inconsciente?

—Unas horas, pero no te preocupes, todo está controlado. La reunión ha sido un éxito. Relájate. Debes hacerlo.

Nada lo está. Nada está controlado. Estoy sudando, desconcertado y soy incapaz de entender absolutamente nada. Me cuesta distinguir la realidad de mis pesadillas. Miro su cara y no me cuesta nada recordar como desgarraba mi cuello con placer hace apenas unos segundos.

Tengo miedo. Estoy completamente aterrado. Tengo que salir de aquí. Me intento incorporar.

—Quieto, quieto, no vas a ir a ningún sitio. No puedes conducir en este estado y el médico desaconseja que estés solo. Debes descansar y comer bien.

—Te lo agradezco, pero debo irme a casa.

—Insisto, guarda reposo. —afirma eliminando cualquier residuo de sonrisa de su mirada.

Tras realizar un casi imperceptible gesto a su servicio abandona la estancia y me encierran literalmente en la habitación. A duras penas consigo levantarme y trato de abrir la puerta sin éxito. Estoy muerto de miedo, nervioso, incapaz de controlar cualquier latido de los cientos que se han disparado en mi corazón.

—Déjame salir —dijo a media voz tratando de normalizar la situación.

No oigo nada. No entiendo nada de lo que ocurre. Estoy prisionero, ¿lo estoy? He sufrido un desmayo, llevo días sin descansar y apenas consigo diferenciar realidad de sueño. ¿Qué está pasando?

—¡Déjame salir! —grito con desesperación mientras golpeó con fuerza la puerta.

El servicio aparece y sin mediar palabra me coge de los brazos y me conduce a la cama. No hay violencia explícita en sus actos, pero si un uso oportuno de la fuerza, capaz de convertir en inútiles mis intentos por zafarme de sus manos.

—Quiero irme a mi casa, ¡suéltame!

No abre la boca, en su lugar me tira sobre la cama y una vez inmovilizado mantiene su mirada fija en mí. Dios santo, ¡quiero salir de aquí! Intento moverme sin éxito, estoy a su merced.

—¿Qué cojones haces? —grito desalmado.

Abre su boca y veo dos afilados colmillos brotando de su interior. No puede ser, ¡no puede ser! No tengo escapatoria, no puedo hacer nada.

—¡Socorro! ¡Socorro! —grito a plena voz mientras siento mi cuello destrozado por el primer impacto de su mandíbula. El dolor es agudo y punzante y noto como la sangre brota violenta de mis venas hacia su lengua. El terror aumenta cuando siento unas enormes y retorcidas uñas arañando mi pecho, logrando que la sangre abandone mi cuerpo por dos lugares diferentes.

Trato de gritar, pero es inútil. Acaba de seccionarme las cuerdas vocales mientras bebe de mi interior hasta dejarme sin una sola fuerza con la que luchar.

El vampiro desata su furia y muerde con ira mi cara, arrancando parte de la piel que cubre mis mejillas y devorando con ansiedad los músculos que forman mi rostro.

Siento morir.

No muero.

Tengo la sensación aterradora de que queda mucho para ello.

12

Me incorporo violentamente y grito.

—Tranquilo, tranquilo —dice el doctor mientras su bata blanca roza mi brazo derecho. —No se preocupe, todo está bien.

Miro a mi alrededor.

—¿Do...dónde estoy?

—Estas en mi casa —contesta mi víctima —te desmayaste.

Estoy desquiciado. Completamente loco. Quiero gritar, pero soy incapaz de controlar los impulsos de mi cuerpo. Tiemblo. Empiezo a sudar. Me muevo violentamente en la cama y descubro que estoy atado de pies y manos.

—¡Soltadme! —exijo con toda la fuerza de mi garganta.

El médico clava una jeringuilla en mi brazo izquierdo.

—No se preocupe. Es un tranquilizante. Ha sufrido un ataque de estrés severo y no puedo arriesgarme a que vuelva a reproducirse. Con esto dormirá otro rato. No debe alarmarse. Según parece lleva varios días privado de sueño y sometido a una gran tensión. Es normal que su cuerpo se haya revelado. Debe descansar y tranquilizarse. Le prometo que cuando vuelva a despertar todo estará bien.

No logro diferenciar si lo que está sucediendo es un nuevo sueño o si hay algo de realidad en ello. Miro a mi alrededor y ahí están, mi víctima, el hombre a su servicio y aquel doctor preocupado por mi salud. Sigo atado a la cama y me muero por comprobar el estado de mi cuello el sueño mientras la oscuridad envuelve mi vista.

Voy a dormirme.

Me encuentro relajado.

Un terror deforme invade mi cuerpo sin que sea capaz de luchar contra él.

No sé qué es real y qué no.

Me he vuelto loco.

13

El despertador suena.

Me incorporo casi de inmediato, sobresaltado. Miro a mi alrededor con furia, con ansiedad y desesperación. Estoy en casa. Estoy bien y lo más importante, estoy solo.

El suelo está frío. Busco sin éxito mis viejas zapatillas y camino hasta el baño.

Me miro al espejo y una ola de terror lo invade todo.

Corro desesperado hasta el teléfono y miro los últimos mensajes y llamadas.

No hay ni rastro de él. No hay ni rastro de que haya sido real.

¿Una pesadilla? ¿Es posible?

Necesito una copa.

Busco en el cajón mis pastillas y la acompaño con una ración doble de hielo con ansiolíticos y me dejo caer sobre el sofá.

Indago en todo cuanto tengo para comprobar si todo ha sido un sueño, un mal sueño, un aterrador sueño. Compruebo mi agenda, mis últimos movimientos, mi extracto bancario.

Abro mi Tablet y tecleo su nombre en Google.

Cero resultados.

Cierro los ojos y suspiro. Soy incapaz de evitar llevar mi mano al cuello.

Todo ha sido un sueño.

Una pesadilla.

Una puta pesadilla.

Voy a la ducha.

El agua cae lentamente por mi cuerpo, erizando mi piel y despertando todo un mundo de sensaciones placenteras. Ha sido una de las peores noches de mi vida. Ha sido todo tan real que incluso ahora mientras enjabono mi pecho puedo sentir los olores, el tacto, el sonido de los colmillos fracturando huesos a su paso.

La sensación de desconcierto va disminuyendo, pero todavía me acompaña cuando piso la calle. Hace un día precioso de otoño. Frío, ocre, rutinario. Precioso. Acudo al punto de encuentro y agradezco haberlo establecido en uno de los parques más concurridos y bellos de la ciudad. Ha sido una noche tan larga que la compañía que habitualmente desprecio tranquiliza mi atormentada y patética alma.

El contacto está en su puesto cuando llego. Bien.

Estoy deseando trabajar. Necesito un nuevo objetivo y recuperar la cordura de una pesadilla demasiado real como para olvidarla fácilmente.

El sobre tiene el mismo tacto que los anteriores. La tarifa los mismos ceros y la fecha de entrega la misma distancia desde hoy.

Miro al cielo cuando quedo a solas con el sobre.

Me encuentro bien. Mejor. Más tranquilo.

Desgarro con mimo la parte superior y extraigo la foto de mi objetivo.

Mi corazón se acelera.

El terror se dispara.

Es ÉL.

Joder, es ÉL.

Miro a mi alrededor.

Estoy solo.

No hay una puta alma en la ciudad.

Oigo una sonrisa, tétrica y retorcida que surge sin un origen fijo de algún rincón del parque.

Es ÉL.

Grito. Grito sin sentido y sin razón. Grito sin fin y sin consuelo.

Me levanto y trato de correr.

Soy incapaz de hacerlo.

Oigo su voz.

Es ÉL. Joder, es ÉL.

14

—¿Estás bien? —pregunta con un interés en apariencia sincero — me estabas hablando de oportunidades.

Estoy en un restaurante. Estoy en el puto restaurante en el que acabo de conocerlo. La puta está en la barra y mi tarjeta tiembla a bordo de mi mano derecha.

Soy incapaz de hablar. No entiendo absolutamente nada y pese a que lo intento no puedo gritar.

Mi corazón late desbocado mientras trato en vano de distinguir realidad de sueño, lo real de lo aterrador.

¿Qué está sucediendo? ¿Qué está pasando?

Lloro. Lloro de jodida impotencia, lloro de miedo y de pánico, pánico a dormir, pánico a despertar....

Pánico a vivir.

Cojo el cuchillo.

—¿Qué me estáis haciendo? ¿Qué cojones me estáis haciendo?

—Tranquilo, tranquilo —dice sobresaltado y mirando a su alrededor buscando ayuda —mira, no sé qué está pasando, pero lo solucionaremos, de verdad.

—¿Qué no sabes qué está pasando? ¡Yo te diré lo que está pasando! ¡Todo es un puto sueño, todo un puto sueño joder! No eres real, ¡nada lo es!

—Que alguien llame a una ambulancia por favor, creo que este hombre está sufriendo un ataque...

—¿Un ataque? Jajaja —río a carcajadas consciente de que estoy desencajado y sin un ápice de cordura en mi mente. —¡Puto vampiro! No te preocupes por mí, nada es real, ¡Nada es real! ¡Joder! Puedo hacer lo que quiera, en cualquier momento voy a despertar, ¡joder voy a despertar!

—Esto no es un sueño. Acabas de abordarme, has venido con tu amiga e ibas a decirme algo sobre un posible negocio a juzgar por la tarjeta que tenías en la mano —se mueve con calma para cogerla —¿ves? Imagino que este es tu nombre y tu profesión.

Me muestra la tarjeta y mis ojos caen sobre ella. Leo mi nombre, pero para cuando mis retinas alcanzan mi profesión el mundo entero se pliega sobre sí mismo y la oscuridad vuelve a atraparme entre sus garras.

"Vampiro" —leo horrorizado.

—¡No, nooooooooo! —grito mientras mi garganta tiene voz en su interior.

Sonríe. Puedo verlo sonreír.

Agarro el cuchillo con firmeza.

No pienso permitir que beban de mí.

Jamás.

Quiero ser libre.

Tengo que

15

—¿Qué tenemos? —preguntó el inspector esquivando con cuidado la sangre del suelo.

—Varón —contestó el joven agente con rapidez —50 años, divorciado, vivía solo. El forense nos ha dicho que sufrió múltiples puñaladas y sección casi completa del cuello. Murió desangrado y no fue rápido.

—Pobre diablo. ¿Arma homicida?

—Aquí la tiene. —responde con rapidez el agente mostrando una bolsa con un afilado cuchillo de cocina en su interior — Y no se preocupe jefe, el asesino no fue muy lejos.

—¿A qué te refieres, hijo?

—Que lo tiene ahí tirado.

—¿Suicidio? ¿Quién cojones se suicida así?

—Hemos visitado su arsenal de pastillas recetadas y hemos llamado al doctor a su cargo. Me ha dejado helado. Este hombre sufría agorafobia con un serio desdoblamiento de personalidad.

—Y eso ¿qué cojones significada?

—Tenía doble personalidad. Convivían en él al menos dos identidades diferentes.

—Joder.

—Estaba en principio medicado para ello. Tiene que ver toda la documentación que nos ha hecho llegar el doctor. Es increíble. He alucinado literalmente con lo que hemos encontrado. Este tipo se creía una especie de mentalista, un asesino a sueldo capaz de provocar en sus víctimas terrores insoportables. Hemos encontrado todo tipo de diarios y documentos que lo acreditan, fantasías de una mente perturbada. Es espeluznante.

—Dios mío.

—No he visto en mi vida nada igual. Hemos leído las últimas entradas en su diario. Se aterró a sí mismo durante días y días hasta que fue incapaz de vivir con el horror. Es macabro leerlo, se lo juro. Su última anotación se interrumpe. Imagino que fue cuando se mató.

—Nadie sabe más de sus propios temores que uno mismo. Después de todo sí fue un asesino a sueldo y muy eficaz.

El inspector cerró su bloc de notas.

—Pobre diablo. Tápenlo.

Justo un segundo antes de que la sábana cayera sobre el cuerpo destrozado de la víctima el inspector creyó ver algo...algo en el cuello del cadáver...

—Un momento.

Dudo durante un par de segundos. Suspiró. Llevaba demasiados años en el cuerpo como para saber cuándo debía complicarse la vida y cuándo no.

—No es nada, llévenselo.

A fin de cuentas ¿Qué sentido tenía dar importancia a dos pequeños orificios simétricos situados en el cuello del cadáver?

El Infinito llanto de las Tinieblas

Perdidos en las hojas muertas de un calendario cruel quedaban los buenos tiempos en que la espesa luz de la biblioteca caía sobre sus ojos permitiéndole asistir al continuo desfile de tinta con el que corazón de lector dibujaba los asombrosos relatos que llenaban su vida. Aferrado al silencio de aquel lugar en el que la mayor de las multitudes se convertía en la mayor de las soledades por la magia de la palabra no dicha, el joven lector descubrió tiempos de placer, tiempos llenos, tiempos auténticamente dorados, muy alejados de su sombría y solitaria realidad cotidiana...

Adoraba a sus padres y no podía realizar queja alguna sobre sus amigos y conocidos. Era querido y como tal solía sentirse.

No se trataba de eso. Era algo más, algo profundo en dónde el eco de sus sueños resonaba con fuerza en un inmenso vacío.

Para él, esas hojas llenas de tinta eran lo único que le separaban de aquella nada en mitad del "todo". Ellas, sábanas blancas sobre negro sobre el lienzo de su soñar, creaban el único lugar en que era feliz, en el que era amado, en el que esa chica siempre con diferente rostro le miraba y sonreía...en dónde solo bastaba con leer e imaginar.

Lejanos, lejanos como la primera gota de rocío que dibujó su caminar en el interior de una verde hoja virgen, se encontraban aquellos días en los que comenzó a vivir a medio camino entre la realidad y la ficción, entre la primera y la última letra, entre las cálidas tapas de los libros que le servían de compañía y alimento. Días de aventuras imaginadas y relatadas a golpe de punto y seguido, días de emoción y sentimientos tan intensos, tan poderosos que no tardaron más que un suspiro en tornarse capaces de atraparle, de convertir el mar de su existencia en una tormenta de letras confundiendo su mente cual quijote alejado para siempre de su realidad....

Años después, mientras la oscuridad reinaba con su negro bastón de noche sobre todos los rincones de su alma, mientras el sol le era negado y la vida humana prohibida, intentaba creer que todo el dolor y el terror que le rodeaba desde entonces no era más que el miserable engaño de una mente enferma y que todo aquello, la fábrica, el sótano, la soledad, la oscuridad no era sino una horrible pesadilla...

Sin embargo, cada vez que cerraba los ojos, los recuerdos de aquel último día en que una vida fue tal regresaban a él con fuerza recordándole que todo era cierto, que lo imposible se había hecho verbo cierto.

2

Ocurrió en los días de inocencia y de comas y acentos en los que sus ojos estaban sometidos al imperio de una sólida luz blanca de fluorescente burocrático.

Aquella noche, aquella hoja en el calendario llovía en el exterior, lo que había alejado a la gente de la calle y del viejo camino de adoquines que conducía a la biblioteca.

A simple vista, a los anónimos ojos de cualquiera, estaba solo allí, apenas acompañado por la luz, el silencio y los cortos pasos de la anciana encargada del lugar, pero realmente no lo estaba, de hecho, nunca antes había estado tan acompañado.

Miles de personajes, de ideas, de mundos cercanos y lejanos llenos de magia, amor y aventuras estaban con él, mirándole sin decir palabra, sin romper el mágico silencio que comandaba su lectura, su visita por los eternos reinos de lo escrito.

En algún rincón de la estancia había un reloj, pero su tic tac apenas podía oírse entre los pensamientos de aquel joven y las palabras de sus personajes en el silencio. A medio relato, cuando su mente acusaba el viaje a la imaginación, solía caminar, recorrer alguno de los pasillos buscando en el lomo y las tapas de los libros acomodo y comprensión, apoyo y tal vez una callada complicidad.

Más de mil veces deseó encontrar en su vida real, aquella que vivía en su casa, con sus padres, sus hermanos y amigos, esa misma sensación de compenetración, de unidad, pero era imposible pues en la biblioteca no era uno más. Entre aquellas cuatro paredes podía ser todo, vivirlo todo y sentirlo todo. Quizás su futuro estuviera encerrado entre otras cuatro paredes de una triste y rutinaria oficina, tal vez aquello no podría evitarlo, pero lo que, si podía evitar, sobre lo que, si podía mandar, era sobre su presente, sobre esas tardes y noches en la biblioteca y sobre sus letras negras sobre blanco. Allí era el dueño de su vida y todo adquiría un sentido muy alejado del hueco eco de la intrascendencia diaria.

Cada vez era más intenso. Quizá debió advertir allí el peligro, quizá debió entender lo que estaba sucediendo mucho antes de que la oscuridad lo atrapara, pero ciego a las verdades imposibles de la vida, siempre creyó que la vida era solo lo que podía verse con los ojos de cualquiera.

Hasta aquella terrible noche.

Absorto en los títulos estimulantes de los lomos de los viejos volúmenes que lo flanqueaban no tardó en sentir al final de aquel pasillo una extraña forma de mirar. Tenía muy claro que un pasillo carecía de ojos y de consciencia para establecer ningún tipo de contacto visual con nada que por él transitara e igual condición inerte cabía esperar de los libros pues estos no tienen más ojos que los de los escritores que una vez los crearon.

Aún así se sentía observado, sentía como si un manto de miradas estuviera alfombrando su caminar en aquella lluviosa y solitaria noche de luna esquiva. Era como si su sola presencia entre aquellas tapas despertara un profundo recelo, un intenso desasosiego en alguien...o algo.

Lidiando con semejante y desconocida sensación se encontraba cuando un tétrico sonido surgió de entre la oscuridad de los rincones sin luz de aquel lugar. Su corazón se detuvo entre dos latidos y su alma se escondió en su pecho suplicando clemencia. Años después lamentaría que su corazón no se hubiera partido para siempre entonces, pero sostenido por una inoportuna fortaleza de juventud sobrevivió lleno de terror al primero de los gruñidos de la retorcida oscuridad.

— ¿Hay alguien ahí? —acertó a susurrar con un diminuto hilo de voz en su garganta.

El silencio se quebró para siempre en la biblioteca, partiendo en mil pedazos su vida. Un gruñido aún más potente que el anterior destrozó con furia la paz de su existencia lanzando por los aires decenas de libros contra el suelo y paredes del lugar.

—¡Socorro! —gritó a sabiendas de que la única persona capaz de escuchar su lamento era una anciana bibliotecaria.

Corrió. Podía sentir la sangre recorriendo su cuerpo tratando de llevar algo de fuerza a sus músculos mientras su corazón bombeaba terror a toneladas. Recorrió los pasillos mientras a su espalda aquel lugar se desmoronaba atacado por algo que no tardaría en apresarlo.

Incapaz de girarse, incapaz de descubrir el hueco rostro del depredador que acechaba su alma, logró alcanzar la entrada de la biblioteca encontrando a una más que alarmada bibliotecaria que contemplaba paralizada la terrible escena.

—¡Tiene que ayudarme! —suplicó con todo lo que tenía dentro de su alma —¡Debe avisar a la policía!

Mas la anciana, destruida por el pánico apenas acertó a mover su mano izquierda señalando con pavor aquello que lo perseguía.

Fue entonces cuando se giró y contempló por primera vez el auténtico rostro de su oscuro e infernal destino.

Su sombra, creada a medias por la tímida luz de la luna que se filtraba por las lejanas ventanas del techo y por la pesada y densa luz de la propia biblioteca, lo perseguía enloquecida, alimentada por la devoradora irrealidad de una imaginación enferma.

—Dios mío…es imposible. ¡Corra!

Apenas dos segundos después y mientras alcanzaba la puerta de salida, la sombra envolvió a la anciana reduciendo cada centímetro de su cuerpo a un amasijo de vísceras y carne que arrancó de cuajo su vida, condenándola a una eternidad de tinieblas y sufrimiento.

En el exterior la luz lo dominaba todo y la sombra no tardó en atravesar sin esfuerzo la puerta del edificio para acecharle en plena luna. El terror apenas dejaba circular cualquiera pensamiento sensato en su mente, pero una certeza surgió de entre las retorcidas sombras de laverno.

Debía huir de las farolas, de los reflejos de los escaparates, de los esporádicos faros de los coches, de cualquier indicio de luz en la ciudad. Solo así podría escapar de su propia sombra, de la extraordinaria y aterradora creación que una imaginación desbordada había creado en el agujero hueco y vacío de una vida sin emociones.

Él mismo había perdido su propia identidad hasta reducir su mera existencia a un aborto de la oscuridad…y ahora debía huir.

Debía huir de sí mismo.

Destrozado en su desesperada fuga encontró a pocos minutos de allí el lugar perfecto dónde ocultarse de los demonios de la noche. Se trataba de la antigua fábrica de muebles, la desolada y aterradora fábrica de muebles, reino y territorio de las ratas y otros seres vivos de la noche, donde su sombra, en la oscuridad más absoluta no podría mostrarse...

Fue allí, fue entonces, cuando comprendió que su vida permanecería condenada por siempre al negro más profundo pues una única brizna de luz sería suficiente para encender la hoguera de su condenación.

Lloró. Lloró lágrimas de desesperanza en el oscuro corazón de las tinieblas eternas.

Un par de días después del primero de su noche eterna, se preguntó si todo habría sido un producto de su imaginación y en realidad lo sucedido no hubiera tenido nunca lugar. Tardó otra luna más en atreverse a comprobarlo para descubrir con horror que el terrible monstruo que yacía en su sombra seguía sediento de sangre y muerte. Bastó una simple farola para que una inocente pareja que paseaba en la noche fuera pasto de su hambre de terror.

La comida y el agua, que durante las primeras jornadas habían supuesto su única esperanza de encontrar la paz eterna, se hicieron imprescindibles ante la cobardía de una muerte cercana. Quiso la fortuna o la desgracia que un prologado apagón inundara la ciudad de oscuridad en una noche sin luna y pudiera robar de un cercano supermercado el agua y las conservas necesarias para subsistir...

Había llegado incluso a encontrarse a apenas dos metros de agentes de la policía que inspeccionaban el lugar en su búsqueda, pero siempre fue consciente de que una simple gota de luz sería suficiente para que todo aquel que lo rodeara siguiera el triste destino de aquella anciana bibliotecaria....

La cobardía se había mostrado más poderosa que la propia desesperación.

3

Treinta años había transcurrido desde su último llanto.

Poco quedaba en su cuerpo de aquel joven muchacho perseguido por su aterradora creación. Sus músculos se habían retorcido y atrofiado confiriendo a su cuerpo de un aspecto curvado y difuso. Los ojos que una vez habían surcado los más bellos colores se habían tornado grises, adaptados a una oscuridad completa que lo permitía distinguir con nitidez entre las tinieblas y lo cegaba por completo ante cualquier indicio de luz.

Confinado en lo más oscuro de aquella fábrica, alejado para siempre de su familia y condenado a vagar entre una rutina de completa negrura, aquel ser transitaba a medio camino entre un monstruo y un cadáver. Las noches permitían que se arrastrara por el lugar sin peligro alguno, una vez que las ventanas y cualquier resquicio de luz habían sido tapados. Los días los pasaba durmiendo en una diminuta estancia que había hallado en el interior de aquel lugar y que debía corresponder a un sótano o trastero...

A solas con su pesar, recluido cual Quasimodo en un campanario sin música, los soles sin luz y las lunas sin sombra se habían ido sucediendo sin concederle el descanso eterno de la muerte, condenándole a toda una vida de espesa nada con una pequeña ventana como única rendija al mundo exterior.

Desposeído de toda capacidad de imaginación, aterrado por los monstruos que había creado, aprovechaba la oscuridad de la noche para contemplar los pasos perdidos de algún transeúnte por la ciudad mientras se esforzaba en no recordar la época en la que había sido uno de ellos.

Un simple ser humano.

Convertido en un extraño ser oscuro, asistió al crecimiento de las calles que rodeaban la fábrica pensando que en cualquier momento el hambre de cemento que parecía mostrar la diminuta imagen desde su ventana, pondría sus fauces en aquel edificio. Ignoraba qué ocurriría en el instante en que la luz bañara por completo el lugar, ¿sería su sombra capaz de superar ese enfrentamiento?

Sin embargo, sus pensamientos erraron por apenas unos metros pues no fue su edificio sino el solar de enfrente el que cayó preso de las fauces urbanísticas de una ciudad empeñada en crecer hasta los cielos.

En apenas unos días su diminuta ventana se llenó de sonido de obreros, máquinas, cemento y dudas siendo sus nocturnos ojos incapaces de mostrarle algo más que sombras al respecto. La luna le permitía contemplar el progreso de las obras mientras que los soles inundaban todo de ruido y frenesí constructor, el cual no alcanzó al abandonado edificio que él consideraba su prisión.

Era consciente de que en algunos meses aquella calle se llenaría de vida, pensando en su desesperación que quizá algún familiar hubiera adquirido alguno de los pisos que podría alcanzar a ver desde su ventana.

¿Qué habría sido de sus padres? Posiblemente habrían muerto, muertos en la creencia de que su hijo se fugó de casa sin dejarles ni una simple nota. Eso aprisionaba su pecho con mayor fuerza aún que su condenación, incapaz de haber podido explicar a sus padres lo sucedido. Alguna vez pensó en dejarles una nota, en contarles todo, pero ¿qué podría decirles?

¿Que su hijo se había convertido en un horrible monstruo de las tinieblas?

4

Con el paso del tiempo tuvo que reducir el pequeño espacio abierto de su ventana debido a la claridad que del edificio de enfrente se desprendía, dejando tan solo una aún más diminuta rendija a la que puso sumar en el lado opuesto un relativamente eficaz puesto de vigilancia que le permitía controlar la entrada.

Ahora que la calle iba a tener aún más vida no quería ni pensar en lo que podría suceder si algún grupo inconsciente de jóvenes entraba en el lugar iluminándolo todo con algún tipo de linterna. Del mismo modo pronto comprendió que no podía continuar pasando los días encerrado en el sótano puesto que si la noche suponía un riesgo para cualquier inesperado visitante, el día parecía multiplicar el peligro por mil. Debía solucionarlo y no tardó en hacerlo. Por fortuna los restos de la obra se encontraban cercanos y sólo debía esperar algún apagón para hacerse con los materiales necesarios algo que tuvo lugar durante la segunda tormenta de aquella lluviosa estación.

A salvo de peligrosos golpes de luz consiguió configurar un espacio de seguridad que le permitió conciliar el sueño por las noches y volver a vivir en algo parecía a los días, pues si bien el sol brillaba en lo más alto del cielo para él la única diferencia entre luz y oscuridad era la diminuta rendija al mundo exterior que se encontraba en la fachada oeste del edificio.

Pronto, amparándose en los sonidos y las voces que podía escuchar por su pequeña ventana comenzó a conocer algo más de la gente que vivía en el edificio lo cual supuso una distracción inesperada que le proporcionó a partes iguales algo de paz y una intensa sensación de agobio ante lo que jamás podría tener.

Escuchó e identificó a una pareja de recién casados, a un deportista, sin duda famoso a juzgar por el sonido del coche con el que regresaba a casa. Un par de muy ocupados abogados siempre al teléfono y lo que parecía ser una familia normal y corriente a juzgar por sus intrascendentes conversaciones en el portal del edificio. De entre todos los nuevos habitantes, y mientras las ventanas de la nueva vivienda se iban llenando de vida, eran estos últimos, los miembros de esa familia, los que más llamaban su atención tal vez porque la normalidad con la que parecían manejarse en el mundo contrastaba con la impostura del resto de habitantes de lo que debía ser un edificio de bastante buena posición social.

Pese a que era incapaz de contemplar ningún rostro por el día y la noche no le había concedido la oportunidad de conocer más allá de algunos pasos apresurados regresando al hogar, se sentía atraído por las voces y los sonidos de aquella familia como si hubiera algo en ella que tuviera que captar su atención. Tardó en comprenderlo pues si bien consideraba que quizá estuviera proyectando sobre aquellas personas la vida que jamás tendría, había pasado suficientes años a oscuras como para verse deslumbrado por ningún recuerdo inesperado por bonito que este fuera.

Sin embargo, una noche, una oscura y apacible noche de invierno, una voz atravesó los siete mares del silencio de la calle y desató una tormenta de olas en su corazón que inundó de ironía y fascinación su mundo.

Era la voz de una chica despidiéndose de una amiga antes de perderse en el interior del portal. No sonaba ni muy dulce ni muy agria, no era alta ni transcurría en susurros y por supuesto solo su excelente oído y el silencio de la madrugada consiguió revelarle todos los detalles de la garganta que había dado forma a las vocales y consonantes que fueron necesarias para dar forma al sonido rompió su luna en dos.

—¡Luz, Luz! —gritó desde una de las ventanas un niño de unos siete años de edad.

Luz. Ella se llamaba Luz.

Corrió raudo a la pequeña rendija para descubrir algo más del rostro de la dueña de aquella voz que lo había fascinado mas fue incapaz de ver nada más que unos simples zapatos rojos perdiéndose en el interior del portal.

Dorothy estaba en Oz de nuevo.

5

La rutina se repetía noche tras noche, pocas horas después de caer la luna sobre el firmamento. Durante los primeros días, durante las primeras noches, la fascinación por esa voz se fue transformando en una intensa necesidad de saber más, de ver más, de conocer más y como si de un maravilloso puzle se tratara fue colocando diminutas piezas sobre un tablero imaginario hasta recomponer la delicada figura de aquella voz única que resonaba con fuerza en su pecho que terminó formada únicamente por unos zapatos siempre rojos y un bolso de idéntico color. No hubo jamás un solo indicio de su rostro, el color de su pelo o la fisionomía de su cuerpo.

Solo su nombre y un color.

Solo Luz y el color rojo.

Apoyado en el involuntario aviso del pequeño de la familia que noche tras noche aguardaba la llegada de su hermana de la facultad asomado a la ventana, el monstruo comenzó a descubrir que por primera vez desde su confinamiento en las tinieblas había un punto de cada día que lo dividía en dos.

Tenía el mismo sentido que abrir los ojos en plena noche o que tratar de mirar por una ventana a la luz del sol sabiendo que no hay vida dentro de ellos, pero lo cierto era que había algo en aquella voz y en aquella chica que había agradando la pequeña rendija de su mundo hasta hacerlo inabarcable.

Se descubría a sí mismo preguntándose cuánto faltaba para escuchar aquel nombre. Podía encontrarse mirando nervioso por la rendija o deseando que la luz del sol se extinguiera por motivos muy diferentes a los que había tenido las últimas décadas. Por primera vez podría decirse que no aguardaba la llegada de la luna solo para sobrevivir a un nuevo día, sino que tenía un aliciente tan inesperado como absurdo.

¿Qué sentido tenía aquello?

Tal vez no era más que el desvarío de una mente enferma de tinieblas. Quizá el último resquicio de razón que anidaba en él había emprendido el vuelo dejándolo a solas con un nombre cuya mera pronunciación aludía de inmediato a su muerte.

Pero, en cualquier caso, cada vez que el pequeño de la familia gritaba desde la ventana, sus ojos habitantes de la noche buscaban encontrar en la distancia algún detalle más de Luz, algo con lo que conciliar el sueño minutos más tarde. Verla pasar, el mero hecho de verla pasar se había convertido en una obsesión inexplicable y cuando a sus pasos sobre los zapatos rojos se unía el sonido de su voz era como si cientos de fuegos artificiales hubieran estallado en el almacén de pólvora de su cerebro.

¿Qué estaba ocurriendo?

Podía saciar su curiosidad con cientos de historias por conocer de cualquiera de las ventanas de aquel edificio. Todo un universo de posibilidades se abría ante él cada vez que la puerta del portal del edificio dejaba salir o entrar vida e incluso habría podido describir con total precisión rostros y maneras de casi todos los habitantes del lugar...de todos salvo de uno.

Luz.

Años atrás había descubierto que el destino, que la vida y la muerte no se rigen por criterios racionales, y no trataba de encontrar respuestas ciertas a tan inciertas preguntas, pero, en cualquier caso, su mente encontró en aquel acertijo una razón para pensar y su corazón un motivo para sentir.

¿Sería aquella la tortura final que merecía por su crimen?

¿No bastaba con la cruda realidad oscura que lo aguardaba cada día al despertar y cada noche al tratar de conciliar el sueño?

Había algo peor, algo que sin lugar a dudas ignoró por completo hasta que una madrugada, aguardando la llegada de Luz a su portal pudo escuchar un sonido tan familiar como aterrador.

Llevaba días pensando en aquella chica, tratando de agudizar su oído hasta el exceso para conocer algo más en su conversación e incluso había maldecido con todas sus fuerzas la perdida absoluta de la visión durante el reinado del sol...pero si había algo que había hecho en los últimos días era imaginar....

Sí, había pasado horas y horas sentado, imaginando entre las tinieblas de su condenación y al hacerlo había vuelto a alimentar sin saberlo la condena que lo había confinado en aquella prisión de oscuridad.

Podía sentirla, podía escucharla, podía casi verla entre los pliegues de la noche. Poderosa, más poderosa de nunca y deseando aprovechar un resquicio de su razón para devorarlo por completo...

Su sombra acechaba más fuerte que nunca entre las tinieblas.

Pensar en Luz, imaginar su rostro, su vida, su sonrisa lo estaba acercando aún más a la oscuridad

¿Acaso pensaba que acercarse al sol no iba a hundirle en lo más profundo de la negrura de su destino?

Llevaba décadas huyendo de la luz y ahora...

¿Ahora qué?

Ahora se había enamorado de ella.

6

El paso de las semanas y los meses desembocó en un mar de verdades de magnitud universal.

Jamás había sentido nada igual por nadie.

Había leído cientos de libros escritos sobre el amor. Desde Shakespeare hasta Bécquer, desde Neruda hasta Dylan...su mente había viajado por los siete reinos del amor y había surcado los lejanos mares en busca de las más bellas sirenas. Podía decirse que lo sabía todo sobre aquel sentimiento y, sin embargo, cuando su corazón volvió a latir por segunda vez en aquel minuto supo que en realidad jamás había sabido nada.

Nadie había amado como él amaba en ese momento.

No había nacido escritor capaz de imaginar tan puro y profundo amor.

Sonreía sin motivo y contenía las lágrimas sin razón. Estaba nervioso aguardando día a día la noche para contemplar la llegada a pie de Luz y cuando ocurría su estómago bailaba del revés conteniendo un grito de emoción y de desgarro. Se sentía completo al verla e inacabado cuando marchaba. Se sentía vivo al oírla y muerto en el silencio.

Durante semanas, durante meses trató de negarse el derecho a amar amparado en la estúpida manera en que su corazón se había sentido atraído hasta el exceso por aquella chica. No conocía su rostro, jamás había contemplado el color de su pelo a menudo oculto bajo un gorro invernal. No sabía nada de ella, de su pasado, de su presente y por supuesto conocía mejor que nadie que jamás habría un futuro a su lado.

Tal vez fuera fea, tal vez aburrida, tal vez mandona o tal vez vacía. Quizá tuviera novio, quizá novia, quizá fuera demasiado joven o incluso algo más vieja de lo que su voz delataba. Puede que su nombre fuera lo único brillante en su mente o que considerara lo imposible imposible…

…pero poco importaba todo cuándo desde la diminuta rendija al mundo exterior escuchaba su voz, sus pasos y podía verla apenas unos cuantos segundos.

Las tinieblas de su oscuridad se bañaban en brillo y color durante ese tiempo hasta volver a tornarse amenazadoras e infinitas.

En todo aquel tiempo había desarrollado una precisa habilidad que permitía discernir por el modo en que unos pasos golpeaban el suelo el estado de ánimo del caminante. Si alguien regresaba alegre a casa, su caminar era como un baile, rítmico y directo, si simplemente volvía sin más, después de un duro día de trabajo, sus pasos eran lentos y desganados pero si volvían tristes, si regresaban con el corazón roto, realmente roto, cosa que ocurría muy de vez en cuando en aquel edificio, entonces era otra cosa, porque sus pasos apenas eran tales, eran lentos, esporádicos, y no seguían un rumbo fijo, bien podían entrar en casa o bien podían quedarse fuera, en el portal o en un banco bajo una farola.

Los de Luz eran decididos, siempre decididos, pero siempre alegres y joviales. Acariciaba el suelo al caminar y parecía mejorar y bañar de color cada baldosa del suelo, cada rincón de la ciudad. Nunca sabía si lo hacía sonriendo o llorando, pero a juzgar por la manera en que se deslizaba por la ciudad solo cabía dulzura y pasión en la forma en que Luz hiciera cualquier cosa.

Aquella noche, una como tantas y la más especial de todas, fueron sus los pasos que oyó solo que esta vez resonaron tristes, hundidos y realmente rotos a través de la noche. Jamás en su vida había escuchado unos tan tristes, tan inmensamente desdichados...

...que podrían haber sido los suyos...

Se acercó a la rendija y tras enfocar en la oscuridad dirigió su mirada a Luz.

Lo que vio, lo que sintió, lo que experimentó, fue exactamente lo mismo que había imaginado que vería, sentiría y experimentaría si un día, al amanecer alguien le dijera

—Estás curado, eres libre, sal y disfruta de este nuevo día...

Se sintió liviano, se sintió hombre, se sintió vivo y se sintió como despierto tras un eterno letargo.

Era Luz, era su rostro.

Sus ojos, su pelo, su cuerpo, sus pasos, sus labios, sus pechos...todo. Sí, no le cabía ninguna duda, ELLA era su LUZ, la misma que había dejado años atrás, la misma en la que vivía todo cuanto alguna vez le había importado, la misma a la que tuvo que renunciar maldito para siempre. Por supuesto que el nombre de aquella joven chica no era casual pues sin duda sus padres encontraron en ella lo mismo que él, alguien capaz de iluminar todo un mundo, mil mundos iguales o más grandes que la tierra con su sola presencia, con una simple sonrisa, con un simple movimiento de su pelo.

—Sin duda ahora sé que existe Dios y es su oficio pintor —se descubrió pensando —pues solo alguien de tan inmenso pincel pudo dibujar en el lienzo del ser humano algo tan increíblemente bello como los ojos de esa mujer.

Eran negros, intensamente negros, como el color de un mar lejano escondido del sol presa de la más candorosa timidez. Negros como el color de su vida...como el color de sus tinieblas...tal vez por eso, en ellos, aún desde la oscuridad, podía encontrar la calma, la tranquilidad o incluso la locura, la tempestad de una noche de amor eterna.

En ellos, aún desde la distancia, podía sentir calor, pero no el calor de una tarde de agobiante sol, sino el cálido manto de vida con el que la primavera baña los días.

Sus pechos eran como el verano, como un frenético baño de verano en la playa del amor. Eran tan atractivos como las olas del mar, pero tan peligrosos como sus profundidades pues corre el hombre riesgo de perderse en ellas a fin de querer descubrirlas...

Su pelo era castaño, castaño como el otoño, como una tarde de otoño caminando entre las hojas caídas del calendario de la vida...

Y sus labios eran como el invierno, como un acogedor hogar en medio del más crudo invierno, como el árbol de navidad, como fin de año, como la nieve o el mazapán...

En un arrebato, el oscuro monstruo pensó en destrozar la rendija y ver más, ver mejor, pero sabía que de hacerlo al alba todo cuanto sentía por Luz y todo cuánto había sido yacería devorado por el terrible y deforme ser en que se había tornado su sombra. Deseaba descubrir desde más cerca la primavera de sus ojos, el verano de sus pechos, el otoño de su pelo o los invierno en sus labios...

Pero alguien como él, a quién le fueron arrebatadas las cuatro estaciones de la vida, se tuvo que conformar con mirar desde su rendija aquel ángel de Dios. Aquel triste ángel de Dios...

Sin embargo, Luz estaba triste. Profundamente triste.

Las lágrimas se rompían al caer al suelo y sus manos temblorosas intentaban sin éxito apartar la cortina de agua de sus ojos. Jamás vio una tristeza tan profunda, tan grande y pura. Era como si alguien hubiera atravesado el pecho de esa chica y le hubiera arrancado de cuajo todas sus ilusiones, sus esperanzas, sus deseos o sueños. ¿Quién, en nombre del mismo Dios que le había abandonado, podía haber hecho daño a uno de los más bellos ángeles que jamás bajaron del cielo? No merecía vivir, aquel que hubiera hecho daño a esa chica, simplemente no merecía vivir.

Debía ser un hombre. Por la manera en que la chica iba vestida, elegante, inmensamente cuidada y atractiva, posiblemente un hombre había cerrado las puertas del amor en el bello rostro de la mujer. Lucía sus zapatos rojos más elegantes y en su diminuto bolso de idéntico color no costaba imaginarse las ilusiones y esperanzas que había decidido llevar a aquella cita.

Aguardó antes de meterse en el portal, tal vez evitando así que sus padres pudieran verla llorar. Cuando lo hizo, cuando abandonó su noche, la luna quedó de nuevo vacía y solitaria y la bestia que aguardaba en las sombras comenzó a rugir, a gruñir y en cierto modo a advertir a su presa de que cualquier movimiento que hiciera en la Luz sería el último de sus vidas....

7

La bestia, aquella malvada sombra que había arrancado su existencia del alma a fuerza de negar el mundo real, se alimentaba con cada nueva foto que pintaba en su mente tras verla, limitando sus fuerzas y afectándole incluso en el mismo corazón de las tinieblas. Apenas era capaz de comer y sus manos se había tornado aún más retorcidas y esquivas. Respiraba con dificultad y aunque llevaba décadas sin hablar sabía que su garganta había perdido por completo la capacidad de comunicarse sin gruñir.

Era consciente de que no tardaría en consumirse y desparecer para siempre. Siempre había sabido que tarde o temprano ese día llegaría, pero jamás habría adivinado que se trataría del amor, del único y verdadero amor el motor que habría acelerado su proceso de consumición interna. No albergaba ninguna duda. Podía sentir que los días y noches que transcurría pensándola terminarían por atraparle para siempre en las tinieblas y condenarle al mayor de los sufrimientos. Sentía como su maldición se alimentaba y era consciente de que en ese estado el más mínimo atisbo de luz en el interior del edificio sería suficiente para desgarrar su alma en mil pedazos.

Pero no importaba.

Era tan irrelevante como la poderosa ironía que suponía el hecho de que fuera la misma imaginación que lo había condenado a la oscuridad la que permitía ahora que volara por encima de los cielos junto a la imagen de la chica que había hecho de su corazón un órgano de cien teclas interpretando la más bella de las melodías en la más majestuosa y pura catedral.

La misma imaginación que lo iba a matar le estaba dando la vida.

Y se llamaba Luz.

El dulce objeto de su respirar se mostraba cada día más hermosa y con cada nueva estación su rostro parecía brillar más y más. Cálida en primavera, refrescante en verano, melancólica y bella en otoño y llena de magia en invierno.

Las tristes hojas del calendario desgarraban su cuerpo por dentro al tiempo que su vida, su maltrecha existencia se iba agotando con la misma rapidez con la que crecía su pasión por Luz.

Era el suyo un amor tan puro como irracional. Tan imposible como inaudito. Había leído cientos de libros sobre el amor, pero las letras que un mediocre escritor hubiera sido capaz de dibujar con los colores de su sentimiento habrían superado por infinito a todas.

Nadie, en ninguna forma ni condición había amado como él lo hacía.

Quizá porque así, sin medida ni control era el único amor que podía llegar a sentir un monstruo condenado maldito entre las tinieblas.

Y sin embargo aquel viaje al infinito de sus latidos se marchitaba en silencio aguardando a que la tenebrosa sombra de oscuros poderes que esperaba paciente en el negro manto de su eterna noche lo silenciara para siempre.

Nadie escribiría sobre él. Nadie contaría su historia. Nadie conocería de cómo un monstruo retorcido y solitario amó a la Luz con tanta pasión como para acelerar su condena a los infiernos a cambio de simplemente, pensarla.

Nadie sabría nada.

Ni siquiera ella.

Mas incapaz de hablar, de abandonar las tinieblas y revelar al mundo su pasión, acercarse a ella significaría permitir que su propia sombra devoradora de almas destruyera en mil nadas a la única mujer que había amado en toda su condena.

Dos veces maldito volvió a pensar en Luz.

Dos veces maldito volvió a llorarla.

8

Una maltrecha luna de Invierno, mientras las cuestiones que hacer a un ser humano habían desparecido casi por completo de su interior, pudo escuchar con nitidez la sobreactuada presencia de una banda de jóvenes en el exterior de la fábrica.

Durante unos cuantos latidos temió que tuvieran la intención de acceder al interior de la fábrica, pero pronto advirtió que no había intención alguna en ellos de introducirse en sus oscuras tinieblas. En su lugar una más que notable falta de educación invitó al muy errático comportamiento de aquellos muchachos a recoger uno de los ladrillos cercanos al edificio y utilizarlo a modo de triste honda contra el escaso Goliat de una de las farolas de la calle.

Un espeso color negro colonizó de inmediato aquella mínima porción de calle y en un imparable efecto contagio llevó al resto de jóvenes a sumir en la más absoluta de las nadas el resto de las aceras, paradas de autobús y tiendas de aquella vía.

Cuando marcharon ignorantes de haber liberado a la bestia que anidaba en el interior de la fábrica, el monstruo enamorado se descubrió por primera vez en décadas capaz de abandonar su escondite y arrastrarse a medio camino entre animal y cosa por la oscuridad de la calle.

Dudó por un instante si debía hacerlo, pero la mera idea de poder deslizarse junto al portal de Luz lo llevó a buscar con desesperación las tinieblas de aquel lugar por el que cada día la más bella de las obras del mundo caminaba frente a sus retorcidos ojos.

El aire tenía otro sabor en el exterior y el tacto del asfalto y la acera se mostraban muy diferentes al brusco suelo del interior de la fábrica. Recordó por un instante los cientos de veces que en otra vida había caminado por calles similares a aquella y una pátina de melancolía embadurnó de memorias su mente al tiempo que sus deformes pies lo situaban lo más cerca que jamás había estado del amor de su eterna oscuridad.

Luz había estado en aquel mismo lugar por el que él se arrastraba.

¿Había algo más bello en el universo que la posibilidad de sentirse tan cercano a ella?

Sí, por supuesto que lo había y mientras su nocturna mirada buscaba con frenesí un milagro su mente cavilaba con rapidez al respecto hallando la más certera de las respuestas en el interior de una cercana papelera.

Había una manera más bella en el universo de estar cerca de Luz.

Podía escribir.

Podía escribir sobre su amor y tal vez, solo tal vez, hacerlo eterno…

Inmerso y alejado de su oscura realidad, animado por una misión tan poco probable como necesaria, la repentina luz del portal hizo brotar la aterradora y gigantesca sombra que lo había condenado.

Sus fauces se habían tornado inmensas y sus alargados brazos parecían capaces de cubrir de un solo gesto todos los rincones de su existencia. Emitía sonidos aterradores incapaces de ser reproducidos por una mente cuerda y se adivinaba en su gesto una irracional sed de sangre desatada y descontrolada.

Buscó con rapidez la oscuridad de su fábrica, pero sus pies habían dejado de mostrarse eficaces para tan prestos movimientos y todo su cuerpo palidecía en el intento de escapar del monstruo que lo había tornado monstruo a él mismo.

Logró hacerlo y regresó a sus tinieblas con los restos de otras vidas en forma de papel y un corazón tan aterrado y débil como enamorado.

Descansó el resto de la noche y durante gran parte del día tratando de responder a la única pregunta que en aquel instante parecía tener sentido entre la sinrazón.

¿De dónde diablos iba a obtener tinta e instrumentos para dar forma escrita al deforme monstruo enamorado en que se había convertido?

9

Sangre de ratas y pluma de pájaro muerto fueron la respuesta a unas apócrifas plegarias después de muchos días de desespero e incertidumbre.

Tardó aún varias lunas más en conseguir sujetar con firmeza la pluma y unas pocas más en lograr que su pulso surcara con cierto orden las sombras de unas letras que debían iluminar su mundo. La velocidad con la que su vida se extinguía rivalizó entonces con la presteza con la que escribió sobre ella y en apenas dos lunas llenas los papeles robados de aquella papelera humana se llenaron de letras, comas y puntos y aparte.

¡Debía contar tantas cosas imposibles de ser contadas!

"En la luz viví, en la luz fui condenado y en la luz moriré"— rezaba el comienzo.

Escribió y escribió entre latidos, entre torpes intentos de respirar y certezas dolorosas de que su tiempo se acababa, de que en su mundo la Luz lo bañaba todo impidiéndole escapar de una muerte tan segura como inevitable.

Se había enamorado de aquello que podía matarlo. ¿Qué otra cosa podía esperar?

Durante soles y lunas escribió.

Durante soles y lunas murió hasta que la última de las noches del libro de su condena un intenso llanto rompió el corazón de la madrugada en mil pedazos simétricos de infinito dolor.

Era Luz.

Sus agrietados ojos buscaron una vez más, como tantas otras noches, la visión de aquella que había resucitado su vida y la encontraron rota por la tristeza, retorcida sobre sí misma incapaz de contener un dolor que trascendía su menudo y bello cuerpo.

Sus pasos se habían detenido justo enfrente del portal, pero no había en ninguno de sus movimientos indicio alguno de que fuera a atravesar la puerta, de que quisiera atravesar la puerta. Al contrario, ahí de pie, parada en mitad de la noche, Luz era como la calma que precede la tempestad, como la calma tensa que se respira en el interior de una ola de mar a punto de romper contra la orilla.

—¡Me ha dejado, me ha dejado! —gritó con toda la fuerza posible al teléfono.

El monstruo sintió un fuerte latigazo en el interior de su pecho. Había tanto dolor en su mirada, tanta tristeza en su voz….

No era posible, no era concebible que aquella que había hecho renacer su vida, que aquella que le había mostrado la pura esencia del amor verdadero, renegara del mismo con toda la furia de su juventud.

Estaba fuera de sí. Sus ojos yacían apagados y todo el brillo que la luna era siempre capaz de verter sobre ella parecía insuficiente para librarla de unas tinieblas que parecían haberla atrapado sin remisión.

Escuchó con nitidez cada detalle de su lamento y volvió a hacerlo al día siguiente, durante la siguiente madrugada y de nuevo en la quinta luna y mientras uno de sus ojos había dejado de funcionar por completo y varios de sus órganos habían dejado de serlo, pudo ver la esperanza abandonar el corazón de Luz noche tras noche…

Era como si los dos hubieran emprendido un baile sin música cuyo último paso terminaría con ambos por el suelo, arrastrados por diferentes fuerzas oscuras al corazón de unas tinieblas que amenazaban con hacerlos desaparecer.

Había leído sobre el desamor y había conocido casi todas las formas conocidas de expresarlo, pero mientras era testigo de cómo la vida iba desapareciendo de los ojos de Luz, el horror y el miedo a perderla se apoderó con furia de su alma.

Una luna, una que lo descubrió sumido en el dolor por las lágrimas eternas de su amada, los pasos de Luz sonaron lastimeros y erráticos regresando una noche más. No tardó en ver algo diferente, algo distinto en su mirada.

Estaba perdida. Completamente perdida.

Jamás la había visto así.

Jamás.

Caminaba sin sentido, acercándose y alejándose del portal al tiempo que elevaba la mirada al cielo y la descendía sin final a los infiernos.

El desamor se había tornado una sombra tan amenazadora o más como aquella que lo había confinado a la soledad y la deformidad y cada uno de los miles de detalles que hacían de Luz, Luz, parecían haberse esfumado sin dejar tras su paso más que un rastro ínfimo de carne, huesos y lágrimas.

Jamás la había visto así.

Jamás.

La oscuridad...la oscuridad la había atrapado y apretó con furia sus cadenas cuando Luz, su dulce Luz, recogió del suelo un pequeño y afilado trozo de cristal y lo elevó al cielo permitiendo que un tétrico rayo de luna deformara su paso por la madrugada.

Iba a hacerlo.

Con lentitud colocó la punta en una de sus muñecas y permitió que brotara de su interior una única gota de sangre, preludio de la tormenta roja que ahogaría sus penas para siempre.

Un potente gruñido la detuvo desgarrando la noche en dos.

—¿Quién...quién ha dicho eso? — preguntó Luz aterrada secándose las lágrimas y acercándose temerosa a su propio portal.

Una retorcida forma semi humana abandonó la fábrica surgiendo de entre las tinieblas permaneciendo a escasos metros de dónde se encontraba, dirigiéndose con su único ojo hacía dónde Luz se hallaba.

—¡Socorro! —gritó asustada la joven encendiendo con su alarma casi al instante todas las luces del edificio.

Cada uno de los rayos de artificio que surcó en plena noche disparó al corazón del ser, proyectando su aterradora sombra contra el suelo.

—Dios mío...

La noche asistía perpleja a la unión perfecta entre la Luz y las tinieblas.

El retorcido ser infernal de brazos alargados y fauces hambrientas se dirigió sin piedad alguna hacia la presa que llevaba aguardando décadas, clavando todos y cada uno de sus oscuros colmillos sobre la piel de aquel joven muchacho tornado anciano monstruo deforme.

Los gruñidos de satisfacción de aquella depredadora de almas rasgaron la madrugada en dos mientras el maldito morador de las tinieblas se aseguraba en su sacrificio que todo terminara con aquella luna de testigo y que el hambre eterna de la oscuridad terminara por saciarse con él, salvando a Luz de sus garras.

Cuando los padres de la joven y los vecinos alarmados alcanzaron la escena no quedaba rastro alguno de tinieblas y el silencio apenas alcanzaba a emitir un par de notas discordantes de paz y tranquilidad.

Incapaz de relatar aquello de lo que había sido testigo, Luz refugió su llanto y dolor en los brazos de sus padres y se dispuso a regresar a casa al tiempo en que el afilado cristal con el que había pretendido arrancarse el desamor de la piel caía al suelo partiéndose en mil pedazos.

Fue el más bello y brillante de todos el que proyectó la luz de la luna sobre un irregular montón de papeles que yacían a escasos metros de dónde ella se encontraba.

Intrigada y sin conocer muy bien el motivo, se acercó a ellos y los sujetó entre sus manos.

No había nada inteligible en ellos más que unos garabatos retorcidos y temblorosos surcando restos de facturas, cartas del banco, papeles de propaganda y deshechos envases de comida rápida. No había restos de letras, palabras o párrafos. Ni rastro de puntos, comas y exclamaciones...

...y, sin embargo, mientras Luz los devolvía al suelo y sus pasos se perdían en el interior del portal, una ola irrefrenable de calor inundó su corazón obligándolo a latir de nuevo y llevando el rojo de una sangre joven a cada rincón de su cuerpo.

No podía explicarlo y ni tan siquiera lo intentó, pero la esperanza regresó a su cuerpo de una manera tan imposible como cierta, dándole un intenso sentimiento que por primera vez en semanas la hizo descansar y creer. Creer en días mejores. Creer en noches mejores.

Creer, sin ningún motivo ni certeza, que de entre las tinieblas más oscuras puede brotar algo bello, algo mágico, algo lleno de amor...

Sus lágrimas se habían secado sobre el pavimento, la brisa y la madrugada desperdigaban los papeles por la ciudad mientras a escasos metros, en el interior de una fábrica de nuevo vacía, la soledad lloraba la pérdida de su más fiel compañero, bañándolo todo de un húmedo y sentido llanto eterno...

El infinito llanto de las tinieblas...

Letra D. Destino

(Agorafobia)

Apuro el último vaso de luna y me dispongo a luchar.
Hay una guerra ahí fuera.
Estoy preparado. Hoy termina todo.

Me enfrento a ti, DESTINO.
Bastardo cruel desalmado hijo de la gran vida.
Tirano, dictador, retorcido enfermo ¿te diviertes?
Seguro que sí, patético titiritero.

Anoche me hiciste llorar ¿Recuerdas?
Comprobé tus escritos, te leí.
Diablos, cómo odio tu mierda de caligrafía y tu viscosa
ortografía...

Aprende de una vez: "Vivir" no se escribe con "S" de sufrir, y
"Amar" jamás llevó en medio la "H" de hueco, la "V" de vacío...

Defeco en el maestro que te enseñó a escribir.
Maldigo las hojas de tu cuadrícula.
Rezo a la bala de tu asesino.

Destino. Enfermo excremento de un universo en descomposición.
Te reto, claro, te reto dos veces.
Mueves los hilos, hilas desgracias, gracias sin humor.
Humor negro muerte.

Masticas entre dientes el alma de los hombres en nombre de no
sé qué plan maestro. Odio el tono de tu música lúgubre, de tus
notas con ecos de tumbas, tumbas en vida.

¿Has disfrutado? ¿Lo has pasado bien? ¿Fue divertido?

Seguro que sí. El caos siempre lo es.

Tuviste que tener un orgasmo al verme llorar ¿verdad?
Sí, te corriste precoz, borracho maltratador de ojos rasgados de
maldad.

Pero esta noche, esta cutre marioneta se mueve
Esta noche Pinocho se convierte en niño de verdad.

Esta noche, el bueno, hada en ristre, te ahorca con sus propios hilos. El bueno será tan bueno que será muy malo

Esta noche, la guerra termina. Esta noche el DESTINO muere.

Te atrapo entre letras, renglones de horror, terror en tinta.

Anoto uno tras otro, tus otros cómplices
Tus manos derechas e izquierdas, manco de mierda.

Miro a los ojos a los que jamás cuestionaron tus órdenes y desordenaron mi orden.

Están todos. Los que hacen daño, lo que te siguen, los que te rezan, los que destrozo a golpe de tilde.

Blasfemo, hereje bruja en la hoguera.
¿Ves cómo los quemo? Arden en el fuego de mi venganza sangrienta.

TODOS. Están todos. Los que menosprecian, los que hieren, los que insultan, los que aterran...

Todos muertos. Ahí abajo, todos flotan. Justo antes de que tire de la cadena de horrores que les aguardan.

Estas en mi escrito, en estos versos, eres mío
Soy tu rey, y te destrono.
Falso profeta del porvenir.

Ríe ahora, ríe, ¿me ves llorar?
Sí, lloro sangre. Sangro llanto y te arrebato el poder, para siempre.

Soy mi DESTINO, lo escribo, lo decido, lo juzgo, marco, guío y llevo...
¿Y tú? Mierda inmunda de un mundo de mierda...

Hoy la guerra termina. Tomo posesión de mi universo.
No más lágrimas. No más miedos. No más hilos.

Hoy la guerra termina. El "escritor" gana.
Fin de la lección.

También a la venta en Amazon.es

· Aisling (Poemas de Luna Ciega)
· Regreso a Aisling
· Allan Road 77 (El Eco de Las Sombras)
· El Día de Érase una Vez
· Muérdago
· Los Esclavos Perdidos
· El Reino del Final de los Sueños
· El Ladrón de Lágrimas de Luna

Printed in Great Britain
by Amazon